哪去了土泥

南帆 著

散文集

作家出版社

泥土哪去了

壹　屋前的墙根下整理出一片巴掌大的空地，想到要种几株花，突然发现无处取土。邻居踅了过来笑了笑：可以打电话订购，但是价钱很贵。泥土也得花钱了吗？我不禁愕然。

花草的根系可怜地裸露着，四处找不到泥土。泥土和大地渐渐地撤出了我们的生活。现在，我们栖居在水泥、钢筋和塑料构筑的人工环境里。狭窄的居室和楼道，窗户用铁栅栏封住。街道上匆忙往来的汽车如同一个安装了轮子的移动密封舱。行政大楼的大厅一个弧形的问讯柜台，墙上各种金属牌子标出各个楼层众多机构的名称，一开一合的电梯是穿行于大楼内部的流水线。步履匆匆的员工如同各种型号的产品被及时地卸到某一个称之为办公室的固定方格。他们的大部分时间与电脑的液晶屏幕久久相对，偶尔抄起电话听一听机器里传来的说话声音。地平线上的城市就是各种人工制造物的集合体。水泥马路，桥梁，鳞次栉比的建筑，一些建筑的金属屋顶或者玻璃外壳时常在正午的阳光下发出灼亮的反光。据说这个城市四十层以上的建筑已经多达数千幢，巨大的重量压得城市的地皮持续下沉。那些黑黝黝的泥土在水泥和钢筋的重压之下吱吱乱叫，四散而逃，坚硬光滑的城市表皮再也留不住它们。

这个城市到处都会遇到工地，众多规划之中的大楼正在破土动工。挖掘机和铲车挥动铁臂在地面挖出一个大坑，十余台轰鸣的大卡车列队等待，轮流将这些泥土运走。我突然对泥土敏感了起来：这些泥土要运到哪儿去？它们被迫背井离乡，如同一些俘虏被押上了囚车，遣送到遥远的集中营。古往今来，这些泥土始终踞守在这里，它们的天命就是等待某些抛下的种子，接受它们，养育它们，使之扎根、开花、结果。现在，泥土被突然赶走，坚硬的钢筋、水泥蛮横地挤了进来，鹊巢鸠占。

一些人居然还能在这个没有泥土的城市里面栽种蔬菜。他们的蔬菜基地是公寓的阳台或者楼顶上。找来几个花盆，塞入一堆白色的泡沫，蔬菜栽种在泡沫之上。泡沫代替泥土贮存水分和肥料。可是，我常常觉得阳台或者楼顶上的蔬菜是塑料做的，泡沫生长出塑料才对。

泡沫代替泥土是科技时代的奇思妙想。物理学、化学、生物技术或者制造工业正在将生活安排得精确、精致、富有效率，可以果断地抛弃农耕文明残留的陋习。闹钟或者手机每一个早晨准时响起，还有什么必要等待黎明时分的报晓雄鸡？机械制造的药片严格地计算出剂量和服用时间，许多人不再信任砂锅里草药煎熬出的褐色汤汁。旷野上的一阵大风如同厚厚的布匹劈头呼地蒙下来，几乎令人窒息，然而，现在我们栖居于密闭的大楼内部，心安理得。大楼的每一个房间安装了完善的空调系统，没有人再为窗外的数九寒冬或者炎炎夏日发愁。只有当窗户的玻璃出现了斜斜的水纹，才会有人漫不经心地问一句：下雨了吗？

生活正在彻底改装。然而，这种生活是不是有些不自然？客厅的跑步机上一个小时的奔跑与林荫道上一个小时的奔跑肯定有些不同。人工设计的世界并没有什么错，只是我们再也嗅不到万物蓬勃的蒸腾气息。我想起了一条小河流。少年时代时常下河捕鱼摸虾，嬉戏游泳。沿着倾斜的河岸慢慢地踩到水里，脚掌试探着触到水底滑腻的河泥，偶尔会有一块瓦片或者一个鹅卵石硌得脚底一痛；河边漂浮的水草，浸泡已久的一截枯树上歇着一只鼓着眼睛的青蛙，一条水蛇划出长长的水纹疾速远去，几只蜻蜓在亮晃晃的阳光里俯冲下来，一群水龟摆动细细的长腿贴着水面滑行。脚掌下的河泥即将消失的时候，双腿用力一蹬哗地扑到了河流的中央，温暖的水流缓缓地淌过身躯……时至如今，这条河流只能汩汩地穿过我的记忆——现在我只能到游泳池去。游泳池里一泓蓝色的清水，如同一块清澈而乏味的大玻璃。池底的马赛克历历在目，消毒剂的氯气味道扑鼻而来。这种清水里面什么也没有，耗掉了足够的卡路里之后就立即上岸离开。

生活的确有些不自然。科技正在将我们从大地上连根拔起，重新安装在机器的逻辑轨道上。当然，这是一项旷世的秘密工程，我们所能察觉的症候仅仅是——泥土不见了。

贰 出入于泥土的许多小动物也不见了。

我想了想，已经很久没有见到慵懒的蚯蚓，神经质的蚂蚱，鬼鬼祟祟的四脚蛇，纹丝不乱的蜗牛，浩浩荡荡的蚂蚁队列，还有拳头大的蛤蟆笨拙地跳过田埂。现今常常照面的只有蚊子和蟑螂。据说蚊子可以藏身于空调机里面，蟑螂的乐园是厨房里油腻腻的污水管道。总之，它们已经摆脱了农耕社会的泥土而适应了工业文明的钢铁和塑料。

烙印在记忆屏幕的第一个小动物大约是一只螳螂。那时我似乎四岁左右，居住在一个大杂院里。邻居撬开了天井里的几块大石条，堆上泥土种一架丝瓜。父亲从乡下回来，逮回一只绿色的螳螂。螳螂夸张地掀动两个大刀一般的前臂，雄视左右。父亲用一根细线拴住螳螂的肚子，细线的另一端捆在插入泥土的小竹竿。阳光透过丝瓜的藤蔓照射下来，碧绿的螳螂通体透明。玩耍了一阵再度过来的时候，我惊异地发现螳螂已经成为一具僵死的躯壳。泥土之中一队蚂蚁潜行而至，螳螂的肚子被咬开了一个大洞。螳螂大刀一般的前臂无法抵御蚂蚁的团队战术。

　　十来岁的时候，父亲在天井里摆上一个大水缸，水缸内喂养了几条红白相间的金鱼。金鱼的理想饲料是生长在池塘或者湖水里的一种肉红色的小虫子。一块纱布缝的袋囊捆在竹竿的末端，这是自制的打捞器具。每隔一两天，我就要扛上这个玩意儿奔赴附近的几口池塘，夏天常常被晒得脱一层皮。养蚕似乎是那个年代所有少年的课余活动。黑色的蚕宝宝开始蠕动，蜕皮，吐丝，结茧，蚕蛾，产卵，这个循环的全程必须有充足的桑叶保证。附近所有的桑树都只剩下光秃秃的枝丫，我和一些小伙伴不得不冒险进入一个桑树园。匆匆地摘了一挎包的桑叶之后，看管人员大呼小叫地追来，小伙伴一哄而散，分头奔蹿在茂密的桑树林中。少年时代我还喂养过几只猫，猫在发情期的尖利嚎叫至今声犹在耳。猫的沙场点兵多半在瓦顶上。一群猫疾速地从瓦顶上奔驰而过，稀薄的瓦片惊心动魄地响过一阵之后，几缕阳光从蹬开的瓦片缝隙照射下来，一绺一绺灰尘悠然地飘浮在光柱里。养鸡似乎是年龄稍大一些的事情，包含着显而易见的经济企图。母鸡每日能生出一枚蛋，这个远景对于一个饥肠辘辘的少年产生了巨大的诱惑。但是，鸡的恶习是随地拉屎。一个人来人往的大杂院里，斑斑点点的鸡屎肯定是惹是生非的由头，这一场伙食自助运动很快就寿终正寝。

我想起来了，少年时代我和一批小伙伴还迷恋过寻找蜗牛。我们要的是指甲片大小的圆形蜗牛，有暗红色的、铁青色的或者花的，蜗牛壳上一圈一圈的螺纹最终归结到一个圆点上。我们利用这些蜗牛展开竞赛：两个人分别将两只蜗牛壳上圆点对在一起用力顶撞，直至其中一只蜗牛的外壳破碎凹陷，完好无损的蜗牛为胜者。那一只外壳最为坚硬的蜗牛将如同皇帝一般地供奉起来，没有人想知道那些外壳破碎的蜗牛是否还活得下去。不知道这种游戏从哪儿传来，但是，周围同龄的男孩子几乎都动员起来了。我们翻检所有的草丛、墙根、瓦砾堆、石缝，所有的蜗牛被搜索一空。传说遭受重压的蜗牛外壳尤为坚硬，石块底下铁青色的蜗牛成为众人抢夺的对象。我忘了这种游戏什么时候不再流行。总之，有那么一天，我们突然觉得这些游戏既幼稚又不卫生，于是起身拍了拍身上的尘土，开始忙碌一些另外的事情。

起身拍了拍身上，数十年的时光仿佛一下子消散在尘埃里。那些小动物只能活在弥漫着泥土气息的回忆里，如同一部黑白的老电影。现在我们的身边只剩下各种人工合成材料，无论是墙壁、地板、各种管道和导线，还是手机、电脑、汽车和飞机。我的寓所里现在只养一只狗。它的大部分时间都关在阳台的玻璃门背后，每一天眼巴巴地望着栅栏外面的陌生世界；它的四个爪子几乎没有机会触碰到真正的泥土。

叁 "大地"是一个沉稳的词，"大地"隐喻的是宽厚、阔大、质朴和不尽的生机。山脉起伏，河流蜿蜒，树木葱茏，湖泊的水面映照出闪亮的落日余晖。我突然想到，已经很久没有接触到所谓的"大地"了——这一幅景象多半是从飞机的舷窗上看到的。

相当长的时间里，人类奔波在大地上，春种秋收，打猎捕鱼，皮肤被太阳晒得黝黑发亮。然而，历史肯定存在一个神秘的拐点——某一天开始，人们之间的社会关系超过了人们与大地的自然关系。社会制度，社会组织，货币与经济，行政机构与意识形态，艺术与美学……这些概念愈来愈密集地分布在周围，大地一步一步地退却，逐渐面目模糊。

"天苍苍，野茫茫，风吹草低见牛羊"，大地似乎曾经生动地保存在古人的视野之中，即使闭门辞谢也绕不开——王安石有诗句曰："两山排闼送青来"。书法史上有一则著名的轶事。怀素曾经与颜真卿切磋书法。颜真卿询问怀素有什么心得？怀素说：吾观夏云多奇峰，辄常师之，其痛快处如飞鸟出林、惊蛇入草。又遇坼壁之路，一一自然。颜真卿说：你觉得屋漏痕怎么样？怀素起身握住颜真卿的手说：得到真谛了。谈论纸上的笔墨线条，念念不忘师法自然，各种大地的意象是他们挥毫泼墨的灵感来源。栖身于天地之间，古人不时以植物的自况，伸出根系扎入泥土，牢牢地抓住大地是立身之本。汉语之中，"根本"是一个重要的词汇。众多带"根"的成语表明了古人对于大地的敬畏，例如"根深蒂固"、"落地生根"、"寻根究底"、"游谈无根"，如此等等。可是，现在还有多少人匀出心情想到泥土和大地？我们要么上电影院，逛服装店，寻觅佳肴美味，要么坐在玻璃幕墙背后的办公室里，精心地算计某一个官职或者某一笔款项，只有iPhone6、股票涨停、房价波动或者微博上疯传的明星绯闻才能带来少许的骚动。大地的退却从未让我们惊惶失措。退却的大地不是仍然待在某个地方，支撑着万事万物吗？谁还会担心，哪一天我们的城市会失去大地悬挂在半空中？闲常的日子里，我们对于大地仅仅剩下象征性的牵挂：庭院的角落摆两个盆景，阳台的栅栏上种几簇花——遥远的大地仅仅是花盆里的一小撮泥土。

那一天我路过一个修建之中的公园，突然嗅到了浓郁的青草气息。一些工人正蹲在一块坡地旁边铺草皮。浓郁的青草气息有些呛鼻，我想起了夏日曝晒之下潮湿的田园或者树林间腐殖层蒸发出的气味。我们的嗅觉已经适应了城市的气味系统：工厂标准化生产出的气味单纯强烈，性质稳定，例如香水、烟草和烈酒；厨房里烹调菜肴的气味隐含了热烘烘的暖意；街道上飘拂的煤烟味或者汽车尾气显示出工业社会矫揉造作的化学风格。这时，青草气息是粗鄙的乡野，混杂了泥土和粪便的味道。久违的气息令人想到了各种遥远的故事。辽阔的大地此刻又在哪里？

肆 太太先前从未种植过什么。这几天她兴味十足地搬来许多盆花花草草，浇水施肥，不亦乐乎。我认不出其中一盆是什么树，询问之际居然遭到了嘲笑。我有些不屑：这算什么，我先前在一座大山里种过一棵大树呢！

我种过一棵龙眼树，长在一面向阳的山坡上，大约有六七米高。大约四十年前，我在乡下插队当农民。生产队里有一批龙眼树和橄榄树，分配给每一个劳力管理，每年大约要松土、浇粪若干次。收获的果实一部分交还生产队，剩余的归管理者个人。大多数农民的名下分配到六七棵不等，我仅一棵龙眼树——估计生产队长不怎么相信我的管理能力。我曾经挑过一担尿水长驱十来里山路，一勺一勺地淋在树根上，此后似乎再也没有做过什么。收获的季节到了，这棵树上挂下来的龙眼特别稀少，而且干瘪瘦小。因为担心嘲笑，我不想和农民一起采摘，一直拖延到最后，整个山坡只剩下一棵树垂着黄灿灿的龙眼，无人问津如同一个孤独的弃儿。

一个寂静的中午，我借了一架二丈长的竹梯独自进山。这一带乡村的规矩是，长竹梯不得横扛在肩上。山路狭窄弯曲，长长的竹梯容易磕磕碰碰，摆弄不开。农民的习惯是双臂平伸，竖擎一架竹梯如同擎起一面旗帜。年轻人炫耀臂力，他们可以谈笑自若地擎着竹梯健步如飞。我企图如法炮制，完全没有料到竹梯如此之重，以至于行走数十米就双臂颤抖，气喘如牛。幸而那一天山间空无一人，我最终还是将竹梯扛上肩头。挣脱藤蔓、茅草对于竹梯的纠缠毕竟容易一些。忙碌了一个下午，我摘下了一麻袋的龙眼。扣除了交给生产队的份额，剩下的估计还值三十来元钱。当年这是一笔不小的款项。意外的财富让我有些后悔：如果多费一些心思和气力，是不是还可以发一笔小财？

四十年过去了。大地苍茫，可是，我认识一座深山里的一棵树。这个念头让我有些激动。山坡上的一棵树不像海里的一条鱼，转眼间就潜入水下无影无踪。这棵树始终矗立在那一面向阳的山坡上。四十年的时间，这棵树肯定已经进入盛年，历经风雨，枝丫虬劲，盘根错节，果实累累。虽然我们只有一年多的契约关系，但是，只要我愿意，多少年之后都可以进山在原地找到它。相信第一眼我们就可以彼此相认。

然而，造访东北的一片森林之后，我开始产生怀疑：一棵树真的不会转身溜走吗？站在一大片大腿粗细的树林中央，认准两三米开外的一棵树，然后闭上眼睛转两圈。再度睁开眼睛的时候，我已经无法肯定刚才认定的是哪一棵树了。当然，巴西亚马逊河两岸的热带雨林更加捉摸不定。湿润的地面铺满层层落叶，无数的参天大树拔地而起，茂密的树枝在空中挤成一片，炽烈的阳光只能在树叶之间找到几道缝隙曲折地射下。树林间湿气弥漫，树皮爬满斑斑驳驳的青苔，各种藤蔓盘旋缠绕，纷披飘拂。当地人警告我，只要深入森林十来米，可能再也无法返回依稀的林间小路。密密匝匝的大树纵横交错，如同众多巨人奔走遮挡在四周。人们很快就会丧失辨识能力，找不到任何方向。谁说树不会走动？

当然，宽阔的东北黑土地和肥沃的亚马逊河两岸现在仅仅印制在地图上。我所接触到的只能是，窗台下的墙根依次摆开几盆花，细细的枝叶和花瓣在微风中抖动。这些可怜的家伙一辈子只能栖身于小小的花盆，让人看着有些心疼。

这个城市的花鸟市场出售各种植物。许多待售的树木枝繁叶茂，身姿优雅。但是，沿着树干往下看，树木的纷杂根须居然委屈地塞入一个小小的简易塑料盆。这么小的盆子也能长出一棵树？花鸟市场的主人自信地挥了挥手，够了。的确，树木的叶子碧绿发亮，不像营养不良的样子。辽阔的大地收缩为一个小小的塑料盆，但是，这些树木早已学会了委曲求全的苟活，甚至强作欢颜。人在屋檐下，怎能不低头？树木也是如此。只有方寸之地，谁还会固执地揣着不合时宜的雄心壮志？

我只能叹一口气。

伍　一个民工抄着一台电锤钻开路边的土层，嘈音喧嚣。他的身后拖着一根长长的电线，电线旁边搁着一柄十字镐，木柄光滑坚硬。我的一个冲动是，上前抢起十字镐，帮他将剩余的土层刨开。

当年在乡下当农民的时候，使用过各种农具：镰刀锋利，扁担宜宽；偷懒的时候要挑选某一种形状特别的畚箕，装土的空间小一些可以减轻担子的重量。十字镐是霸气十足的农具，没有一把好气力是抢不起来的。年纪大的农民多半将一柄锄头使得出神入化，挖、刨、勾、耙轻巧娴熟，至于沉甸甸的十字镐往往扔给了身强力壮的年轻人。高高地抢起十字镐，腰背弯得如同一张弓，嘿的一声镐头深深地没入土地，一大块泥土应声而起。抢一个下午的十字镐，全身的肌肉要酸疼好几天。

酸疼是必须的代价，这是叩问大地的谦恭形式。然而，现在的世道变了，年轻人用起了电锤，十字镐被轻蔑地晾在一边。他们用机器对付大地。这没有什么不对，我只是觉得有些不敬。一镐一镐地刨土，我们深知大地辽阔深厚；哒哒的机器嘈音似乎仅仅是草草地打发泥土。

我当然不是谴责这个民工。一直在泥土中讨生活的人，从来没有多少闲情逸致想到"大地"这种文绉绉的词语。当年我下乡插队的时候就是如此。我们与一丘一丘的田地打交道，有些田地肥沃，有些田地贫瘠，有些水田里的蚂蟥特别多，有些水田里的水冰凉刺骨。我曾经下到山坡上一丘桌面大小的水田里插秧。双脚刚刚踏入，几秒钟就陷到了腰部。幸而农民有言在先，我的左手牢牢地按住一个小木盆支撑身体，否则立即有没顶之灾。一身泥一身水地回到屋里，狼吞虎咽一番，常常来不及洗漱倒头就睡。怎么就是一个与泥土纠缠不清的命？这多半是临睡之前脑子里闪过的最后一个抱怨。那种日子鼠目寸光，我想到的仅仅是尽快地完成每一丘田地里的活计。什么时候我曾经抬起头来，手搭凉篷，遥望无边的大地？

屋子的墙根下种点什么，不少邻居都会踱过来看一看，议论几声。那些曾经在乡村生活了半辈子的邻居，眼光里多半有些不以为然。泥土的记忆与不堪的日子混杂在一起，面朝泥土背朝天。无数的农民拎上一个编织袋不顾一切地逃离田地，挣扎了多少年来到城市定居，怎么肯重操旧业？太太珍惜地收拢搜罗来的一些泥土，他们会不由得笑了起来：要是到了我们老家，想种多少地就给你多少地……一两个老人家有时忍不住动手帮帮忙，一操起锄头就知道曾经是一个好把式。太太没有正式侍弄过庄稼。长年累月的公寓生活让她觉得，如果有一个庭院种些什么，真是莫大的奢侈。她在墙根的一个小土坑里种下一棵柠檬树苗，自豪得如同拥有一座果园。太太乐观地推算这棵柠檬树苗何时发育成熟，何时可以结出多少果实，絮絮叨叨如同农妇，于是，丰收的气氛突如其来地弥漫开来。当然，没有人真心想吃树上的几个柠檬。重要的是，恢复生活与泥土的联系。

这个联系已经中断了很长的时间。泥土无声无息地消失，古老的农耕文明如同一个遭受遗弃的废墟深深地埋葬在水泥路面之下。我们的生活早就交给无数的机器安排：钟表，手机，电视机，电脑，汽车，飞机，轮船，如此等等。机器仿佛将所有的日子装上了马达和齿轮。一个大齿轮带动数十个小齿轮，我们的效率越来越高，手边积压的事情却越来越多。什么时候还能返回大地的正常节奏——返回腰圆膀阔，心思简朴的日子？天地玄黄，宇宙洪荒，日月盈昃，辰宿列张，寒来暑往，秋收冬藏，闰余成岁，律吕调阳，云腾致雨，露结为霜……我突然想到了一句老话：晴耕雨读。古人心目中，书本与泥土共同守候在我们的日子里。文章的气韵交织于阳光、风雨、泥土和各种植物之中，读起来才会有悠然心会之感。现在我们的阅读大部分都发生在电脑或者手机屏幕上，囫囵吞枣，一目十行。

我想起了一幅图景：一堵土黄色的围墙，墙上挂下几丛茂盛的藤蔓和绿叶，上面点缀一些紫色的花朵。天气微寒、细雨，围墙之内的屋子没有关门，透过栅栏可以看到屋子中央的一张长桌和靠墙的一架书，咖啡的香味隐约拂过。我当时就觉得，如果日子如此惬意，此生足矣。当然，我清晰地记得，这一幅图景出现在一个庞大而且老资格的工业社会边缘。我们乘坐的车子在城区的狭窄街道上兜了半天，终于逃到了可以喘一口气的地方。钢铁、机器、厂房和高耸的大楼渐渐耗尽了气力，到了这里已经不再急匆匆地扩张。于是，另一种生活设计开始赢得了空间——我记得这是在伦敦的远郊，大约是牛津大学附近的一个小镇。

机器之瘾

壹 似乎，我不再了解这里的生活了，一阵巨大的不安阴影一般地掠过。这时，我正站在一幢大楼的嘈杂过道上。

大厅里是一个熙来攘往的电子产品商场，大约一两百个大大小小的摊位。有的摊位圈起不小的地皮，销售名牌的电脑或者手机，例如苹果，三星，索尼，或者联想。这里的员工是一些表情阳光的年轻人，穿着公司的马甲，牛仔裤，步履轻盈地哼着流行歌，偶尔有几下嬉闹推搡；多数摊位仅三四平方米，摊主沉默地支着下巴，在一个平板电脑上看肥皂剧。他们的柜台里款式各异的手机闪烁着金属的光泽，如同一批沉睡的大型甲虫。插上电源，那一块小小的屏幕亮起来之后，这些甲虫就会苏醒过来，爬向世界的各个角落，施展种种魔法。一个中年人从摊位上转过身来，殷勤地推介某种款式的手机。他笑容满面，可以清晰地看到嘴里的牙龈和牙垢。

我清楚地意识到，这里是一片危险的丛林。沼泽，岔路，陷坑，沟壑与裂谷，密密匝匝的树林望不到边，迷途不返……只不过这一片丛林是由众多软件组成。一个黑色的键盘搁在桌上，软件工程师十指翻飞，一行行字母在噼里啪啦声中跳出电脑屏幕，另一个世界的曲折路径如同林中小道开始蜿蜒盘旋。另一个世界隐藏了各种财富、美女，大型化装舞会、丰盛的购物中心、凄艳的恋情、眼花缭乱的游戏和炽烈的战争层出不穷，然而，无法识读路标的人寸步难行。几个染过头发的年轻人犹如上帝派来的使者徘徊在柜台附近，他们慷慨地许诺说，下载几个软件即可获知"芝麻，开门"的咒语，一个妙不可言的电子天堂近在咫尺。我坚定地摇了摇头，表示不屑——其实，我并没有听懂他们嘴里的众多技术名词，我心中默念的是另一句话：兄弟，要骗到我并不容易。淘宝、网恋或者电子社群是年轻人的节目，我还是守住钱包里有限的几张钞票对付大楼外面那些尘土飞扬的日子吧。

如同他们这么年轻的时候，我所熟悉的电子设备是一台四四方方的收音机，里面播放雄壮的革命歌曲和各条战线形势大好的新闻；一个相对普遍的自动化装置是水龙头——拧开旋钮，水流就哗哗地喷出来了。二三十年的时间，世界变得太快了。然而，我并未感到无知的羞愧。时尚又算什么？明月松间照，清泉石上流，远离那些光怪陆离的电子产品并不影响我的生活。现代社会的表征之一是，按照自己的方式设计每一个日子，没有必要将手机或者电脑视为发号施令的家长。我知道那些伟大的软件可以遥控天上的卫星，指挥大洋之中的潜艇发射导弹，但是，它们管不住一个个生命的奇特轨迹。一条狗踊跃地蹿过街头，一条金鱼慢条斯理地浮游在玻璃的鱼缸之中，哪一个软件工程师能够描述兔起鹘落的奇妙？我们又不是组装在一台机器之中的零件。

然而，就是在这个时刻，一个锐利的命题如同一支利箭击中了我：我们正在变成一台机器的零件——我们，所有的人。我们的生活必须由机器设计与核准，背叛机器将一事无成。如同我们曾经驾驭汽车或者游艇那样，电脑正在驾驭我们。现在，这个命题已经进入尾声，软件工程师编写的程序正在完成最后的合围。当一枚薄薄的芯片植入我们的后脑勺时，机器统治世界的日子将正式宣告来临。是这样吗？

一阵巨大的不安阴影一般地掠过。

贰 时至如今，我们这些凡夫俗子的日子多半陷于庸常的琐事，只有一些惊雷一般的预言振聋发聩，迫使我们抬头仰望。我们等待这些预言犹如等待一束穿透历史表象的强光。

十九世纪的时候，卡尔·马克思的《共产党宣言》曾经显示了杰出的洞察力。高瞻远瞩的论述利刃般地剥除了浮嚣的世事，历史暴露了真实的面目：资产阶级正在破坏一切封建的、宗法的和田园诗般的社会关系，宗教的虔诚、骑士的热忱和小市民的伤感无不淹没在利己主义的冰水之中。所有神圣的东西都遭到了亵渎。贫困人口持续地加入无产阶级的队伍，资产阶级和无产阶级决战的时刻即将来临。说出这些惊人的结论时，马克思还不到三十岁。

二十世纪的时候，生活之中的某些方面突然开始提速。人们逐渐察觉，技术正在重塑世界。当然，多数人并未受到惊扰，他们多半懒洋洋地享受技术。白天奔赴一个指定的行政方格上班，晚上伴随一台电视机度过，这种日子没有多少不妥之处。不过，马丁·海德格尔，一个目光如炬同时又饱受争议的哲学家注定会说出一些惊世骇俗的观点。他指出了技术隐含的危险，分析了人类社会依赖的工具。海德格尔享年八十七岁，于七十年代中期去世。或许海德格尔还是没有料到，他去世之后的数十年间，电子技术的革命带动了这个领域的机器家族迅猛繁衍。现在，这些强大的机器家族正在吞噬人类。也许某一天，我们都将变成机器管辖的驯服子民。

大约十五年前，一本十八世纪的著作《人是机器》开始让我意识到一个危险：把人类改造为机器是由来已久的冲动。这本著作的作者拉·梅特里兴冲冲地将人的躯体形容为永动机。这种观点迫使我想象躯体内部各种电子集成电路、金属的轴承和齿轮，行走之际发出一片铿锵之声。当时还没有看过《终结者》《变形金刚》这些电影，未曾料到电子集成电路与人类的脑细胞一样擅长输送嫉妒、仇恨、贪婪、杀戮和爱情信号。我的想象之中，机器奉为人类的偶像更像是理性策划的阴谋。当时，我曾经写下了这么几句幼稚的话："理性始终不渝地和躯体的本能、亢奋、放纵和软弱搏斗；如果金属材料取代了血肉之躯，机器的精确、可靠、坚硬和一致也将成为人类躯体的品性——这如同理性的终极理想。"

现在看来，机器对于人类的改造范围远远超出了胳膊和大腿上的肌肉，譬如视觉。摄像机正在充当这个社会的视觉器官。每一家客厅里的电视屏幕与人类的眼睛相互衔接之后，一个伟大的视觉启蒙工程开始了。天空的星体，深海的鲸鱼，宫殿里的政治大人物，那些美人们正在卧室的窗帘后面干些什么……现今任何一个孩童的视觉内容都是古人的眼睛所无法企及的。无论是那些见多识广的商贾还是骑一匹毛驴漫游天下的诗人，哪一个家伙的视野能够与电视台的摄像机镜头竞争？然而，奇怪的是，我们的眼睛比古人迟钝了许多。"相看两不厌，唯有敬亭山"或者"我见青山多妩媚，料青山见我应如是"都是古人的亲眼所见，相反，我们的眼睛不再有自己的发现。摄像机镜头覆盖的范围之外，许多人什么也看不见。

相当程度上，机器甚至开始安排人类的思想。拥挤的地铁车厢里，所有乘客的眼睛都盯住手机或者笔记本电脑，贪婪地吞食屏幕上的知识或者游戏。许多人心目中，不进入屏幕的世界如同不存在。没有人阅读书籍，印刷文化及其携带的经典著作正在被大众抛弃。内容并不重要，重要的是机器提供的阅读形式。互联网传送到手机或者电脑的一切图像文字随即被安装于大众的意识，无数的大脑正在被发展为另一个血管与脑神经组织起来的生物终端。这时，设计机器阅读形式的工程师间接地决定了大众意识如何构成。当然，还有那些熟悉技术与市场的小编辑。总之，这些人的作用就是充当机器与大脑之间的媒人，二者的重合似乎是迟早的事情。

机器正在吞噬人类——或许，这仅仅是一个不动声色的围堵。没有传统的刀光剑影，攻城略地或者肉体的消灭业已成为落伍的形式。无非是茶几上多出了几个遥控器和充电器，客厅或者厨房里增添了几样电器，一些小机器如同潮汐一般缓缓地漫过来，没有人大惊小怪。如何描述机器大获全胜的盛大结局？我一直缺乏足够的想象力，直至一部叫作《黑客帝国》的电影上映。黑暗的电影院里，亮晃晃的银幕提前预告了人类未来某一天的恐怖景象：一台巨大的电脑主机开始操纵世界的时候，许多人的日常状态仅仅是：昏睡在某种盛满营养液的器皿之中，躯体连接上各种插头。插头从电脑系统接收的各种信号不断地刺激感官，昏睡者的意识内部陆续浮现无数虚拟的生活幻象——从矗立的高楼、鲜花盛开的公园、穿过街头的一个女郎到一块可口的带血牛排。这就是机器配给的全部生活。

走出电影院的那一刻，我的脑子里只剩下一个问题：这一台电脑主机的软件程序按部就班地格式化一切之前，人类的意识能否聚集起最后的能量反戈一击，延续乃至阻止这种恐怖景象的来临？

叁　众多工程师对于这种历史预言嗤之以鼻。杞人忧天，危言耸听，这是许多人文知识分子的常见症状。每隔一段时间，他们的科学恐惧症就要周期性地发作。一会儿怀疑转基因，一会儿被电脑吓得发抖。我们需要一场关于科学的严肃辩论，工程师们义正辞严地说。不过，他们还是很快轻蔑地转开了脸：算了，最好别理这一帮神经质的家伙。

通常，大众的脾气相对温和。他们对于各种危险的结论将信将疑，甚至无动于衷。《黑客帝国》充满了悬念，打斗动作新颖别致——可是，一部电影而已，有必要当真吗？

当然，大众无法论证，为什么刚刚更换的电脑又被认为太慢，为什么每一个人的挎包里必须藏有一台iPad，或者，iPhone4、iPhone5、iPhone6之间的淘汰周期究竟依据什么。没有人弄得清这些机器的使用目的。周末打麻将的人数已经凑齐，自驾游的计划宣布搁浅，电视里的各路专家频频就马航的失联飞机和克里米亚局势发表精彩见解，更大规模的社交圈子或者拥有更多的资讯意义何在？多数时候，时髦的舆论成为添置这些机器的唯一理由。从笔记本电脑到手机，时髦的先锋人士纷纷使用整套的苹果电器，那些款式陈旧的诺基亚手机怎么能见人？没有微博圈子和粉丝，没有用4G手机武装到牙齿，这种人肯定没有资格生活在现代社会。"你out了"，移动通信公司的广告及时地扮出了一张鬼脸。

"市场"这个概念活跃多年之后，消费终于被视为生产的前提。多数人愿意相信，所有的技术发明无不来自市场的千呼万唤。无数人翘首以待的那个神圣时刻，一款电器不负众望地登上商场的柜台。商场门口再度出现了久违的景象：人们竟然彻夜排队购买手机。没有人在乎昂贵的价格是否物有所值。接过包装精致的纸盒，消费者内心洋溢着领取圣餐的感觉。人们心中的神早先是比尔·盖茨，后来改成了乔布斯。互联网，QQ，电子邮件与博客，从互联网上开设的大学课程到色情的裸聊，这个世界丰富异常。人们的观念中，数学公式和分子式组装出了另一种历史；没有科学的启蒙和拯救，生活迄今还逗留在未开化的茹毛饮血阶段。所以，说出这种事实的罪过不啻于泄漏天机：这些机器的背后并没有真实的日常需求。各种如饥似渴的欲望仅仅是舆论植入内心的人工感觉。

　　与大米、水果、家具、煤炭这些日常用品不同，没有多少人事先估计到那些科学家的天才发明又有什么用，包括科学家本人。十九世纪七十年代，英国人贝尔因为一个偶然的小事故——实验之中一个弹簧失灵，波动的电流沿着电线传到了邻室产生了声音——发明了电话。最初电话机的体积如同一个箱子，通话的人必须大喊大叫。这种玩意儿能干些什么？通话技术的完善以及电话市场的形成是发明很久以后的事情了。电视的诞生有些相似。二十世纪的二十年代，另一个英国人贝尔德终于将图像信号传入电视屏幕。当时，诱使他绞尽脑汁的并不是财源滚滚的电视王国，而是身边一个朋友的简单猜测：既然可以远距离地发射和接收无线电波，或许图像信号也做得到。许多科学家常常被突如其来的灵感烤灼得坐立不安，他们发明种种奇妙的产品如同一棵果树生长梨子或者桃子一样自然。这些产品的后续故事——譬如，使用、宣传、销售——多半是另一批人考虑的问题。

褒扬青山绿水、明月清风的时候，我们拥有一套熟悉的美学辞令，例如"田园诗"或者"诗意地栖居"。然而，赞颂机器是一个不小的难题。从"一箪食，一瓢饮，在陋巷"的理想到"土地平旷，屋舍俨然，有良田美池桑竹之属"的"桃花源"，农耕时代的哲学不清楚如何表扬这些金属和电子元件装配的古怪作品。或许，"科学"、"信息社会"或者"现代文明"组织的表述与科学家一本正经的理性表情遥相呼应，但是，这些标准化的大词缺乏激情。一段时间的探索之后，机器的宣传风格逐渐转向了时尚乃至暧昧。遥望故乡，寄语电话，怀念父母的亲情展示通常是电话广告自我推销的话语策略；手机刚刚兴盛的时候，广告商竭力放大的节点是"私密性"。手机广告抛出的观念是，手机有助于订制私人生活。当然，最具吸引力的私人生活是爱情。众多手机广告的画面均为一男一女神情缠绵地通话；这仿佛是一个不言而喻的观念，再也没有什么比手机更适合充当爱情道具了。显而易见，这种宣传风格的功效逐渐显现。不止一个地方报道了这种故事：一些年轻的夫妇悄悄地卖掉了出生不久的婴儿，目的是换回一些钱购买新款手机。没有手机的人不敢走上街头，没有新款手机的人不敢出入社交场合。女人的项链、戒指和男人的手表、皮带曾经是富贵的象征，现在已经一律改为新款手机。

每隔一段时间，总会有一些新颖的机器登陆生活。如何为这些陌生的面容争取众多拥戴者？这时，广告商会精心派遣若干故事进入市场开疆拓土。不论各种故事怎么构思具体的情节，这个主题几乎成为共识：机器的每一次降临无不极大地改善了生活的质量。汽车让我们跑得更快，飞机让我们跑得更远，没有手机或者没有电脑的日子几乎不堪回首。可是，如果没有设定历史的最后一站在哪里，谁又知道更快或者更远是不是南辕北辙？江雪独钓，细雨骑驴，只恐夜深花睡去，故烧高烛照红妆——谁能肯定这种生活方式不是更接近历史的目的？

我想说的是，当生活的质量纳入机器发明的逻辑时，生命是不是即将成为机器的俘虏？

肆 我曾经做过一个演讲，题目是《我们生活在机器中》。无论是枪支、汽车还是电视机、空调机，谈论各种机器的时候，我并没有产生多少反感。

高耸于工地的大吊车千百倍地放大了我们的臂力，笛声长鸣的火车或者轮船携带我们周游世界，这没有什么不对。的确，汽车不仅是一种运输工具，同时还形成了新型的社会学。口袋里藏有一把汽车钥匙，我们可以随时驶上高速公路奔赴远方，轻而易举地将祖先、传统和故乡的土地抛到遥远的身后。车流滚滚，这种机器塑造的是无根的大无畏性格。树挪死，人挪活，将一双泥腿从一亩三分的自留地里拔出来，无拘无束地闯荡天下，这不就是现代社会推崇的开拓精神吗？

"傻瓜相机"是一个有趣的通俗昵称。"傻瓜化"的特征表明，机器内部的微型电脑负责处理种种技术细节，主体可以从繁琐的技术训练之中解放出来。"傻瓜化"机器的最新产品是狙击步枪。依赖步枪内部配置的电脑，一个从未使用过枪械的人也能在千米之外射中目标，命中率几乎为百分之百。由于这种步枪的问世，成千上万的狙击手突然现身于战场，战争的形态肯定要另行设计。另一个"傻瓜化"机器的代表作是3D打印机。设计指令与软件驱动之下，打印机可以完成任何作品，无论是一个造型奇特的雕塑还是一幢形状怪异的大楼。因此，那些手艺精良的工匠很快就要无所事事了。机器的智能程序自动地完成了大量常规工作后，我们的任务仅仅是监视仪表，必要时敲一敲键盘。主体技能的普遍退化削弱了个人的性格魅力，一些思想家将这种状况形容为后现代文化。

不论现代还是后现代，这些堂皇冠冕的概念从未引起我的不安。事实上，我的不安是由一个电话带来的。那一天我正在忙碌，手机铃声突然响起。接起电话之后，话筒里传来熟悉的广告腔调："对不起，打扰你一下……"随后是一个贷款的广告。我气得大吼一声："你的确打扰我了！"随即将电话挂上。不到两秒钟，手机铃声再度响起，还是同一个号码。我估计对方企图恶语相向，不再接听电话。手机铃声不屈不挠地持续，仿佛表演强悍的进攻性格。我突然意识到，众多机器已经侵入狭小的私人空间。这或许是一个危险的征兆。

从火车、轮船、汽车到形形色色的军械武器，众多机器涌入公共空间，形成了钢铁的工业社会。这些机器显然不能摆放在私人寓所的客厅里，谋划或者干预我们的生活。寓所之中可以种树栽花，喂猫养狗，通常不会考虑安装一辆吊车，或者架起一门大炮。我们的私人生活游离于机器能量的掌控之外，自由自在。现在，这个区域的栅栏终于被机器踏倒了。

侵入私人空间的第一部机器是不是手表？或者，先是怀表，继而手表，总之，一台袖珍机器悄悄潜入私人空间，占领了一个贴身的位置。日出而作，日入而息，这种粗率的计量仅仅将时间分为白天与黑夜；手表的秒针不仅将我们的日子切割为许多均匀等分的细小格子，而且造就了一种精确的性格。没有这一台袖珍机器的训练，我们的行止起居不可能详细到以分乃至秒作为时间单位，短跑或者游泳比赛那种几分之一秒的较量如同天方夜谭。尽管如此，手表的最大功绩是将私人空间纳入公共社会。由于手表的广泛使用，一个社会终于可以制定共同遵循的火车时刻表、上班的钟点以及各种约会的时间。这是农耕社会转入大规模工业生产的前提。如果说，春夏秋冬的季节划分、清明谷雨的节气区别和算命先生索取的八字生辰仍然顽强地坚持农耕社会的时间体系，那么，工业社会只承认手表指示的机器时间。

如今，各种机器几乎占领了私人空间的每一个角落，所有的人都在机器操纵之下生活。洗衣机，空调，电冰箱，电视机，微波炉，电磁灶，诸如此类的机器逐一分解了我们生活的各个部分，重新修订生活质量的衡量标准。手机与电脑大规模扩散带来的一个历史转折是，人与机器相对的时间远远超过了人与人相对的时间。马路的人行道与斑马线上，公寓楼的电梯里，火车站或者机场的大厅，医院候诊的走廊——总之，公共场合的多数人都一头扎进了手机或者电脑。同一间办公室的同事疏于面谈而热衷于QQ交流；同一个屋檐下的夫妻相互发送手机短信通知开饭的时间或者哪一位负责洗碗；一对情侣相约共进晚餐，餐桌上的大部分时间是一边吃菜，一边分别阅读各自的手机；寄宿于学校的孩子周末返家，第一件事就是扑到计算机上利用互联网打游戏——他们没有兴趣和父母哪怕聊天十分钟。专家开始在报纸上撰文大声疾呼，手机与电脑正在成为瓦解家庭的元凶。作为一种佐证，一些女人埋怨说，她们的丈夫宁可在沙发上一两个小时地摆弄手机，也不肯花费五分钟和她一起晾晒衣服。因此，这种统计数据的公布多少有些出人意料：女性对于机器的迷恋超过了男性。当然，专家诅咒机器的不祥声音并没有吓住哪一个人。"机器依赖症"仍然如同瘟疫一般扩散，机器之瘾与烟瘾、酒瘾乃至鸦片之瘾异曲同工。

可以听到许多抱怨，手机犹如无远弗届的电子枷锁。隐藏到遥远的郊外，或者，躲入一个偏僻的小茶楼，令人烦恼的公务和私事仍然搭乘手机信号循迹而至，急促的铃声鞭子般地抽打我们的脆弱神经。尽管如此，所有的人仍然随身携带如此讨厌的机器。出门偶尔忘了，半小时即会心神不宁甚至心慌意乱，如同世界缺了一角。的确，我们已经是机器的奴隶，即使意识到重轭附身也无从摆脱。

伍 我还曾经说过，一只蚂蚁是一个生命，一架航天飞机仍然只是一部机器。生命与机器永远不可同日而语。现在我愿意反省自己：这个观点正确吗？

灵魂代表了生命的本原。物质的原子内部找不到灵魂，这是我们鄙视机器的最终理由。当然，另一些人拒绝灵魂之说——别提灵魂重二十一克或者三十五克之类的流言，解剖刀从来没有从动物的大脑内部找到灵魂的痕迹。所以，他们宁可谈论人与机器的智能区分，例如著名的图灵测试。阿兰·图灵是英国数学家，他提出了一个测试机器智能的设想：考官与所欲测试的机器和人分别处于不同的房间。考官随机提出各种问题，机器和人分别回答。如果考官无法判断百分之三十以上的答案来自机器还是来自人，那么，这一台机器就拥有了与人相当的智能。据说，目前已经有俄罗斯专家设计的一台电脑即将跃过区分人与机器的龙门。

这将发展出某种恐怖的故事吗？我们和机器一起存款或者乘坐公共汽车会产生哪些危机？也许，机器的最大危险就是正确得可怕。正如一个儿童的站立平衡来自不断的摔倒，"自我"的形成也是来自无数的试错。所以，人类的智能包含了试错形成的迂回、跳跃、妥协、自我矫正以及出其不意的反击。相反，机器往往以钢铁般的意志执行程序认可的正确意见，没有任何回旋的"人情味"。"1+1=3吗？""错误。""1+1=3吗？""错误。""重复一遍，1+1=3吗？""错误。"——这是机器的回答。"1+1=3吗？""错误。""1+1=3吗？""不是刚刚说过吗？怎么又来了？""1+1=3吗？""没空没空，别在这儿捣乱！"——这是人的回答，也是人的灵活、弹性与非直线反应。我们显然是在担心，机器的笨拙和固执可能在某一个特殊时刻变成了扼杀生命的铁腕。

当然，机器必将以钢铁般的意志自我改善。可以预料，不久之后人与机器之间的智能差异愈来愈模糊。一台号称"深蓝"的电脑已经击败了国际象棋冠军。也许，麻烦的是机器的情感指数。电子宠物是什么玩意儿？机器中寄存一只虚拟的宠物狗与花园里的那一只嗷嗷吼叫的小狗有何区别？没有飘拂的狗毛，没有粪便的臭味，不会弄脏地毯，不必上宠物医院打狂犬疫苗——同时没有真正的生命因而不会死亡。可爱的表情，互动游戏，关怀与生长，开始喜欢这种宠物狗的时候，我们的情感陷入一个灰色地带。我们不会为一束信息的死亡而哀恸，也不会为一个软件的衰老而伤感——我们的满腔爱怜只能献给一个生命。哪怕象征性地认可一棵树或者一朵花的植物生命，我们也不会接纳各种零件装配的机器。现在，虚拟的宠物狗制造了一个古怪的难题：这种工程师伪造的生命是不是正在偷盗我们的情感？

可以预料，如此强大的机器终将谋求生命形式的编辑权，这是机器吞噬人类的必然阶段。卓别林的电影《摩登时代》开始以喜剧的夸张形式陈述这个主题。工厂的流水线必须配备新型工人，他们操作的每一个动作无不得到详细的图解分析。标准化的动作删除了所有的多余部分，手臂的伸缩、扭动必须与机器的运转精确衔接。这时，身体终于成为机器的附属品。如果说，《摩登时代》的机器讽刺了初期工业社会的粗暴，那么，另一部美国电影《超级战警》以科幻的形式讽刺了后现代社会的卫生与精致。史泰龙扮演的一位警察无意地闯入2032年，他的勇猛粗莽吸引了一个未来的女警。女警邀请他来到寓所，并且以天真的神情询问他是否愿意交媾。史泰龙扮演的警察赧然应邀。女警进屋取出两个头盔各自戴在头上；他们相隔两三米，衣冠楚楚地坐在椅子上，这即是2032年的性生活。那个时候，躯体的接触与体液交换均属违法，交媾的形式仅仅是利用脑波仪器交换性能量。现今的性行为仍然保持传统的肌肤相亲，不少人甚至不能忍受两具躯体之间存在一个薄薄的安全套。因此，当隐秘的性领域遭到电波和金属的全盘改造时，生命形式内部隐藏的灵魂不如说就是一台无坚不摧的机器。

陆 那一天在电子商场，我看完了一部十来分钟的广告片——推销一种红外线控制的智能插座。广告片承诺，智能插座可以提供一种简单而有趣的生活。寓所里的热水器、空调、电饭锅等诸多电器悉数交给智能插座管理，主人回家之后所做的事情就是打情骂俏，然后赖在沙发上享受电视。我暗自一笑：夸张了吧；随后转念一想，或许我保守了。

我们的生活正在彻底抛开自然和传统，机器不由分说地安排了一切。

听说Facebook社交网站的时候，我的确有恍如隔世之感。"月上柳梢头，人约黄昏后"古老的约会方式终结了。谁还愿意钻入树影或者草丛，饱受蚊虫的骚扰？夜色如漆，众人纷纷遁入桌上的电脑终端屏幕，沿着细小的光纤抵达某个服务器，参加盛大的信息化装舞会。他们身轻如燕，无拘无束，身份与躯体的双双缺席带来了巨大的自由。三分钟可以激情如火，不存在地域或者财富、门阀的限制；一言不合立即下线，也没有喋喋不休的事后纠缠。身居斗室，须臾之间阅人无数，屏幕熄灭之后，眼前一张键盘、一个鼠标而已。巨大的时空转换片刻完成，机器制造的社交方式仿佛令人多活了几辈子。

效率意味了富余的时间。不过，机器赢得的时间只能奉还给机器。刚刚从Facebook下线的人多半没有兴趣悠闲地观花、赏月或者吟诵诗词，他们宁可看电视，或者在互联网上闲逛。如今的电视节目拥有百十个频道，几个频道稍稍耽搁就耗去了一个晚上；互联网上的笑话机智迷人，明星八卦悬念丛生，社会新闻图文并茂……忙呵，他们终于淹没在机器提供的海量信息之中。尽管没有多少人公开承认电视机或者互联网是令人崇拜的精神领袖，但是，他们的生活趣味已经由机器隐蔽操控。"窗含西岭千秋雪"也罢，"竹摇清影照幽窗"也罢，"何当共剪西窗烛"也罢，"暗风吹雨入寒窗"也罢，"窗"的意象以及窗外的自然已经从视野删除，时刻穿插在他们生活之中的是各种型号的屏幕——电视的，电脑的，或者手机的。微软公司将他们的软件系统命名为Windows，中文译为视窗。的确，这些屏幕就是许多人窥视世界的电了窗口 他们的世界隐藏在机器里。

由于机器的完善设计，许多人几乎所有的时间都生活在室内。尽管若干健身器械表明了人类对于肌肉的残存爱好，但是，电影之中还是开始推出某种特殊的人物形象。这些人物多半生活在一间幽暗的地下室，身材臃肿，面容苍白，通常坐在一张硕大的靠背椅上，周围摆满了各种电脑主机和闪烁的电子元件。他们表情迟钝，言语乏味，动作迟缓，但是十指出奇地灵活。电脑的键盘温顺地趴在他们的巴掌之下享受敲打，指尖与键盘的亲密配合恍如机器制作的色情。或许，电影导演的心目中，这些人物即是"工科男"的卡通形象。某部电影甚至将这种人物处理为斜躺在靠背椅子上的瘫痪者，身体的唯一活动仅仅是操作电脑键盘。这令人想起了伟大的霍金。的确，对于他们说来，只要脑子和手指会动就行了。

没有理由低估这一批人的创造力。生活正在退回室内，室外的大自然是不是丧失了魅力？上帝曾经说，要有光，要有日月星辰，要有海洋和陆地，于是，万物蓬勃；现在，年迈体衰的上帝似乎睡着了，一批工程师正在他的位置上勤勉地工作。他们企图制造另一个机器的世界，并且承诺这个世界内部所发生的一切无不如同公式般地合理。所谓的合理，就是指每一个人都像机器零件一样精确地安装在某个位置上，持续不懈地毕生运转。

我记起儿时曾经玩过一个游戏。几个小伙伴一起唱一首童谣："不许说话不许动，我们都是木头人！"然后静止瞠目，凝固不动，看谁坚持得更久。也许未来的某一天，这首童谣的乐曲将由机器播放，每一个人仍然行走自如，谈笑风生，但是，所有的人都知道歌词已经修改——"我们都是机器人！"

快！

壹　统计可以证明，"快"是日常用语之中使用频率最高的一个字眼。"快！"我们时刻催促别人，也时刻被人催促。没有人明白我们急着赶到哪儿去，但全世界的人都在互相招呼："快一点！"

风驰电掣的轿车时速一百四十公里。外交大臣一个星期要访问五个国家。每秒运算几亿次的计算机已经问世。母亲来不及揩净孩子嘴角的饭粒就匆匆赶到了车站。公务员用肩膀夹住电话的同时手里还在不停地书写。宽带网的口号是极速世界。张爱玲广为人知的名言是出名要趁早。高速悬浮列车正在投入使用。每隔二十四小时就增加一万五千例新的艾滋病感染者。三菜一汤换成十元钱一客的快餐。艺术家正在抱怨被创新这条狗撵得连撒尿的工夫也没有……"一万年太久，只争朝夕。"虽然看不见上帝如何挥舞手中的指挥棒，但是，所有的人都察觉到，这个世界的节拍越来越快了。

偶尔翻一翻唐诗宋词，顿时感到古人的生活速度慢了下来。"明月松间照，清泉石上流"；"夜来风雨声，花落知多少"；"孤舟蓑笠翁，独钓寒江雪"；"孤帆远影碧空尽，唯见长江天际流"；这种日子从容，悠长，恬然，可以慢慢地品尝和消磨人生的百般滋味。"无可奈何花落去，似曾相识燕归来，小园香径独徘徊"；"东篱把酒黄昏后，有暗香盈袖"；即使愁绪万千，即使壮怀激烈，也没见到哪一个手忙脚乱，喘不过气来。"江晚正愁余，山深闻鹧鸪"，"把吴钩看了，栏杆拍遍，无人会、登临意"——不管怎么说，时间还是有充分的保证。

然而，这种生活现在已经连根拔除。现代人身体里面的马达似乎越转越快。他们再也接受不了古人的生活速度了。看戏曾经是古人的莫大享受。可是，如今还有多少人有这个耐心？台上一个小姐咿咿呀呀地唱，半天还走不出闺房到后花园与书生相会；若是在电视剧里面，她早就和小伙子上床了。一些人甚至觉得电视剧还是太慢。抽个休息日借回一摞子录像带，用快进键播放，仅仅在遇到说明剧情的对话时停下来听一听，大约十多分钟即可看一集。这才是令人过瘾的节奏。的确，不停奔走的现代人已经收不拢脚步——这个世界早就变成了一个匆匆赶路的意象。

贰 其实，古人的日子之中也有风驰电掣的时刻。"马作的卢飞快，弓如霹雳弦惊"，骏马和飞矢都是神速的象征。如果再夸张一些，可以提到李白的两句诗——"两岸猿声啼不住，轻舟已过万重山"。然而，古人体验的速度没有超出自然的节奏。水流花谢，月亏月盈，巨石滚下山巅，飓风掠过海滩，这时，慢或者快都看不出什么异常。如果企图突破自然节奏，那就必须动用某种魔术。《水浒传》之中，"神行太保"的每条腿拴住两个甲马，念动咒语即可日行八百里；孙悟空更加神通广大，一个筋斗翻出了十万八千里。当然，魔术仅仅是一两个人的事，改变不了整个世界。孙悟空蹿得再快，唐僧还是得慢腾腾地享用他的九九八十一难。

改变了整个世界的是机器。机器制造了一系列匪夷所思的速度。特别是蒸汽机出现以来，整个世界迅速地被调整到机器的节奏之上。木牛流马换成了十轮大卡车。鸿雁传书换成了电报或者传真。快艇问世以后，古老的帆船又算什么？一列火车哐当当地驰过，强壮的骏马变得如此渺小。从联合收割机、冲床到飞机、电子计算机，人类生活的每一个角落都在提速。尤其令人骇异的是，人类不仅计算出逃离地球引力的第一宇宙速度、第二宇宙速度、第三宇宙速度，而且制造出宇宙飞船逍遥地遨游太空，把那一颗缓缓转动的地球远远抛在后头。如同古人那样，我们还在吃五谷杂粮，生儿育女，然而，周围的日子仿佛正搁在一个愈来愈快的传送带上，就要让我们应接不暇了。

第一宇宙速度是每秒七点九公里。速度的计量早就精确到秒。"秒"的概念是什么时候出现的？十三世纪机械钟出现之前，人们肯定不会将时间切割成如此之小的方格。散漫的农耕时代，日出日落或者春去秋来是人们计算时间的方式。这种粗糙的时间观念只能产生相应的速度。今日事今日毕，办事的速度是以昼夜交替为时间单位。可是，自从"分"或者"秒"成为度量单位之后，世界不得不加紧自己的步伐。分秒必争，这种口号只能出现在钟表人规模普及的社会里。和蒸汽机一样，钟表也是现代社会的加速器。人们哪里是在替钟表上弦？其实，人们是在替世界上弦。

叁 金庸小说之中的武林高手常常就是讲究一个快。郭大侠性格迟钝，可是出手如电，如此才能把降龙十八掌使得出神入化。古龙干脆就不具体地写了。他的大侠身形一晃鬼魅般侵上前来，对手还未看清招式，他已经点中了穴道又退了回去。总之，快就是制胜的法宝。这是动物世界遗传下来的生活准则。鹰击长空，虎啸山林，称王称霸的都是一些手脚利索的好汉。那些慢吞吞的家伙想活命就得有特别的绝招。乌龟有个硬甲。蜗牛有个硬壳。毛毛虫可以伪装成一片树叶。当然，如果拥有大象的庞大体积也行。

工业社会并没有改变这条法则。金庸和古龙的武林高手纷纷撤退，因为机器的速度更快。再好的身手也躲不过快枪的子弹。快仍然是机器时代的神话。幻影战斗机、鬼怪式战斗机或者米格战斗机，战斧式导弹、飞毛腿导弹或者导弹防御系统，较量的就是谁更快。

但是，工业社会还发明了另一条法则。这条法则被表述为"时间就是金钱"。进入工业社会，惜时如金这一类格言突然多了起来。人们没有理由浪费时间。农耕时代的生产必须听命于季节，机器却随时可以开动。人类就是在这个时候告别了寒暑节气而站到了工厂的流水线面前。机器的节奏代替了心率和脉搏。计件工资的出现彻底改造了身体的自然属性。工人的每一项操作都被详细地图解分析，删除任何一个多余的动作，精确简练的手臂伸缩终于和机器的运转默契无间，甚至上厕所小便的速度也得到了以秒为单位的计算。机器成为效率的唯一注解。卓别林的《摩登时代》就是一部表现人变成机器的超现实主义杰作。

当然，我们的生活之中还保留了一些慢工细活。慢慢地研墨，在毛边纸上给友人写一封信；盘坐在树荫之下，支起鱼竿钓鱼；摆出刀具，在一方上好的寿山石上刻一枚印章；字斟句酌，反反复复地吟咏推敲两句诗；如此等等。然而，这些慢工细活已经渐渐地从日常生活之中剥离出来，成为一种奢侈的享受。速度意味了财富。如果想悠然地品一壶茶，听一段戏文，翻一本闲书，你就必须付钱——而且价格不菲。置身于越来越忙碌的工业社会，有闲的前提必须有钱。

令人奇怪的是，我们的动作越来越快，手边的事情不是越来越少了，而是越来越多了。文件堆积如山。日程已经排到两个月以后。会议一个接一个。摩擦和磕磕碰碰持续不断。许多时候，我们恨不得给地球装上一个新的引擎，让它转得更快一些——一天转出三十六个小时来。结局当然可以预料：记性越来越坏，血压越来越高，脾气越来越大，睡眠越来越糟糕，情趣越来越少，语言越来越贫乏，终于只会说一个字：快！

肆 回过身来看一看舞文弄墨这个行当，我们惊骇地发现了来势汹汹的"写作加速度"。下笔万言，倚马可待，仿佛有鬼追在后头似的。现今，三流作家也敢于夸口著作等身。我们的写作也要跟上机器的节奏吗？

古人一笔一画地把文字刻到龟壳、骨头或者竹简上。只有重大事件才有可能得到书写。即使有了毛笔和纸张，下笔依然慎之又慎。"匆匆无暇草书"，龙飞凤舞的背后绝不是草率。字斟句酌，深思熟虑，惜墨如金。古人习惯于把思想简约地表述出来。三句话压缩成一句话，余味深长，这不可能写得太快。推敲多了就成了诗。诗是炼字炼句，犹如道士文火炼丹。"两句三年得，一吟双泪流"。唐朝被形容为诗的帝国，全唐诗不过四万两千多首。了不起四五百万字吧，现今一个普通作家就可能达到的产量。

印刷机骤然地解放了作家的写作生产力。机器又一次左右了思想的生产。报纸和平装书拥有巨大的文字容量，钢笔和圆珠笔及时跟进。这一切怂恿了飞一般的写作速度。写作的神圣感已经无影无踪，作家宁可自称"码字的"。许多作家日产五六千字，两三个月一部长篇小说。专栏作家每天都有文章见报；太阳底下无新事，可是他们一提笔就有话可说。形形色色的读物潮水般漫过，几乎令人无法呼吸。文字产品大量过剩，那些字字珠玑的古典名著只能打折——它们被迫以简写本的形式传播。

所有作家都加快了写作速度，文学的空间拥挤不堪。新生代作家大声抱怨找不到座位。他们背过身去嘀嘀咕咕：那一批老态龙钟的家伙怎么还舍不得退役？老古董早该过时了。这时，文学不是跨越历史的不朽之作，文学成了一茬一茬按季节出售的蔬菜。曹雪芹撰写《红楼梦》"披阅十载，增删五次"。按照现行的标准，这种作品还没有诞生就已经衰老。"各领风骚数百年"是古代作家的周期，新生代的理想是"各领风骚三五年"甚至"各领风骚三五天"。据说，现今每天平均有两部以上长篇小说问世，最新的文学纪录是五岁的孩子成为长篇小说的作者。神童哪需要什么读万卷书行万里路，这种老教条已经适应不了二十一世纪的写作速度了。

幸好网络开放了一个巨大的场域。积压的文学产品发现了一个新的展厅。这才真正是一个炫耀写作速度的地方。语言粗率，情节单纯，速记符号和错别字一拥而上。没有人觉得有什么不对。付费上网，网络上只能匆匆地写作和浏览。我手写我口，想到什么说什么，想怎么写就怎么写，手指在键盘上跳跃远比握住一支笔灵巧。写字的速度又一次得到了不可思议的提高。大部分作者从未想到竞争经典的荣誉，他们丝毫不在乎"速朽"。不论写作还是阅读，不就是图个痛快吗？——他们甚至把写作比拟成不是为了生殖的射精。

纸面上千言万语，内心空空如也。太快的写作已经把思想洗劫一空。这是一个写得多想得少的时代。若干年之后回想起来，我们记不住作品的内容而仅仅记得住篇名，甚至记不住篇名而仅仅记得住作者姓名。也许，除了数字，我们什么也记不住——我们只记得出版过十万部长篇小说和一千万个短篇小说！

伍　"窈窕淑女，君子好逑。"爱情是一种悠长绵密的生活。一个眼神，一个微笑，一句话，一种脸色，一次邂逅都值得反复解读。试探，回应，闪避，犹豫，挖空心思，欲说还休，蓄谋已久，一见钟情——生活的全部细节一概变得富有意味了。爱情的实质是慢。等待，回味，揣摩，小小的赌气，长长的思念，"才下眉头，却上心头"，这一切都需要大量的时间。爱情的典型话语是"海枯石烂"、"一生一世"、"坚贞不渝"——恨不得不计时间。

男欢女悦的另一种生活是性爱。性爱的实质是快。性爱叫作"片刻之欢"，"销魂的一瞬"，又叫作"苟且之事"，总之，短暂得很。性爱具有欲仙欲死的快乐，人们渴望性爱可以尽量延长。大部分性爱药物的意图都是延长做爱的时间。然而，药物的效果有限，人们只能不断地重新开始。肉身的快感仍然转瞬即逝，人们只能靠增加做爱的次数维持快感的记忆。上床、下床的频率越来越快，二者之间的爱情生活越来越多地遭到了删除。

现代人加快了生活速度，做爱代替了爱情即是一个证明。爱情要求耐心细致，缠缠绵绵，"为伊消得人憔悴"；相对地说，做爱程序简单，动作明快，完事之后一拍两散，没有多少心理后遗症。为了跟上生活的节拍，现代人尽可能抛弃各种辎重，轻装上阵。他们再也不想把爱情作为性爱的前奏，这种情节实在太缓慢了。性爱就是脱衣上床，不必有那么多羁绊手脚的枝蔓。男耕女织的时代渐渐逝去，家庭、传统、传宗接代的意义日益淡漠。这时，要求一个人停在某一个角落里，一辈子专心致志地爱另一个人，这太没有"现代感"。于是，我们发出了感叹：再也没有比做爱更容易的事，然而，爱一个人却很难。现代人频繁地更换性伴侣，种种性冒险、性快餐层出不穷。我们仅仅在快感的意义上互利互惠，传统的爱情已经消失。肉体的感官在花花世界赢得了无数的乐趣，但是，不会再有什么刻骨铭心。如果说，岁月如梭的生活不断地造就我们的无根之感，那么，揪心的爱情又怎么能挽留得住呢？

陆　快节奏的日子多半会产生轰轰烈烈之感。东奔西走，发号施令，快刀斩乱麻，手机响个不停，两天完成了一个星期的活计，走到哪里都有人扯住袖子请示、报告，这种忙乱的日子无比充实。我们就是在手忙脚乱之中和世界融为一体。不必计较多干活没有酬劳，越来越快的日子怎么说也是划算的。据说，现今人们每天的信息量相当于古人一年的所见所闻——这不是多活出几辈子来了吗？

　　然而，这只是一个错觉。狼吞虎咽往往嚼不烂。草草地掠过生活，许多细腻的部分消失了。从海南岛到哈尔滨，波音757只要四个小时。甚至旅行感还没来得及出现，我们已经从夏季飞进了冬季。可是，呼啸的飞行既看不清长江，也看不清泰山。古人骑一匹毛驴上路，歇歇停停地走了三个月。他们不在乎哪一天抵达目的地，但他们说得出哪里草长马肥，哪里风高雪厚。小桥流水，黄土高坡，只有一程一程地慢慢走过，人们才可能真正认识江山。否则，我们只不过认识一张地图。生活中的细节很重要。这些细节贮存了全部生活的沉重分量，无论是母亲的躬身咳嗽、乞丐的卑微眼神还是小官僚趾高气扬的步态。武侠小说快意恩仇，血脉偾张——可是缺少必要的细节。武侠们不必操心食宿，江湖上从来没有人生病住院，也不必给孩子洗尿布。所以，合上书本半个小时之后，我们立即明白这种生活是假的，爱或者恨都轻飘飘。可是，细节的体验必须慢慢来。太快的速度往往把细节当作累赘抛掉，生活仅仅剩下了梗概。

现在，许多人似乎被越来越快的生活速度魔住了。人们只能匆匆地瞥一眼远方的山峦或者天空的月亮，然后就埋头往前奔。快，快！——争先恐后的心情凝成了一阵强大的浮躁之气。不论是历史蓝图的挑选、个人目标的设想还是迪斯科舞厅里急促强劲的节奏，人们都可以察觉到浮躁之气的冲击。浮光掠影冒充见多识广，一目十行成了渊博，琴棋书画面面俱到又一无所长，朋友遍天下而没有一个知己。孩子们开始玩电子游戏的时候就明白，闯关夺隘靠的是手快——而不是深思熟虑。谁还在那里青灯古佛，面壁十年，那简直是不堪救药的落伍者。

大洋彼岸的一个教授提出了意味深长的口号：比慢。踏踏实实地读书，不要想一口吃成一个胖子；从砍柴挑水做起，不要好高骛远，频频更换一些炫目的大口号，打算毕其功于一役。可是，机器制造的节奏回响在每个人的心里，如同挣脱不了的毒瘾。我们常常按捺不住突然涌上来的焦躁，再也坐不住冷板凳，悬梁刺股也没有用。这个时候，返璞归真是一剂良药。只要回到虫吟鸟语、月白风清之间，回到云聚云散、落花流水之间，我们将和另一种节奏相遇。"水流心不竞，云在意俱迟"，温习另一个久违的世界，我们会渐渐地平静，甚至大彻大悟。

寡人之疾

壹 不止一个思想家将性与政治相提并论。纵谈天下大事的时候，常常绕不开身体上的某些器官。如果说，性是个人的私密领域，那么，公共权力从来没有放弃窥探、控制和监管的意愿。这就是历史。许多人听到了历史或者什么主义就开始打瞌睡，然而，如果告知历史或者什么主义是有性别的，他们立即会精神抖擞起来。

如火如荼的革命时代已经远去。紧张的表情、千篇一律的服装以及"作风"问题的非议渐渐成为历史陈迹。庸常的日子来临之后，性成了一个惹人的话题。饱暖思淫欲，这句话儿一点不假。凡夫俗子还能聊些什么？新能源是奥巴马总统的演讲题目，草民只能在自己身上找一些特殊的能量。不就是被窝里的那点儿事吗？对了，就是那点儿事调剂了日复日的乏味生活。联合国对于生态环境的辩论轮不上插嘴，经济学知识分子阐述的金融危机高深莫测，草民只弄得懂方圆一丈之内的事情。口袋里攒起几文小钱，偶尔也想到股票市场探访一下行情。倒是那些股票分析家深知民情，他们的启蒙讲解即是以"性"作为比拟。一则流传甚广的手机短信告知，A股与A片异曲同工，例如二者都令人亢奋，上下幅度都很大，诱人达到高潮之后一泻千里，多数都会被套牢，如此等等。不要一本正经地将性从生活之中删除，性从来就没有从我们身上消失，而且正在广泛地涉及美学、医学、体育健身以及电子信息等尖端行业。

有趣的是，身体是自己的，快感无罪，这些放肆的观念显然是历史赐予的故事。革命带来的严肃气氛之中，一切私人事务均要交付集体舆论表决：消费习惯，美学趣味，服饰装束，饮食嗜好——包括围绕性爱的诸多细节。如今，社会划出了个人空间，隐私有权利避开他人的目光，性的问题开始交还每一个人自决。然而，现在的问题似乎在于，许多人正在刻意地将各种私密的情节摊到阳光之下。正人君子不再讳言下半身发生的事情，大众传媒公然传授性技术，众多艳舞演员的肉体仿佛迫切地企图从重重叠叠的服装背后冲出来。回想这一段历史，性是开放速度最快的一个领域。我们身体之中的某些器官被无限地放大，安放在生活的每一个角落。一个无聊文人曾经大胆地概括，他周围所有的成功男人都在公开猎艳，而众多女士无不暗暗地期盼出轨。相对于昔日的拘谨和保守，性的主题正在从禁欲主义的深渊浮了上来，成为众人手里传来传去的皮球。

贰 一个人一本正经地声称：除了上床，他与某个红颜知己什么都有了；另一个人哈哈大笑：连床都没上，还能有什么呢？一些家伙的眼里，爱情如同一个过时的迂腐话题，没有涉及性什么也谈不上。这是一种轻松的气氛，生活渐渐成了喜剧。

爱情具有一种珍稀的品质。心有灵犀，望穿秋水；执子之手，与子偕老，这种故事不是每天遇得上。两个恋人相互拥有，他们的关系包含了不容侵犯的凛然，不可亵玩的圣洁。尽管如此，恋人之间的痴情日子还是如同薄薄的玻璃器皿一般易碎，甚至经不起一个陌生的轻轻触碰。所以，众多感人的爱情故事往往是悲剧，例如曹雪芹的《红楼梦》，莎士比亚的《奥赛罗》，托尔斯泰的《安娜·卡列尼娜》，纳博科夫的《洛丽塔》。

相形之下，《金瓶梅》诙谐多了。西门庆见到了所有漂亮的妇人就迫不及待地掏出家伙冲上去，这种形象怎么会有庄重之感。至于薄伽丘的《十日谈》，性时常是与笑话联系在一起的。生殖成了一个极其次要的主题，爱情被厌烦地剥离出去，这时的性无非是单纯的取乐。一个异性伴侣，片刻之欢，没必要将这么点事看得太严重。西班牙马德里路边那些正儿八经的小店铺里，几个欧元就可以买一套明信片。一张明信片上用卡通画画了三十一种做爱姿势。做爱场所看来是在海滩上，三十一对男女背后都架了一顶大遮阳伞。卧室里的事情搁到了阳光下，神秘感自然地消失了。

然而，如果性丧失了神秘感而唾手可得，大规模的淫乱必将威胁到家族、血缘和财产的稳定性。因此，社会不得不设计严密的禁忌系统封锁性的狂欢。现在的情况是，许多性话语将禁忌系统视为一个游戏的道具。无论是巧妙地逃脱了禁忌系统的阻拦还是被绊倒在地，这一切在性的叙述之中均是笑料。"在一个巴掌大的地方，犯了天大的错误"，这种话说得多么机智。笑一笑，十年少，这时，各种隐秘的欲望可以乘坐笑声出来短暂地放风。

我们没说什么，调笑自己的身体而已。这种调笑隐藏了一种生活姿态，自己为自己制造喜剧。悲情的时代已经远去，让那些爱情故事逼得涕泗滂沱又有什么必要？一个个都说想要放松一些，性不知不觉地开始扮演喜剧的主角。脐下三寸带来的快乐不仅在床上，而且弥漫在各种话语表述之中，充当诸多"无厘头"隐喻的来源。显然，这种状况已经成了一个奇特的文化症候。

叁 允许我杜撰这么一个词：文化激素。

许多孩童的性器官远未开始发育，可是，四周的文化气氛卓有成效地促进了他们的性早熟。性意识提早觉醒，迫不及待地加入成人游戏——性进化的提速将造就早慧的一代，还是正在打开所罗门的瓶子？

很长一段时间，性是许多场合讳言的话题——我们往往用含糊其辞的"那件事"指代。一个作家在回忆录中说过：小时候他无意地发现了手淫的乐趣，即刻冲出门转告一大堆狐朋狗友。可是，他沮丧地发现，所有的人都知道这件事——就是不说。"红袖添香夜读书"是古人宣扬的美妙情趣，然而，读完书熄灯之后的故事消失了。剩下的事情只能在黑暗中摸索，许多人在新婚之夜还是尴尬地一无所知。

现在，性知识已经全面地铺开。计划生育那一套技术众所周知，重要的是各种微妙的性趣味。性不仅是某一个器官的孤立活动，了解"性感"这个概念吗？精致的眉眼是不够的，还得有狐媚的韵味才行。身材，大腿，"波霸"与平胸各擅胜场，同性恋也得懂一些。如何叫床是一个相互切磋的技术。一个作家曾经在小说里写了一个笑话：某男抱怨太太缺乏情趣，做爱的时候不会叫床。太太不屑地一笑，有何难哉？日后每一次做爱，她双手拍着床沿大声叫起来：床啊！床啊！

若干年之前，街道成人用品商店雨后春笋般地冒出来。我曾经好奇地想，哪些人好意思在大庭广众之下进去啊？这当然是一种落伍的愚昧。然而，即使充分放纵自己的想象力，如今有些情况仍然匪夷所思。例如，染上了性病——当然不是艾滋病——是一个可供炫耀的资历。我在宾馆的电梯里遇到一个醉醺醺的家伙。他对着手机兴高采烈地大吼：我的尿道已经感染了！在他的伙伴之中，有资格与妓女厮混肯定象征了一种不凡的身份。

不甘寂寞的大众传媒显然与这种生活气息遥相呼应。电视形象地图示乳房保养技术，卫生巾广告的竞争进入白热化。互联网里面性的信息铺天盖地，人机的单独相对促成了更为大胆的身体暴露。食品或者饮料之中过多的激素已经开始干扰孩童的正常生长，超量的文化激素怎么可能不介入他们的精神发育？现今，七八岁孩童的性知识远远超过他们的祖父祖母。幼儿园里的女童已经解风情，搔首弄姿，惺惺作态；男童省下零用钱买一朵玫瑰花，单腿跪下献给邻座。由于这些性知识还无法进入生理实践，孩童的表演一知半解同时又憨态可掬。这多少麻痹了父母，以至于他们常常夸耀子女的有趣。然而，如果有限的性知识指导他们以孩子气的口吻表述如下观点，父母当作如何感想呢？一个六岁左右的女童煞有介事地劝告母亲与父亲离婚，然后再找一个阔佬嫁了——这时她们就可以换一辆好一点儿的小轿车了。

肆 电视以及各种大众传媒上的广告拥有两大主题：要么美容，要么壮阳。怎么没有人提出怀疑：这个社会的需求量真的如此之大吗？

减肥，增白，丰胸，祛皱，隆鼻，瘦脸，头发的款式，皮肤的保养，不计其数的服装和鞋子……美容是一项庞大的工程，耗资无数。巩俐、范冰冰、林志玲、舒淇、章子怡，这么多的美人偶像摆在面前，真是够女人们研习一辈子了。爱美之心，人皆有之，这仅仅是一个表象。真正重要的事情是，女为悦己者容。大众情人依靠美貌挣了个盆满钵满，那是遥远的理想；成了黄脸婆连身边的男人也哄不住，这可是一个致命的现实。要命的问题在于，年老色衰是一个不可抗拒的规律。人生阅历可以持续增加，工作经验可以不断积累，但是，时间是美貌的天敌。皱纹横生，皮肤松弛，这种事哪一个女人也无法幸免。现在，我们所能做的仅仅是，尽量推迟这一天的到来。这时，广告公布了一个振奋人心的消息：仙丹似的化妆品已经及时地出现在各大商场的柜台上。无数女人如梦初醒地掏出钱包——买！

就在女人疯狂地打扮自己的同时，隔壁的男人听到了另一个故事。少小离家，事业有成，如今不是哪一家银行的董事长，就是某一个企业的CEO了。多少年的拼搏之后，偌大的钱包已经足够殷实。现在的问题是，由于积劳成疾，身体上某一个关键的器官已经松弛无力。性能力可能在某一个早晨突然消失，这是潜伏在无数男人心中的巨大恐惧。美人如花隔云端，无能为力又有什么意义？上面有想法，下面没办法，商场上的英雄，床上的狗熊，这显然有损于成功人士的形象。好了，如今发达的科技正在向他们献上一份厚礼。伟哥以及伟哥家族的药品源源不断地问世，一个更加坚强、伟大的性器官指日可待——掏钱的时候到了！

远见卓识的国际政治学家曾经指出，军备竞赛是军火商勾结帝国主义制造的一个旷世阴谋。帝国主义虎视眈眈的威胁姿态迫使许多弱小国家必须不断地增强自己的国防力量。为了订购新一代的战斗机或者远程导弹，这些国家不得不节衣缩食，乖乖地将省下来的费用送到军火商的口袋里。现在，精明的广告商已经策划出结构相似的性别竞赛：抬出男人吓唬女人，搬出女人威胁男人，二者相互成为对方加价的理由。这时，哪一方也没有发现，幕后操纵的广告商正在得意扬扬地弹冠相庆呢！

伍 不少人专程搭乘飞机到香港观看《色戒》，津津乐道剪掉的那几分钟"回形针"式的做爱。这当然仅仅是一种猎奇。据说，张爱玲写作这一部小说的时候表示了一个深刻的观点：征服男人通过他的胃，而到女人心里的路通过阴道。这不啻于抛出了一个哲理性的问题：性的启动是身体主宰精神，还是心理决定生理？

　　境外的一个小型学术会议上，一个戴眼镜亚裔女教授——估计是一个女权主义者——对着麦克风慢条斯理地解释说：如果我在这里举着一撮阴毛，一根一根地剪断之后飘落在地，这些阴毛还是性吗？全场愕然，继而哄堂大笑。她要说的是，没有内心的启动，死寂的性器官并不代表性。美国的某些酒吧里，钢管舞娘常常三下两下地除掉身上的比基尼，仅仅在大腿上箍一条丝带。酒吧里的客人可以站在她们身边近距离地观看，甚至有说有笑地交谈，只要在转身离开的时候往她们大腿的丝带里塞一张小面额的钞票。这无疑是性的表演，然而，钢管舞娘迅速地敞开的仍然是 个冷却的躯体。她自己与酒吧里的客人都无动于衷。

　　如果没有情欲能量的飞快积聚，如果没有内心温度的疯狂飙升，肉体走不了多远。对于那些相互厌倦的性伴侣说来，性仅仅是乏味的例行公事。仅仅在床上，仅仅是两个性器官无精打采的厮磨，所剩无几的激情只能将性维持在最小的区域。李昂的小说

《杀夫》之中，性器官的沟通根本无法解除精神的屈辱。这个故事的结局是，女主人公用杀猪刀肢解了性欲旺盛的丈夫。

陆 口腹之乐得到的尊重似乎不如性生活。大快朵颐，觥筹交错，脸红红地打了个饱嗝，世俗的烟火气十足。性生活可以用爱情装饰起来。"生命诚可贵，爱情价更高"，性纳入了某种崇高的编码系统。相对地说，吃吃喝喝就差多了。"酒肉穿肠过，佛祖心中留"，一听就像是贪嘴托词。

然而，口腹之乐可以无私地与亲朋好友共享，没有多少人愿意一个人喝闷酒。昨日与几个弟兄闹市豪饮，今天和一个知己居家小酌，"醒时同交欢，醉后各分散"，无拘无束，尽兴而欢。爱情监督之下的性就不可能如此潇洒了。一把钥匙开一把锁，这是性的守则。觊觎他人的性伴侣固然可鄙，慷慨地出让自己的情人也只会博得骂名。性所赢得的荣誉是忠贞不渝，从一而终。

按照通常的习俗舆论，性的交往是单行道，不允许任意分心旁骛。性快感的代价是抵押一个人钦慕众多异性的自由。如何封堵这一条单行道上的各种歧路，社会倾尽了全力。法律条款，道德谴责，财产损失；某种程度上，妒嫉心亦有助于防微杜渐。当然还有臭名昭著的贞操锁。一个达官的夫人唯恐丈夫在外面寻欢作乐，每日早晨坚持不辍要求与丈夫做爱。在她看来，有了这么一遭，年过半百的丈夫这一天再也没有能力另起炉灶了。这个故事只能如此收场：这位达官因为体力不支而告到法庭谋求离婚。

如此严密的防范，对手一定十分强大：欲望。弗洛伊德的精神分析学问世之后，我们堂而皇之地承认了欲望的存在。一项调查公布，接受调查的大部分英国妇女表示，条件合适的时候她们愿意出轨，理由是人生苦短，及时行乐，别亏待了自己。这个回答有些文不对题，但是，一个不争的事实是：生命不可能始终安分守己。欲望如同一只野兽潜伏在意识深处，伺机而动，带来雪崩似的人生变局。

柒　一个人离异多时之后再婚，周围纷纷称赞他的勇气。他豪迈地说，离婚都不怕，还怕结婚吗？

　　但是，愈来愈多的人怕的就是结婚。性快感从来就不是无偿的。性关系戳上了法律的钢印之后，解脱就不是那么容易了。通常，离婚远比结婚困难得多。正常的社会总是竭力维护家庭的存在。家庭不仅是人口再生产的作坊。一个社会的人员不至于像洪水似的突然涌入或者突然退走，众多的社会成员不至于动不动就揭竿而起，铤而走险，家庭的稳定作用功不可没。现代社会提供了优越的生活条件。无论是生存的机会、才能施展还是赢得财富，个人的空间愈来愈大，家庭的意义正在削减。许多活跃分子突然觉得，家庭如同一个甩不下的螺壳沉重地压在背上，令人窒息。家庭可以庇护财产，庇护孩子，庇护身份和荣誉，就是不庇护感情。离婚显然是现代社会提供的一个调节制度。如果将家庭设计成一个解不开的死结，巨大的压抑或许会给社会带来意想不到的损害。现在，愈来愈多的人从离婚这个缺口逃出家庭。新房的装修完成了，夫妻离婚——因为过多的争执伤害了感情；子女考上了大学，夫妻离婚——这时的夫妻再也找不到共同的话题了；长假结束之后，夫妻离婚——因为假期里的家务事分配不均而彼此仇视。事情正变得越来越简单：既然再也不想见到那一张烂熟的脸，为什么还要待在同一个屋檐之下呢？

那么，性的问题如何解决？许多人期待一种没有负担的性快感。完事之后拍拍屁股就走，不必麻烦地在爱情或者家庭的账单之中记上一笔。这至少是妓女行业存在的一个理由。召妓是推卸性快感背后的责任。只要付清了一次性的费用，出门之后双方就可以形同陌路。西美尔的《货币哲学》一书说过，用货币结算性关系即是掐断任何继续发展的可能——货币是一个公共产品，不存在与任何一个人的特殊联系。

当然，这种事偶尔也会出一点儿小小的差错。个别人物由于某种原因与妓女双双坠入爱河，以至于重返那个古老的模式——成立家庭。尽管这种状况通常包含了一个感人的故事，但是，多数人不愿意尝试。买股票买成了股东，泡小姐泡成了老公，这一类事情纯属倒霉的意外事故，悲夫！

捌 自古以来，性一直是权力的战利品。攻入城池，杀光男人，所有的女人捆在马上带走，这几乎是古代战争凯旋的例行形式。大权在握，除了堆积如山的金银财宝，还有数不尽的美色收入囊中。皇帝老儿权倾天下，后宫佳丽三千。当然，这种战利品的收藏和管理要复杂一些。金银财宝搁在仓库里就行，美人未必肯安分守己地待在指定的位置上。嫉妒攀比，裙带关系，争风吃醋，红杏出墙——娶了三妻四妾就免不了这些苦恼和煎熬。某些时候，这种战利品成了巨大的累赘，甚至将当权者拖下水。据统计，现今落马的贪官大多数与美色相关。前面几个打通关节的商人慷慨送钱，后面一大堆情妇竞相消费——这些贪官不外乎转个手。真是无底洞啊，一个贪官狱中的感叹语带双关。

显然，这些故事的主角是男人。手执权柄，耀武扬威——男人征服女人的数量包含了掌控世界的快感。但是，为什么只能是男人？三十年河东三十年河西，哪一天女人坐上了金交椅，她们的占有欲是不是如出一辙？事实上，武则天、慈禧太后都养了一批面首。一个著名的明星含泪申诉，他到某一个国家演出时，一个女当权者曾经传话叫他陪睡。

据说，生物的强烈本能是最大限度地遗传自己的基因，男人或者女人的性意愿无不隐蔽地服从一个原则：尽量展示自己的生殖潜能。男人倾向于滥交，因为一次射出的精子数量众多，仅仅交付每月排出一个卵子的女人有些浪费。一项研究表明，一个男人的生殖潜能足以匹敌四十八个女人。女人倾向于专情，与一个固定的男人保持关系有利于度过艰难的孕期和哺育后代。如果这种观念言之有理，那么，充当女人的性战利品远为难堪。男人渴望的是单纯的性快感；相对地说，这种欲望由于简明而易于打发。女当权者一旦在性欲之中混入了某种心理期待——这些情绪往往是模糊的，易逝的，古怪的，甚至是歇斯底里和变态的，那么，她的性伺者常常由于不得要领而如同惊弓之鸟。对于那些强壮的、同时渴望利用性交易飞黄腾达的男人说来，这将是一种不寒而栗的经验。

玖 典型的性行为是宽衣解带，赤裸相见，肌肤相亲，同床共枕。如果没有足够的亲密，完成这一切相当困难。因此，性行为开始之前通常存在一个预热程序。《水浒传》之中，王婆曾经向西门庆详细讲解了勾搭潘金莲的诸多步骤。只要一个步骤没有走通，万事皆休。即使像西门庆这种莽撞的色鬼，仍然愿意按部就班地严格操作。所谓的预热，就是从示爱开始。

各个社会拥有形形色色的示爱话语系统。从父母之命、媒妁之言到暗送秋波、鸿雁传书，从茶饭不思、体贴呵护到万贯家财或者浪漫的玫瑰花，种种示爱话语都有自己的经典案例。曹雪芹的《红楼梦》之中，贾宝玉和林黛玉之间展开了漫长的试探和暗示，司汤达的《红与黑》之中，暗夜花园里的于连一把抓过了德·瑞那夫人的手。这些示爱话语无不显示了时代风气和主人公个性。一个革命家在一封信中痛斥投机分子的软弱，然后在署名之余补了一句话："顺便问一句，你愿意嫁给我吗？"异性战友的复信充分回应了他的观点，并且精辟地分析了时局的变化，最终在信的右下角写了一行："可以嫁给你——又及。"

　　不论示爱话语如何丰富，这种表述与礼节性的问候、致意边界分明。是否坠入情网，是否向某一个异性宣布"我爱你"，是否愿意与对方厮守终身，这历来是一个相当慎重的题目，没有多少人会弄错。可是，现在的许多迹象表明，示爱话语出现了某种混乱，以至于扑朔迷离，真伪莫辩。

　　气氛的最初改变可以追溯至若干年前街头出售的一批贺年片。这些贺年片印上了一些叫人耳热心跳的词句，继而在新年之际纷纷寄给了众多熟人。种种私密的、甚至一字千钧的言辞丧失了昔日的分量而成了轻贱的花言巧语，肉麻而难堪。卡拉OK兴起之后，情况进一步加剧。诸多临时搭配的异性手执话筒情意绵绵地对唱情歌。四目相望之际，他们之间的羞涩与矜持荡然无存。到了大量俏皮的"荤段子"传入每一个人的手机时，我们的内心已经百炼成钢。这时所有的人都明白，谁还将性当成讳莫如深的题目谁就是傻瓜，谁还在乎那些甜言蜜语谁就是乡巴佬——可是，遗留下来的问题是，还有哪些缠绵的情话会在某一刻叫我们怦然心动呢？

拾 近期舆论大哗的一件事是，某个明星刻意隐瞒已婚的事实而博取异性"粉丝"们的拥戴。有意无意地施展自己的性魅力，不即不离，若有若无，不温不火，分寸得当，这就是暧昧。上司与下属之间，政客与选民之间，演员与观众之间，商家与主顾之间，异性的暧昧突如其来地拂过，微妙的好感瞬间促成了一件棘手的事务。显然，暧昧很大程度地诉诸智慧的控制，越界可能带来不可收拾的局面。

现在，暧昧正在形成某种有趣的性游戏。性快感十分诱人，但是，性又是一个危险的火药库。猎艳或者出轨时常燃起无法扑灭的烈焰。多少人拥有冒险的勇气？对于那些拖家带口的庸人说来，安全的性游戏显然是一个明智的选择。激动的喘息，发烫的身体，疯狂的搂抱与做爱，欲仙欲死的表情与种种体液，畸形的性爱导致身败名裂的风险，这些体验只能交付给电影或者影碟了。回到生活之中，我们小心翼翼地徘徊在岸边，尽量不要湿了鞋子。肌肤之亲走得太远，语言的挑逗恰如其分——这就是游戏的安全警戒线。没有人再像初出茅庐的雏儿那样滥用"爱"字相关的辞令。男人放肆地恭维女士的美貌，并且以打趣的口吻表示，渴望美人的垂青却久久不能如愿，可悲呵——他们装模作样地叹口气。女人当然要投桃报李。她们娇嗔地抱怨对方想念的是别人。落花有意流水无情——伤心欲绝呵，她们的语调轻盈而俏皮。当然，这种游戏允许多人参加。三五成群地达成默契，不由分说地撮合一对孤男寡女，妙语连珠加上起哄嬉闹可以令当事人百口莫辩。几个回合的斗智斗勇，我们得到了某种隐秘的满足，生活在哈哈一笑之中归于平静。

现代人的心越来越浅。这里已经搁不住婚姻的责任，也积聚不起义无反顾地追求爱情的冲动，甚至没有动力构思一个缜密的阴谋，利用婚姻套取财富。这时，玩弄一些小游戏倒是恰如其分。亲昵而不至于狎，这是情趣；露骨而不至于脏，这是智慧。动什么也别动了真情——动了真情就有可能伤人骨髓。有这个必要吗？于是，我们轻松地徘徊于这个暧昧的领域，浅尝辄止。爱情主义者将性当成了两个生命的接口和承诺，他们的做爱如同以命相搏，一旦上了床就承诺终生——让他们严肃去吧；妓女和嫖客将性当成了一次平凡无奇的消费，银货两讫之后，道一声别也不乐意——让他们庸俗去吧；我们中庸地待在这两批极端分子之间，试探、挑逗、躲闪、周旋，用夸张的风格模仿爱情话语，内心有时会掠过些许波澜，然后无疾而终。这就是一大批人无伤大雅的性游戏——年龄不限，甚至可以持续到耄耋之年。

拾壹古人时常遭遇的悖论是，忠孝不可两全。受命于朝廷远戍边陲，家中白发苍苍的父母双亲只能先搁到一边去。

现代人顾不上这些大题目了。他们时常遭遇的悖论来自妻子的设问：船只正在下沉的时候，先救你妈还是先救我？对于这个疯狂的问题，迄今还未出现一个两全其美的答复。

某一部电视肥皂剧里的女主人公设计了一个略小一些、同时也更刁钻一些的悖论：一个男人怀里抱着甲女人，心里思念的却是乙女人——倘若可以选择，愿意充当甲女人还是乙女人？肥皂剧里的女主人公明智地选择了后者。她显然认为，精神的占有比肉体的占有更为珍贵。

但是，事情不可能如此简单。如同这个悖论的后续故事，电影《非诚勿扰》之中有一段有趣的对白。女主人公决定爱上男主人公，他们举行了最后一次谈判。女主人公表示，她的身体决不会背叛男主人公；但是，允许她的精神偶尔开小差，思念一阵她的旧日情人——这种思念的症状不过是恍惚一会儿或者心不在焉罢了。男主人公稍假思索之后提出的对等项目是，他的精神绝对忠于女主人公，然而他的身体抽空到别的女人那里蹓跶一下，如何？

女主人公断然拒绝。

电视肥皂剧的女主人公表现出某种精致的理性权衡，然而，这做得到吗？《非诚勿扰》的情节显然更为可信——因为性总是在最短的时间内脱离理性而滑向了疯狂。

拾贰 齐宣王曾经羞愧地对孟子说，寡人有疾，寡人好色。如今的风气不同了，见了美女不动心的人才是有毛病的家伙。谈论性的问题没什么可耻。优游于这个领域，潇洒，机智，富于想象力，善于调笑别人，同时又勇于自嘲。拘谨呆板将成为无趣之人，一本正经可能引起公愤，至于矫揉造作简直是一种令人痛恨的品质了——伪君子通常会百倍地惹起他人捉弄或者冷嘲热讽的激情。为了跟上时尚，一个白发苍苍的老作家坦率地表示喜欢美女。当然，他会不失时机地补充一句：看看而已——这种小幽默有助于修正一个老不正经的形象。令人惊讶的是，某些半老徐娘时常摆出一副放荡的姿态。她们甚至卸掉了半推半就的修饰，公然在办公室里询问谁陪她一个晚上——丈夫出差了。

可能没有多少人想到，医院成了性话语最为嚣张的地方。多少年之前，许多人只能躲在一个阴暗的角落里悄悄翻阅医学教科书，窃取一些可怜的性知识。现今，医学处理性问题的广告词百无禁忌。救死扶伤曾经是医院的首要主题；当前，医院的另一个任务是提高生活质量——特别是性生活。一所临街的医院在门口的电子大屏幕上打出口号：微创技术加长加粗，横断面倍增，再塑男儿英雄本色！

　　若干年前，我们常常到武侠小说之中查找"英雄"的注解。英雄练的是胳膊上的气力，进而躲在某一个山洞或者古墓里修炼旷世武功。某一个豪迈的季节，他们横空出世，称霸江湖，打遍天下不平事。如今"英雄"的含义不同了。他们修炼的是另一个器官，手术刀和药物远比那些武功秘籍奏效。也许，这些"英雄"的志向仅仅是称霸床铺，他们哪里还有兴趣操心温柔乡之外的变幻风云？

一个作家的社区生活

一个作家说，阳台是伸向空中的半岛，另一个作家说阳台如同乳房，我愿意为这些形容而每天到阳台上那一把帆布椅子上坐一坐。阳台上总能看见一群灰白的鸽子在空中无忧无虑地翻飞俯冲，仿佛和我有约。很久以后才明白，它们是被驱赶到天上去的。那幢细木条和油毡布的鸽楼搭盖在一座屋顶。一个人站在那儿用力向空中的鸽子挥舞一条绑在竹竿末端的红布条，气势绝不亚于草原上挥舞长鞭的牧马人。十楼的阳台上可以看到许多平房的曲折瓦顶，一些瓦片刚刚换过，上面压着新的红砖。

站在阳台上俯瞰，不由自主地渴望知道底下那些平房里的人们怎么生活。每一扇窗户如同一个小型屏幕，阳台是我的包厢。一天上午，平房里一对夫妇吵出门来。丈夫站在庭院里用很难听的话骂妻子，妻子不时愤怒地反唇相讥。他们的儿子突然冲出来用小拳头捶打父亲。愣了一阵的丈夫开始反击的时候，妻子一面竭力遮挡丈夫落到儿子身上的巴掌，一面厉声地责骂儿子。最后的结局是，三个人一起携手走回他们的平房。我趴在阳台的栏杆上津津有味地看了半个小时。

我所居住的这个社区包括了五幢二十层的公寓，两幢八楼的公寓。七幢楼房马蹄形地排列围出不大的庭院。阳台上可以看到一条小河流过社区边缘，犹如城堡前面的护城河，可惜门口的水泥桥不能像吊桥似的掀起来。阳光下碧绿的河水缓缓流动。偶尔会有一叶扁舟漂过，一个戴了大斗笠的人慢悠悠地打捞浮在河面上的塑料袋和烂菜叶。我站在阳台上用力将一只放生的虾扔到河里。抛物线即将抵达河面上空之际突然折断，那只虾笔直地落到了河边的草丛中。水泥桥的对面是一间理发店，门口常常停一辆嫩黄色的小轿车。车主喜欢将四扇车门和行李厢的盖子统统打开透气，高处看起来就像一只张开翅膀、翘起尾巴正在发情的小公鸡。

　　这一带曾经是绿油油的菜地。当年一条大马路从外围包抄了过来，这种小村落一下子成了城市半径之内的飞地。搁下了肩上挑菜的担子，菜农们渐渐开始做一些小本生意。社区前面一溜密密麻麻的小店，肉包铺，鞋铺，五金店，海鲜摊子，水果店，小吃店，修锁的和修电视机的，铁皮卷帘门上锈迹斑斑。小巷的两边绿树成荫，一些汉子穿着松松垮垮的背心坐在路边粗糙的水泥长椅上，一边搓脚丫一边神聊。附近有一座小庙，据说始建于唐朝。庙墙刷成了呛人的粉红色，小小的正殿内香烟缭绕，有时会出其不意地响起一阵钟声。空地上有一棵大榕树，树荫之下时常有三两桌的麻将。

　　这一带居民仍然保持了传统的乡野之气，不时就会有些桀骜不驯的家伙狠狠地打一架。三天两头警车呜呜地冲进来。有些案子其他地方不一定见得到，例如女儿一刀捅在父亲的肚子上，原因是父亲错怪她吸毒。女儿在局子里做笔录时仍然抖着二郎腿，满口粗话骂骂咧咧。受伤的父亲不肯上医院。自己用一块白纱布血迹斑斑地捂在肚子上，然后搬一张躺椅躺在门口，一面晒太阳一面向路人控诉女儿的不孝。河流和菜地曾经是繁衍蚊虫的大后方。石板上一扭一扭的蜈蚣如同模特儿走猫步，毛毛虫从树枝上悠闲地挂下来，蟑螂在锅台上爬来爬去，墙角的一队蚂蚁不慌不忙地向某一个不知名的洞穴进军，几只花脚蚊子聚在屋角嗡嗡地议事，说不定偶尔还会有一条菜花蛇从容地蜿蜒而过……突然，七幢高层公寓昂然地拔地而起，如同站在阳光下的七个巨人。钢筋、水泥、闪闪发亮的瓷砖、工程塑料管道和散发出胶水味的人造板拼凑出另一个奇怪的空间。对于仰头打量的左邻右舍和迷失了方向的蟑螂蚂蚁说来，高楼的躯体内部存在许多不可知的秘密。这幢楼里有多少扇门？每一扇门后面关闭了一个什么样的空间——一套豪华的住宅，一个用于情人幽会的小套间，一间装满仪表的水电房，还是一个仅仅堆放了两个拖把和一个水桶的小杂物间？夏天的夜晚会有几台空调机同时启动？多少台电表开始疯狂地旋转，空调机排出的热气如何在夜空激荡，从而在高楼附近形成回旋的气流？每一幢楼里有多少张床铺？多少对男女的同时交媾将在高楼的空气中形成某种秘密的节奏？皓月当空的时候，几个人正在临窗长叹，思念故人或者怀想远方？他们在下半夜梦见的是故乡的槐树还是北极的冰峰？

奇怪，为什么从来不愿意像游荡在街头或者广场那样游荡在社区？为什么总是匆匆地钻入电梯，急不可耐地按close键？电梯缓缓地行驶在大楼的腹腔，1楼以上是食管，1楼以下是肠道。每层的电梯外面都是一个幽暗的公用门厅，但是，没有人会在这里悠闲地聚谈，更没有人会在这里袒胸露臂地摇扇子。无数的楼梯、走廊、过道仿佛形成了一个令人惊惧的生疏空间。走出电梯的人总是叮叮当当地掏出钥匙，几声空洞的脚步之后砰的一记关门。那一天有个陌生人站在门厅里询问1025房在哪里。我告诉他十楼没有1025房，对话的时候彼此的眼神都充满了疑问——我不相信他的问题，他不相信我的答复。他一定揿过几家的门铃，没有人开门。但是，我相信有人正躲在门板的猫眼背后不动声色地观望。如果贴到猫眼上往里面瞄，就会看到放大镜后面有一个令人恐怖的大眼珠。

自己的公寓才是令人放心的私人领地。陌生人被坚固的门板阻隔在外面，只有自来水管、煤气管、下水道允许从地板的角落爬进来，从而保证这个封闭空间与庞大社会之间的循环。这些工程塑料制造的管道是这幢大楼的血管。一拧龙头，水流哗地喷出；抽水马桶轰隆地响过，秽物顺流而去。如果切断血管，这一套公寓就会枯竭，成为大楼内部一个坏死的器官。

这个社区下面有一个巨大的地下车库。驾车沿着昏暗的通道滑入，必须迅速摘下墨镜适应光线。有那么一瞬间，车轮与地面摩擦产生的噪音一下子轰隆隆地放大了数十倍。车位上停泊了一些轿车，有的已经落满了灰尘，寂静之中惨白的日光灯有些瘆人。如果不是一个看车的老头雕像般地坐在那里，逗留在地下车库会让人一阵阵心虚。这个部位如同大楼的巨大子宫。我在地下车库的天花板上看到了各种交叉的管道：粗的，细的，方形的，圆柱一般的，一些管道一节一节地用大螺丝衔接起来，另一些管道会发出呜呜的声音。大部分管道都被漆成了赭红色。

进入公寓的第一个动作通常是打开电视机。人们习惯于龟缩在一个小小的角落里窥视那个巨大的花花世界。埋在公寓墙壁里的金属导线可以奇妙地将这个封闭的空间放大几百倍。电脑也是如此。我找到这个社区的网站。不少住户上网聚会，聊天的一个重要内容是批评物业管理的粗疏，甚至号召住户拒交管理费。不知电脑主机背后的那一根导线通向哪里，也不知道那些愤怒的、哀怨的、激情四射的或者粗鄙的言辞是从哪一部电脑上泄漏出来的。电梯里遇到的邻居衣冠楚楚，不苟言笑，没有一个人像是会在网络上大放厥词的模样。

有一段时间，我的电脑上发生了一件奇怪的事情：即使不用点击那个著名的E图标也能进入互联网。技术工人检查之后解释说，可能与另一台电脑无意地在某一个联结点串通了。一台电脑上网，另一台电脑就能秘密地共享一个互联网的入口。这让我想到了一个不太好的词：通奸。我盯住自己的电脑就像拷问一个不贞的荡妇：另一台神秘的电脑情侣藏在哪一个房间里？当然，不可能有任何线索，我只能无奈地在键盘上敲出一句话：我们孤独地生活在导线时代。

当然，社区里还有另一种生活。

电梯行驶在一楼到六楼之间，我明显地感到这一截楼房的温度似乎比其他地方高。当地的拆迁户集中居住在这几层，这是另一个闹哄哄的区域。这些住户都是乡亲、邻居甚至亲戚。他们同宗同姓，一同挑担子卖过菜，也曾经吵嘴骂娘，挥舞长长的勺子互相泼大粪。现在，他们共同搬进封闭式的楼房，安上防盗门将自己反锁在一个个方格子里面。这解气得很。妈的，老子也住起了楼房，也乘得了电梯——他们的确频繁地搭乘电梯，如同孩子迷恋公共汽车。

然而，拼木地板、抽水马桶或者一闪一闪的电视屏幕很快就让他们感到了憋闷。于是，他们重新开始呼朋引类，互相串门，你端过来一盘饺子，我回赠两棵白菜。一户来了客人，整个楼层都热闹起来。有一个下午，五楼的狭窄楼道竟然成了宴会厅。八九张八仙桌挤挤挨挨地摆在一起，煎鱼、炸年糕、炒白粿和烈酒的味道混成一片。东家端出一盘爆鸡丁，西家端出一盘醋熘带鱼，敬酒、划拳和孩子的尖叫一阵阵地拍打在四面墙壁上。桌上的男人吃得满头大汗，女人们一层一层地坐在楼梯上洗菜和涮碗筷。至少这个下午，家家户户的门都无拘无束地敞开了。

我敢肯定，社区里的麻将馆就是在这些住户的怂恿下开张的。一幢高楼的底层腾出一个大房间，二三十张麻将桌顺序排开。麻将馆的天花板特别低，日光灯下烟雾腾腾，哗哗的洗牌声制造出喜庆的意味。社区里许多上了年纪的老年人可以随时进来摸几圈。外面的精彩世界现在已经由系领带的年轻人打拼了，他们只能懒懒散散地披一件家常的布衫在牌局之中消遣时光。当然也会计较输赢的那一点小钱，但更重要的是有事情占着手，斗斗嘴或者发几句牢骚旁边有人听着。大拇指摩挲"二饼"还是"八万"，窗外到底是落日还是雷雨就不去管他了。

如果社区里也有年轻人痴迷于此道，那更像是一种对于伟大事业全身心地投入。那一天遇到社区的保安握一把手电筒四处巡查，身后跟了一条威风凛凛的大狗。我询问是不是增添了新的装备，保安无奈解释说，四楼的一对夫妇没日没夜地鏖战在牌桌上，他们喂养的这条大狗只好托付给他了。

死亡事件的来临没有任何预兆。那个从十七楼跳下来的女人事先并没有什么异常。这幢楼里的一个住户言之凿凿地说，这个女人上楼之前曾经和她打过一个招呼，笑容开朗明亮。当然，日后也有人回忆说，这个女人已经神情恍惚了一段时间，有时会呆头呆脑地坐在小河边晒太阳，一言不发。不管怎么说，这并不是跳楼的充分理由。女人是从外地嫁过来的。可以肯定的是，家里没有什么了不起的纠纷，她丈夫出门打工去了。

没有人说得清她从十七楼跳下来的准确时间。大约是午后那一段昏昏沉沉的午睡时间，没有太多的人追究那一声砰的巨响。根据事后的猜测，女人从容地由电梯抵达十七楼，攀上门厅里的一扇小窗户，纵身跳了下去。这扇小窗户下面是一个狭窄的通风井，女人先是砸到十二楼的空调机，改变了下坠的线路之后竟然落在一楼阳台的边缘。我下楼来到现场的时候，尸体已经运走一会儿，警察刚刚撤了隔离的黄带子。一个穿制服的社区保安脸色煞白，一大堆打听消息的人群七嘴舌地将他围在核心。

我始终没有听到这个事件的正式解释。十二楼那一台空调机歪斜了很长的时间，一楼的阳台上挂上了红布条驱除晦气。如果一个人面带笑容地从十七楼跳下去，她一定听到了某种神秘的召唤。众多的交头接耳和窃窃私语之间，一个秘密的结论风一样地拂过：这个女人鬼魂附体了。她婆婆前来收尸时不断地干号："作孽呀，怎么盖这么高的楼，作孽呀……"估计她的意思是，因为有了这么高的楼，她的媳妇才从上面跳下来。

听说，声音发出之后并不是坠落在地面，被松软的泥土所吸收；相反，声音如同断线的风筝向上飏起，渐渐消失在稀薄的空气中。各种形状不一的声音常常掠过十楼的窗口，疾速飞翔而去。譬如，马路上遥遥传来的出租车喇叭声边缘清晰，如同鹅卵石一样坚硬，而救火车的警笛弧线优美，波涛汹涌。

这个城市里有一些骑自行车招揽生意的人。他们在自行车龙头上安装了一个半导体小喇叭，喇叭里不间断地播放拉长声的录音："修理高压锅，煤气灶，热水器，清洗抽油烟机　　"；或者"蟑螂药、老鼠药、蚂蚁药——"这些声音扁平干燥，如同一根鞭子不屈不挠地抽打在十楼窗户的玻璃上。有时，这些喇叭里播放的录音是"馒头，馒头，山东馒头"，声音胆怯短促，如同惊慌的逃犯。附近一户人家死了老人。出殡之前，这一户人家请了一个民间乐队整整演奏了一个上午，乐曲丰富生动。哀乐仅仅是一个插曲，《春天的故事》《世上只有妈妈好》、"朋友啊朋友，你可曾想起我？""结识新朋友，不忘老朋友"这些歌曲才是主调。一串串高亢的旋律争先恐后地从瓦缝里钻出来，闪闪发光地盘旋在如洗的蓝天。

相反，这幢楼里的声音往往模糊，暧昧，黏黏糊糊，若有若无，让人摸不清声源。一阵风呼地刮过，什么地方有几声钝重的关门声。我总是弄不明白这些声音来自楼上还是楼下，东面还是西面。一段时间，竟日都可以听到一个老头的呻吟，忽高忽低，时而振振有词，时而唉声叹气。我断定这个老头就在阳台下的某个地方。可是，一层一层地找下来，声音竟然渐渐远去，消失得无影无踪。

更深人静。但是，另一些声音开始放肆地从地底下爬出来，如同月光下横行在沙滩上的螃蟹。虫鸣蚊吟，鼾声梦呓，挂在墙壁上的几百台空调机一起发出雄壮的低吼，哪一个地方一辆轿车发动之后轻盈地滑走，一只狗呜咽似的吠了几声，一个老头几声饱经沧桑的咳嗽，如此等等。午夜时分，我多次被一些喧闹吵醒。仿佛有一些人刚刚从娱乐场所散出来，意犹未尽地坐在小河边说笑，声音清亮生脆。奇怪的是，附近并没有这种场所。有一个半夜我忍不住扒开卧室的窗帘向外张望，河边空无一人。

另一个下半夜，我突然听到厕所的墙壁后面传来哗哗的流水声。我相信那墙壁后面可能埋藏了一条下水管道，但水声之大如同流过一条河。我惊慌地盯住那一面墙，一会儿担心澎湃的洪流破壁而出，一会儿又在想，是不是某些幽灵被砌在墙壁里——现在正是它们集体沐浴的时刻？

人住没有多久，我就注意到这个女人。三十多岁的模样，头发染成暗红色，走起路来肥胖的屁股一扭一扭；因为腋下的肉太多，短短的胳膊如同两截硬邦邦的木棒晃动在身躯的两旁。她几乎任何时候都活动在社区的庭院，什么热闹都要凑上去插一嘴，像是跟谁都认识。实在没有什么事情，她就会提一个篮子坐在庭院的石凳上择菜。我在心里暗暗地将她称为"社区西施"。"社区西施"的家景不错。丈夫是跑长途汽车的司机，同时还有几套房子出租，她当然可以心安理得地赋闲在家。"社区西施"常常扯着自己的衣襟和别人探讨衣服的价格。因为不出门，社区的庭院成了她显摆新装的主要场所。她的声音出奇地大，炫耀之中仿佛要把谁比下去似的。

打情骂俏是"社区西施"的日常功课。一个秃顶的男人跟在"社区西施"背后，故作惊诧地喊起来：哇，身材真好！"社区西施"笑骂：滚远些，秃头了还这么风流！秃顶男人涎着脸说：秃头才危险，秃头有魅力呵，想不想试一试？你的那位不在家吧？"社区西施"转身举手作势要打，秃顶男人连忙躲开了。

我漫步穿过庭院，丝毫没有和"社区西施"搭腔的欲望。

为什么？我突然想问自己。

另一些女人在这个社区进进出出，许多男人装聋作哑，仿佛从来没有留意过她们，特别是在他们的太太鄙夷地撇了撇嘴的时候。怎么可能呢？

不知"流莺"这个称号源于何处，总之，这已经成了众所周知的指代。许多从事皮肉生涯的妙龄女郎在这个社区租了一套小公寓，也许是因为附近有许多家星级宾馆。社区里的"流莺"往往一口外地口音，相貌俊俏。夏天的穿着十分暴露，但服装的品味并不低。她们的年龄似乎都很小，二十上下，皮肤光洁，气质清纯，偶尔还有些"酷"——例如戴一副款式奇特的墨镜，或者蹬一双柔软的皮靴。"流莺"握着一部手机袅袅婷婷地从庭院穿过，不和任何人招呼，一副目不斜视的架势。她们肯定知道背后的指指点点，矜持是保卫尊严的一副脆弱的甲胄。

当然，这种矜持可以瞬间疾速地卸下。那天上午，一个女郎穿一套白绸睡衣倚在门边的玻璃窗上等人。我请她让一让路。女郎转身顾盼，秋水流波，柳眉粉面之间流露出训练有素的职业妩媚。的确，她们的矜持和风情是张牙舞爪的"社区西施"所无法模仿的。

"流莺"白天不出门，活动高峰是晚上的八点至十点。这一段时间，社区门口的水泥桥上常常泊了一些出租车等生意。一个出租车司机曾经说过一个情节：某天晚上，他从宾馆载了一个"流莺"回家。经过十字路口的时候，她竟然借着微弱的灯光阅读英语课本。她毫不忌讳地告诉司机，自己是外文系的大学生。明天要考试了，得抓紧复习功课。她们往往孤身一人，所有的社会关系都已被谎言剪断。在一个陌生的地方利用姿色、身体和性器官供养自己，她们似乎活得理直气壮。我打趣地问司机，有没有动了邪念？司机摇了摇头：问过价格，这种"流莺"不是他所能享受的。停了停，司机又百感交集地说：真是乱了。

社区里穿制服的保安知晓"流莺"的一切秘密。他们清楚每一个"流莺"半夜几时返回，有没有带人回来过夜。这些面孔黧黑、身躯苗壮的小伙子每个月收入不足一千，晚上几个人挤在单身宿舍里，性是一个迫切又遥不可及的主题。"流莺"们在眼前晃来晃去，撩得心痒难熬。姣好的面容并没有让他们产生崇敬或者仰慕，如同电视屏幕上那些花枝招展的歌星；眼前是一些唾手可得的身体，只要口袋里有钱。然而，也就是在这个时候，他们才深深地意识到自己没有钱。

这幢楼房设有两部电梯。独自站地幽暗的门厅等待电梯，监测两个跳动变幻的红色数字如同监测高楼的心率。电梯的抵达就是拉开一个小型舞台的大幕。可以看到什么故事呢？几张木然的脸，还是一个美貌的邻居？一对亲密的夫妇，还是那几个叽叽喳喳的小学生？有时，电梯待在下面的某一个楼层久久不动，犹如一团噎住的食物。满腔怒火地从楼梯冲下去的时候发誓要痛骂一顿，看到两个情侣还在依依不舍地吻别只好蹑手蹑脚地走开。

电梯是一个人来人往的公共空间，这个狭小的方寸之地常常弥漫了一种无言的紧张。我有时很想写一本电梯社会学的小册子。一个打着鲜艳领带的绅士昂然而入，几个浑身汗酸味的装修民工就该往角落里退一步。如果有一身横肉、架一副墨镜的壮汉往电梯里一蹾，其他人将迅速地构思出某些危险的情节。一个英俊的男子与一个穿着吊带裙的女人单独相对的时候，某种微妙的较量开始了：是男人的贪婪目光灼痛了女人的肌肤，还是女人的浓烈香水呛得男人喘不过气来？许多时候，相遇在电梯里的人们完全将提防和戒意摆在脸上。我多次遇到这种情况：一个和我同时踏入电梯的人不愿意暴露他住在哪一层。他宁愿等我离开电梯之后再按某个楼层的按钮。多数人不习惯在电梯里从事闪电外交，短短的数十秒无法完成必要的交流程序。因此，默然相对是电梯内部的主要情节。这幢楼房的装修工程还没有完全结束，一部电梯内部的木板包装还未拆除。为了避免沉默的尴尬，我常常转脸阅读写在木板上的种种小广告：送牛奶的，干洗西装的，磨地板的，卖家具的，每一则广告下方都附有电话号码。

一些感觉良好的人目空一切。他们在手机里兴高采烈地谈论一个私人的话题，进入电梯时嗓门丝毫不减。他们的不屑神情总是让周围的人感到自卑。电梯又不是上司的办公室，有什么必要无声无息地缩成一团？

对于另一些人说来，电梯似乎是一个活动的迷宫。我最为经常遇到的是一个老婆婆。电梯的门一开，她不是从某一个楼道冲进电梯，就是从电梯里冲到某一个楼道上，然后满脸疑惑地问第一个遇到的人：现在电梯是往上还是往下？

垃圾是巨大城市的排泄物。

每一天都有无数人清理抛在城市角落里的垃圾桶，一辆辆大卡车将垃圾运到郊外填埋或者焚烧。拾垃圾的人已经成为一个固定的文学意象，他们悄无声息地走动在城市暗角的阴影里。可以断定，我的如下想象肯定来自某些文学作品：大卡车轰隆隆地支起了车斗，塑料袋、饮料罐子、废旧的报刊杂志、破电视机、烂衣服、打碎的盘子和缺角的瓷砖滚滚泻下。一大批等待已久的拾垃圾大军蜂拥而上，他们手里的铁耙子开始了急促的搜索。

另一些拾垃圾的人是散兵游勇。他们单枪匹马地游荡在街道、社区，详细地侦察围墙的夹角、楼梯底下和公共楼道的边缘。很久以后我才知道，电梯里经常遇到的那个老婆婆即是一个社区内部的拾垃圾者。

我不清楚老婆婆住在哪一层。她佝偻着身子，花白头发，暗灰色的绸布衫里面似乎只有一副支棱的骨架。多数时间老婆婆都在各个楼道闲逛，仔细翻检拐角处的蓝色塑料垃圾桶。大楼里的人们匆匆地出入，眼角的余光里不断有个灰色的影子晃来晃去。那一天我清理出一大捆硬纸皮堆在房门口打算卖给废品收购站，转眼之间全都不见了。半小时后又在楼道上遇到老婆婆，她见了我远远地转身就走。显而易见，硬纸皮是她卷走了。

老婆婆的房子里一定堆满了垃圾。饭厅，厨房，桌子底下，床前，一摞一摞的废纸和饮料罐子塞满了所有的空间，酸腐的味道四下弥漫。她生活在垃圾之间就像一只蚕生活在层层叠叠的桑叶之间。每一天老婆婆都必须磕磕绊绊好一阵子才能从床前摸到门口。我曾经意外地发现，老婆婆有一个读中学的孙子——一个浓眉大眼的小伙子步履轻盈地跨出电梯叫她奶奶。一时之间我有些不适应：小伙子身上的红色T恤、带有耳机的小录音机和名牌球鞋怎么能接受老婆婆的那一双裂得像树皮的巴掌？

不久前又一次见到老婆婆从庭院里经过，突然觉得她的腰似乎又弯了许多。背部隆起来，脑袋向前俯冲，走一步拖一步，干枯的身躯摇摇晃晃，仿佛一阵风就能啪地折断。

社区的庭院里来了一队迎新的人群，门口的保安甚至破例地允许两辆锃亮的小轿车尾随而入。一个穿西装、打领带、胸口别一枝花的年轻人显然是新郎，几个跟在后面的人手里捧着首饰盒之类的嫁妆。人群之中一个女人高声喊：新娘漂亮呀！众人齐声应和：好呀！女人又高声喊：姑爷英俊呀！众人又齐声应和：好呀！楼道里响起一阵鞭炮，人群在蓝色的硝烟之中鱼贯而入。

我第一次见到这种奇特的仪式。成功的爱情事件意味了百年好合，人丁兴旺，值得人们直起嗓门大声叫好。这时肯定没有人想到，失败的爱情又有什么后果？

那一天午睡的梦境是被持续不断的警笛强行搅散的。我在床上睡眼惺忪地叹了口气：警车又来啦？当时我丝毫没有想到，另一桩死亡事件又一次突如其来地袭击了这个社区。

我是在下午出门的时候才知道出事了。又有一个人从临近大门的那一幢楼上跳下来。大楼周围再度用黄带子圈出隔离带，几个黑制服的警察还在那里忙碌。一堵人墙静默地立在黄带子外面，只有一个人悄声地指着二楼过道的一扇窗口说，那里还挂着死者的一只凉鞋。

据说这是一个殉情者。一个小伙子苦苦追求这幢楼里的一个姑娘，不知是第几次到这一幢楼里敲门？这个表情忧郁的小伙子肯定向姑娘表述过这种观点：如果无法和她的笑靥朝夕相伴，生活就没有任何意义。现在已经无从猜测，这个观点来自即兴的冲动，还是斩钉截铁的誓言？另一个无从猜测的事实是，小伙子得到的是婉言谢绝、恶语讥刺还是一扇坚固而冰冷的门板？总之，一个阳光灿烂的中午，他像一只绝望的大鸟从楼上一头栽下来，磕坏了矗立的广告牌之后摔入了路边的草坪。

奇怪的是，现场根本没有发现小伙子所追求的姑娘。抬头望去，楼上的每一扇窗口都一模一样，人们甚至不清楚小伙子是从哪一层楼跳下来的。每一个楼层都住了许多花容月貌的单身姑娘，谁又有权力逼迫她们出面认领一具血淋淋的尸体？

赶来收尸的是小伙子的父母。据说他们在家里接到一个电话，一个带哭腔的女声断断续续地说，他们的儿子跳楼了。电话很快掐断，小伙子父母家的电话没有显示号码的功能。估计这是一部手机，查到了号码也没有意义。只要换一张卡，一切恩怨情仇都将彻底地删除。

最终警察有没有找到答案？不得而知。

人心浮动。

两个蹊跷的死亡事件令人不安。空气之中不时飘过诡异的气息。一些住户挑头组织一场祈禳。祈禳是启动一个神秘的语言系统。这种语言可以上天入地，和鬼神对话。只有寺庙里的僧人通晓这种语言。他们将祈祷鬼魂安息，不要再惊扰防盗门背后一张张无辜的脸。募捐的广告公然贴在广告栏上，社区物业管理装作没有看见。灵魂的事情远远超出了他们的权限。

星期日上午的祈禳持续了两三个小时。僧人们头顶金冠，身披红色袈裟，在木鱼声里集体诵经。多数人丝毫听不懂僧人吟诵什么，但是，舒缓的长调隐藏了安抚人心的力量。

社区里居住了几个高鼻子、蓝眼睛的外国人。他们可能是某个大学的外籍教师。这些高鼻子们常常撩开长腿走得大步流星，或者摇摇晃晃地骑一辆自行车，另一只手提了一兜的青菜。他们也在僧人周围看了一会儿热闹，然后耸耸肩走开。高鼻子拥有自己的上帝，教堂里的神父说的是另一种语言。

祈禳活动的结束是在晚上。我在阳台上看到，一个巨大的纸糊灯笼置于社区门口的水泥桥上，一阵焰火突如其来地升起，刺眼的亮光短暂地投射在幽暗的河水上。盛妆的仪式完成之后，人们就匆匆散去。没有人知道孤苦的游魂是不是在寂静的半夜光临过现场，享用祭品。

日出日落，水流花谢，日子一天又一天。

附记：近日，社区附近再度拆迁。工程队在一片民房内部发现了一堵古墙。考古专家迅速做出鉴定，这一段古墙修建于唐末，估计是闽王王审知筑的城墙。如此看来，社区前面的小河的确是当年的护城河了。于是，我站到阳台上的时候多出了一些想象——想象当年的古人怎样在城墙上听鼓角连营，看夕阳西坠？

创作笔记二则
——关于一部虚拟的后现代主义小说

壹、构思 怎么样，小说的开头还行吗？如何写出惊世骇俗的第一句话，这是许多作家津津乐道的话题。"多年以后，奥雷连诺上校站在行刑队面前，准会想起父亲带他去参观冰块的那个遥远的下午。"——这是加西亚·马尔克斯《百年孤独》的开始。"如今我已是一个死人，成了一具躺在井底的死尸。"——这是奥尔罕·帕慕克《我的名字叫红》的开始。我也曾在那儿苦思冥想多时，始终写不出如此精彩的句子。这就是与诺贝尔文学奖得主的距离，不认账不行呵。

当然，这么点自知之明还是有的——我从来没有为诺贝尔文学奖而写作的雄心。事情的缘起很简单：我的写作欲望不合时宜地冒出来了，而且愈演愈烈。每一天下班精疲力竭地返回家中，仍然觉得必须为这个世界写点什么。明明知道风尘仆仆或者灯红酒绿的生活决不缺少一两本无足轻重的书籍，然而，我还是被写作的欲望——犹如一个秘密恋情——烤灼得坐立不安。事情的可笑之处在于，相当长的时间里，我并不清楚该写些什么。许多教科书表示，文学必须再现历史，听说巴尔扎克就是这么做的。我对于这个事实疑虑重重。巴尔扎克手中的那一支细细的鹅毛笔拼凑得出一望无际的历史吗？我不止一次地觉得，文学与历史搏斗犹如堂·吉诃德与风车搏斗。不过，先贤既然义无反顾地向历史扑去，我们恐怕也没有理由畏缩不前。堂·吉诃德就堂·吉诃德吧。那一天在西班牙的马德里街头，我破费了八个欧元买了一尊瘦骨嶙峋的堂·吉诃德木雕像。这一尊雕像现在还竖在我的书架上，仿佛暗示我的文学写作生涯——这将是一项自以为是同时又吃力不讨好的工程。

当然，如今文学对付的历史不再是汉高祖、唐太宗或者十八世纪的伦敦、巴黎，现在进入后现代时期。听说某些先锋人士正在提出"后后现代"，文学再不动手就要落伍了。然而，什么是后现代生活？这是世界上许多顶级理论家正在争论不休的一个问题。他们动用了许多奇怪的术语，例如不确定性，去中心，反本质主义，丧失深度，无主题的拼贴，如此等等。如果没有兴趣卷入这些术语挑起的思辨，那么，读一读弗·詹姆逊对于洛杉矶一个大饭店——典型的大都市景观——的描述或许有助于理解历史。詹姆逊看来，这个大饭店设计的入口、大堂、自动楼梯以及四座塔楼里的日本灯笼似的升降机无不破坏了传统的空间范畴。大部分旅客都在所谓的大堂里互相询问：柜台在哪里？大门又在哪里？感官和认知系统突然瘫痪，以至于无法根据总体设计找到自己的方位——这即是后现代。一个高瞻远瞩的著名理论家如此琐碎地描述大饭店的种种景象，这的确显示了罕见的耐心。不过，某些时候，那些毫无理论修养的人也可能一语中的。我曾经听到一个业余舞蹈演员说：后现代舞蹈吗？——哦，后现代舞蹈就是，手和腿全都从那些不可能伸出来的地方伸出来了。

这一切多少表明，后现代生活有些神出鬼没。种种传统的生活规律开始失灵。因此，为了小说的成功，我要做的第一件事即是，构思一个后现代主义悬念。绝大部分人都是悬念崇拜者。儿时听外婆讲故事，不断地重复的一个短句即是——后来呢？悬念引诱人们沿着一个下坡愈滚愈快，欲罢不能，一直到故事终局的真相大白。所以，那些渴望读者拥戴的作家常常焚香祷告：主啊，赐予我万能的悬念吧！后现代主义加悬念——现今，这或许是一部伟大作品的核心技术。

悬念！悬念！我首先想到了众望所归的武侠小说。我研究过武侠小说的许多悬念设置诀窍。一柄宝刀惊现江湖，众多武林门派开始秘密查访——这是悬念；一代武林至尊溘然长逝，几个同门师兄弟各怀鬼胎，觊觎空出来的宝座——这也是悬念。然而，尽管李安的《卧虎藏龙》获得了令人垂涎的成功，我仍然觉得，武侠的故事愧对"后现代"概念。无论是武功盖世、快意恩仇还是义薄云天，这些故事与后现代的飘浮之感距离太远。我也曾经考虑写一部侦探小说。案件通常就是一个巨大的悬念。一具尸首赫然出现在一间出租房里，故事立即开始启动。现代文明社会，一个人的非正常死亡必须得到合理的解释。司法部门有责任缉拿凶手，绳之以法。这肯定是一个悬念丛生的故事，惊心动魄，一波三折。可是，大部分侦探小说的结局已经锁定。我无法想象，一个侦探突然搁下了手中的案子，独自驱车浏览另一个城市，然后因为一个有趣的艳遇而移居国外——这时他已经把那个跟踪多时的杀人犯抛到九霄云外去了。不，侦探小说的所有线索必须穿入一个小小的针孔：破案。走不到这个终点的侦探小说仅仅是一个残废的故事。可是，这时的后现代又在哪里？必然的因果链条，坚毅的性格，由来已久的生活信念，激烈的对抗，这种环境怎么容得下恍惚迷离、零散琐碎的后现代气息？

思虑再三，我还是决定写一个爱情故事。我相信爱情故事最适合孵化后现代生活。现在，爱情渐渐变成一个纯粹的私人领域，外人没有权利说三道四。对不起，窗帘后面的事情我自己管，太强的窥视欲令人可耻。三十年河东三十年河西，爱情从宏大的历史叙事之中剥离出来了，私人领域与公共领域泾渭分明，这是一个重大的事变。相当长的一段时间，谁敢用爱情的名义发表这些大逆不道的宣言，至少要被喝斥为"小资产阶级情调"。封建社会，家族联姻如此重要，爱情仅仅是戏台上令人嘘唏的故事。如火如荼的革命年代，集体主义无远弗届。爱情仍然没有特权切割出一块私人的禁区。两个乡镇干部斗嘴的豪言壮语曾经传诵一时。一个哥们儿自称，上管天，下管地，中间管空气；另一个哥们儿对曰：不管天，不管地，就管生殖器——他是计划生育干部。他们的权限范围内，哪里还会有"爱情"的自留地？后现代生活的降临表明，这些烦人的陈规陋习统统被抛弃了。如今，"个性"是一个无上光荣的词汇，富有个性的角色令人刮目相看。当然，清除沿袭了多少个时代的陈规陋习是一个繁重的历史工程。但是，我的小说决定绕开这些麻烦事。我有我的理由——女主人公是一个"80后"。现在，80后是对一代人的特殊称呼。他们出生于二十世纪八十年代。因为是独生子女，80后多半娇生惯养，不谙世事，不如意的时候只会噘起嘴发脾气。另一方面，80后不像他们的父母那般谨小慎微，只懂得仰望别人的脸色行事，唯唯诺诺地将那些发霉的规矩当回事。80后常常理直气壮地争回自己的权利，同时不太清楚如何对付暗算、上司的眼色和各种潜规则。如果他们的率真或者幼稚带来了某种不利的后果，通常只得由父母出面赔笑脸，上下打点。我认识一位80后女孩儿，她的坚定志向是当一个法医。许多动漫作品之中，破获案件的关键人物往往是法医。我不断地威吓她，诸如腐烂尸体的恶臭或者血腥恐怖的内脏。她不为所动，面带冷笑。某一天晚上看电视的时候，她突然跳起来，颤巍巍站在沙发的扶手上放声尖叫——恰好一只蟑螂从她的脚边爬过。有趣的是，她并不觉得有什么矛盾。无畏地面对想象中的尸体与惧怕一只蟑螂似乎是漠不相关的两回事。如今，那些80后已经发育成人，开始涉足爱情，谈婚论嫁，甚至有了离婚的经历。我曾经在报纸上读到一则报道：某一个长假过后，众多80后的夫妇纷纷前往办理离婚手续——假期之中，他们因为洗碗或者烧菜这些家务事发生了激烈的争执。不久以前，某个网站上的一篇文章用了个幸灾乐祸的标题：《80后开离了！》。显然，这些描述既非数落，亦非表扬——我想说明的仅仅是，没有必要繁琐地解释80后如何肆无忌惮地甩开那些反复困扰我们这些老朽的禁忌。想怎么样就怎么样，80后肯定比我们这一代人更为投合后现代生活。

　　不言而喻，所谓的"后现代"必须是一种高端生活，例如，学院里那些气宇轩昂的知识分子每一天都过得很有意义。那么，男主角就在他们之中产生吧。一个副教授，高不成低不就正好。当然，一个80后与一个副教授如何走到一起，我必须找到一个恰当的理由。我的一个昔日的同窗至今还能历历地复述浩然的小说《艳阳天》。他常常说，《艳阳天》里萧长春身上的汗臭味是吸引女主角焦淑红的重要原因——这当然也是他尽量不洗澡的借口。我想，这种情趣恐怕不太适合后现代风格。权衡比较之后，我决定让他们从网恋开始。当年痞子蔡的《第一次亲密接触》名动一时。那个"轻舞飞扬"的恋爱就是发源于网络。我愿意步他的后尘。尽管不清楚能赚到多少眼泪，但是，高科技与爱情的混合既颂扬了这个时代的科学与理性，又包含了人文精神。

这些设想会不会过于"现代",以至于缺乏大地和泥土的气息?这个问题让我有些不安。我常常觉得,我们的国度共时性地存在各个历史阶段的文化。相对于纽约、伦敦、巴黎,北京或者上海毫不逊色;但是,我们的乡村落后于美国或者英国整整一个时代。乡村是这个国家的底线,是箍成水桶的那一块最短的木板。抛开乡村奢谈什么后现代,更像一种无根的浮夸。当然,仅仅依赖伟大的乡土叙事传统仍然无法光滑地衔接后现代、80后与乡村的黄泥小屋。作为一个小小的弥补,我安排那个副教授出生于一个小镇。我相信小镇可以承担它们之间的跳板。小镇不仅仅是城市与乡村的折衷,同时,小镇常常是多种文化的交汇空间。小镇上既有时髦的卡拉OK,又有泥土、青草和粪便的气味。我曾经到过一个小镇:小镇旁边是一条建于宋朝的古老石桥,小镇里不仅有一大片砖砌的平房,而且有一批欧式别墅;这些别墅一幢一幢紧挨在一起,主妇们甚至可以在厨房的窗口互相传递炒菜的作料;小镇的街道已经铺上了柏油路面,间或有一辆锃亮的奔驰轿车驰过,然后一群牛慢吞吞地踱出,甩了甩尾巴拉下一大泡热气腾腾的牛屎……我相信,一个人在这种小镇子里长大,即使当上了副教授也不会真正遗忘了土地。

　　好了,我们已经到这一部小说后台的各个化妆间巡视了一遍,现在是振笔疾书的时候了——

贰、搁笔

我不知道有没有人愿意赏脸感动一回,多少流下一些热泪。但是,我的的兴趣急剧衰减——是结束这部小说的时候了。即使故事还有发展的空间,我也不想往下写。兴尽辄止。我是这个虚构世界的上帝,挥挥手就可以叫所有的一切烟消云散。

即将搁笔的时候，我的体会是——悬念不算什么。故事也不算什么。现在我愿意坦白，以上这个多少有些悬念的爱情故事梗概是某一次失眠的产物。那一天我飞行了十来个小时抵达西班牙马德里，入住一个格调花哨的饭店。因为时差的缘故，次日清晨早早地醒过来，马德里的著名阳光已经从窗帘的夹缝利刃般地刺进来。我穿一套丝绸的睡衣坐在一张桃木的大桌子面前，一边啜着热茶一边开始了无拘无束的想象。我有意地留神着时间。草草地写出这个爱情故事的梗概，大约耗时五十来分钟，搁笔之际慵懒的西班牙仍在酣睡。然而，正式动笔写这个故事，迄今已经四个月。令我深感意外的是，找到一些传神的细节远比虚构一个故事困难。据说这是某个设计师的名言：细节决定一切。可是，我常常在写作之中暗自发愁：怎么办？怎么办？我没有足够的细节。没有细节的小说犹如没有注释的论文一样单薄。

李教授已经过上了现代生活，或者，革命风暴席卷了D城的每一个角落，这些句子仅仅是一种模糊的叙述；如果细节逐渐浮现，一切将清晰起来。细节把人们拖入生活，身临其境，历史开始有了温度。一个红脸膛的伙计站在桥头专注地吐口水，企图用唾沫击沉漂在桥墩边上的半个空蛋壳；一阵大风刮过，窗外大树的枝杈上翻出了一大片白色的叶背，没有糊实的窗缝骤然发出了一阵尖啸——细节就是用放大镜端详生活。一块疤痕，一片皮屑，一个毛孔骤然放大，塞满了视野。有些细节令人称奇，几乎不可能来自面壁虚构。某一部小说里面，一个羞怯的情人鼓足勇气接受了女友的试探性邀请，晚上首次到她家赴约。意想不到的是，昏黄的路灯下他怎么也想不起女友的房号，慌乱地在无数一模一样的新村楼房之间打转。失约毁灭了一段潜在的姻缘。借用另一个作家的话说，只有上帝的细节才能如此精彩。

当然，我的记忆库里贮存了不少难忘的片断。例如，某一个夏天的午后，我站在一个公共汽车站前，突然觉得一只陌生的手伸进了裤袋。我本能地一拍，陌生的手倏地收回。回头一看，我的身后并排站着五个面无表情的大汉……例如，欧洲某一个落叶满地的街心公园，青黛色的树干下面有一张靠背椅，一个读报的老头睡着了，老花镜滑到鼻尖，一只狗蹲在脚下专注地仰望他的动静……例如，一个巡逻停车场的保安每走五步路就要扯一扯领带，然后歪着头狠狠地向路边唾一口……令人苦恼的是，这些细节与窗外的后现代主义又有什么关系呢？

我常常觉得，各种"主义"所控制的生活细节似乎越来越少了。"左派"、"右派"、"资产阶级生活作风"、"小资产阶级情调"、"工人阶级"、"贫下中农"等一批大词渐渐退出了生活，成为专业人士使用的术语。我年轻的时候，这些术语威风凛凛。它们不仅负责解释历史，而且负责评价大衣的领子、裤管的尺寸、女人们梳的是哪一种发式和餐桌上的菜肴。可是，现在的生活似乎东一段西一截地逃走了。回想一个月以来的日子，嬉笑怒骂，滋味万千，可是哪一个"主义"也算不上。许多大理论似乎已经到了寿终正寝的时候。一个老兄擅长揣摸种种大理论背后的微妙潜台词。可是，近时他的声望每况愈下。那一天他又在一个小型会议上吹嘘自己的心得如何得到某位学术要人的首肯，洋洋得意的神态惹了恼了周围的人。一个家伙公然站出来，满脸不屑地驳斥：你成天热衷于体会这个主义那个主义，见风就是雨，自拉自唱，玩弄词藻，可是，一大堆空话与我们的日子有什么联系？我们还不是照样吃不安全的食品，呼吸污染的空气吗？这一番奚落或许有些过分，但是，至少得承认，许多空转的大词与众多的生活细节脱钩了。现在，各种生活细节如同活蹦乱跳的青蛙，人们无法把它们塞到同一个竹笼里，迫使它们举行夏季大合唱。收集了一大堆有趣的细节而没有一个伟大的主题，这是不是批评家所讥讽的"细节肥大症"？

我一度设想给这部小说制造一串连环套的悬念，后来发现细节无法跟上。来一个无厘头荒诞喜剧疯狂爆笑，或者，来一个侦探反而被诬陷然后杀人如麻血流成河，各种曲折的故事立等可取——然而缺乏充实的细节。奇幻的故事开始自由飞翔，诸多生活的辎重就会成为莫大的累赘。武侠小说里，一个武林高手十年的时间隐在古墓修炼武功，期待炼成某种无敌神技制服众多对手。然而，他的最大敌人并非另一些武侠。压垮他的可能是漫长古墓生活的众多细节，即饮食、御寒、居住、寂寞等种种琐事。生死立判的危机可以显示英雄本色，然而，豪迈的壮志挡不住天长日久的零敲碎打。堆积在人们生活之中的细节是有重量的。多数人的生活没有那么多的奇遇、浪漫，种种细节坠住了他们的双脚，走不了太远，飞不了多高——因而什么事也没有发生。许多人津津乐道人生的诸多趣闻轶事，但是，他们一辈子大部分时光仍然消耗在没有传奇性的日常细节之中。很大程度上，无数的日常细节真正塑造了他们的命运和性格。

我决定向细节投降。我意识到这些细节的约束。一个老农的晒太阳姿态，一个胖子挤进电梯时的狐臭，一条小巷子里汹涌的麻将声，阳光下菜地里呛人的粪便气味……这些细节貌似微不足道，但是，它们汇成黏稠的生活缓缓流动。这些细节拥有自己的意志、逻辑，固执甚至专横地抗拒各种"主义"名义之下浮夸的历史大叙事，抗拒那些虚伪的、人工臆造的悬念。厚厚的一层细节阻挡在人们面前，形成了无声的、博大的甚至是强悍的日常生活。崇高的、遥远的光芒无法穿透每一个细节。仰望国旗的庄严感觉不能延续到午睡之后品尝咖啡的慵懒享受之中；紧握双拳念叨的某种主义不能规定人们喜爱哪一种甜食。向细节投降，就是充分尊重而不是任意扭曲日常生活。许多生活细节是有根的，根须深深地伸入了日常生活的内部。无根的细节如同漂浮于生活边缘的泡沫。例如，超女之间PK时流下的眼泪与汶川大地震痛失亲人的眼泪不同，后者是有根的；新款电子游戏设计了帅气的打斗——游戏迷称之为"耍帅"——与朴实甚至笨拙的格斗搏杀不同，后者也是有根的。一对恋人攒了笔钱，飞赴希腊爱琴海上的某一个岛屿，在一幢童话般的房子里举行婚礼——这派生出一批浮华空泛的细节；然而，礼金数目、婆婆的脸色、长途飞行的疲惫和宾馆客房里地毯发出的霉味才真正具有生活的质感。一个作家表示，他必须想清每一个虚构人物的生活经济来源，尽管不一定要写到小说里面。我相信，这肯定有助于保证细节的坚实纹理。

我终于明白，没有足够的细节表明，这个爱情故事在日常生活之中走不远。关上电脑的电源，这个爱情故事就会消失得无影无踪。我们的副教授将在这一次后现代主义的心理经历之后大彻大悟，回到教研室按部就班地传道授业解惑，并且可能在适当的时候将自己作为心理剖析的案例。那个80后的女孩儿将封存这一段刻骨铭心同时又虚无飘渺的经验，来一个一百八十度的转变，以绝对务实的姿态进入谈婚论嫁的程序。这即将卷入庸俗的门第观念，卷入跨国婚姻或者底层社会令人心酸的换亲情节，甚至卷入粮食和生猪的价格或者卷入金融和能源的危机。当然，这种烟火气十足的故事已经远远超出了"后现代"的精致舞台——它必须跨入另一部风格迥异的小说了。

村庄笔记

要说的这几个村庄都不会在地图上留下姓名。

世界上只有几个村庄诞生过伟大的历史神话，成为圣地。大部分村庄潦草地摊在田野之间，山坳的皱褶里，或者江河的堤岸上。几截龟裂的泥墙和乌黑的椽子，炊烟低低地缭绕在潮湿的瓦片夹缝中，芭蕉树阔大的叶片和龙眼树茂密的树枝，重叠而上的农舍之间大大小小石块草草砌就的台阶，公鸡抢在黎明到来之前争先恐后地啼叫起来，瘦巴巴的生产队长披一件蓝褂子站在晒谷场中央，操一口方言抑扬顿挫地骂人………现在，这些村庄正在急速地向我的记忆深渊沉没。

年轻的时候，我当过几年乡下人。当年乡村的天空仿佛更开阔一些，阳光里有很多稻谷的气息。暮色苍茫，归鸟漫天，田间的青蛙和草丛中的爬虫鼓腹长吟，世界一片嘈杂。我混迹于一堆皮肤黧黑、衣裳褴褛的农民之间了，斜戴一顶斗笠，荷一柄锄头，厚厚的工衣一遍一遍地被汗水腌透，硬如铠甲。夏收夏种是一个百般辛苦的季节，清晨的五点钟已经下到了水田里。背负一轮火辣辣的骄阳挥镰割稻，汗水如注蜇痛了双眼。不小心一刀割到左手的小拇指，蚯蚓般的伤疤至今还会一阵隐痛。农民觉得我的个儿高，弯腰割稻子不够利索，吩咐我到打谷桶那儿摔打稻子。当时南方的多数乡村已经用上了脚踏脱粒机。这是一种半自动的机械：一只脚不停蹬着脚踏，皮带带动滚筒飞快地旋转；双手用力将一捆稻子按上安装了铁刺的滚筒，谷粒哗啦啦地旋出来。奇怪的是，村庄里的农民不乐意使用，他们嫌机械脱粒不够干净。一捆稻子的芯里常常遗留十来粒谷子打不下来，多么可惜。农民宁可使用原始的打谷桶。四四方方的打谷桶往田里一搁，四根竹竿支起一个小帐篷，远远望去，宛若围起一个匿藏了许多秘密的小城堡。打谷桶里放置一个木筛子。挥起一捆稻子重重地砸在木筛子上，有节奏地抖动几下，谷粒哗啦啦地落入桶里。奋力摔打过几次，谷子已经一粒不剩。站在水田里一天干下来，晚上双臂无力如同脱臼。第二天早晨起床，两条胳膊疼痛得抬不起来，以至于没办法穿衣服。

这个活大约要干十来天，然后放水犁田，开始插秧。犁田的技术含量很高。跟在水牛背后扶稳犁耙，吆喝一声甩出鞭子，田间的牛把式是一个神气活现的角色。水牛一对弯弯的犄角，圆滚滚的肚子，拖一具铁犁耙轻松地犁开了仅仅剩下尖利稻茬的田地。我曾经申请试一试，可是遭到了拒绝。轮不上这等风光的差事，只能蹲起马步窝在一个角落里插秧。插了十来米，水田里的秧苗弯曲蛇行，周围的农民就会不满地嘘起来。几只蚂蟥悄悄地爬到了腿肚子上吸血，一汪细细的血流顺着皮肤淌到了浑浊的水田里。伸手狠狠地一扯，蚂蟥断成了两截，上半截仍然牢牢地叮在腿上拔不出来。这时只得向农民借一支点燃的烟卷，先将蚂蟥烫得蜷缩起来，然后再把它拍落。

这种日子想起来多少有些心酸，以至于我很少重温这一段生活。三十多年之后沿着一条水泥路橐橐地进入一个村庄，打开记忆的竟然是一个意想不到的器官。我的脚指头和脚后跟首先想起来，那个时候的行走可没有这么轻松。当时村庄里一律黄泥路，坑坑洼洼。坐在手扶拖拉机的拖斗上，剧烈的颠簸总像是随时就要翻车。一阵豪雨歇了，大片的田野渐渐从白蒙蒙的水帘之中浮现出来，然而村庄里的所有道路一片泥泞。出门没有走几步，鞋子上就糊上了两大团泥巴，如同穿上了两个大泥坨子，每一个泥坨子至少五六斤重。

现在多数的村庄里都铺设了一条水泥路。水泥路宽不过三四米，路面与旁边的土地之间几乎没有任何过渡。水泥路的边缘即是杂草、砂石、泥土。某些路段，建筑用的沙子和黄土径直占用了一部分路面。我一次又一次地觉得，铺到村庄里的水泥路是另一个世界弯弯曲曲的血管。那个叫作城市的地方如同一个心脏，一个又一个的村庄由于这些血管而联结到某一个躯体之上。村长是一个腰里吊了一大串叮叮当当钥匙的汉子。他收起了正在通话的手机寒暄了几句，骑上摩托车沿着水泥路一溜烟地驰走了。路旁一幢灰砖的农舍边露出一辆蓝色小卡车的尾巴。即使在乡村，汽车也算不上稀罕之物了。我年轻的时候，坐一趟汽车真不容易——我和一伙人多次以赌命的方式拦截运货的卡车，只不过为了到二十公里之外的县城看一场电影。现在，一辆又一辆的大卡车沿着水泥路驶入村庄，歇在路口。毛竹、橘子和蔬菜运走了，年轻人一个个地运走了，最后，村庄的魂魄也运走了。

不知什么时候开始，村庄里一天比一天安静，到处都空了。

大半个世纪之前，广袤的大地动荡起伏。每一个村庄仿佛都在剧烈地摇晃。一群群脸孔黧黑的农民手执梭镖和鸟铳揭竿而起，先是撞开了土豪的朱漆大门，然后浩浩荡荡地包围了城市。

农村包围城市是革命领袖的伟大构想。相对于无边无际的田野和星罗棋布的村庄，城市犹如一条惊慌地颠簸的小舢舨。城市的滚滚红尘和纸醉金迷意味了糜烂、颓废和堕落，青纱帐里神出鬼没的八路军和游击队才是大地的儿子。那个时候的知识分子纷纷逃离城市，奔赴乡村。如果肩上没有压过担子，脚上没有踩过牛屎，皮肤没有晒成古铜色，他们就没有资格谈论民族的命运。许多事实证明，杰出思想的诞生地是乡村。种种带有泥土气息的观点是那些关在学院里的知识分子怎么也想不出来的。革命领袖就是在山沟里对于那些自以为是的戴眼镜家伙宣布：反对本本主义！泥腿子的革命大功告成，但是，他们攻陷了城市之后并没有遗忘自己的来历。回到田里割几垄麦子或者到一个村庄喝口水，这是在湿润的泥土之中体验传统，召唤灵感。

开始当乡下人的时候，文学曾经帮我制造了一大堆一厢情愿的想象。《暴风骤雨》《三里湾》《红旗谱》《创业史》《艳阳天》《金光大道》均是我预习多遍的乡村生活教科书。我猜想第一天就会在村庄里遇到浓眉大眼的支书，公而忘私的铁姑娘和尖嘴猴腮的周扒皮，两个月以后将在地主的床底下挖出一支报复革命的二十响驳壳枪。意外的是，这些文学虚构并未如期实现。困扰我的居然是另一些琐事——我没有想到屋后那一口水井冰凉彻骨，没有想到蜂拥而至的蚊虫如此凶猛，尤其意外的是，一向安分守己的胃突然开始造反——一夜之间，我的饭量大增，以至于每时每刻都处于饥饿制造的恐慌之中。

还没有习惯离家的生活，晚上成了难熬的时光。收工之后穷凶极恶地吞下一大钵的米饭，然后定了定神坐到一盏摇曳不定的油灯前。这时的村庄已经万籁俱寂。风吹竹林，群山滚滚，独在异乡，愁绪一寸一寸地漫上来了。何以解忧？残存的书生意气诱使我再度投靠了文学。长夜难眠，在山坡下的一幢孤楼里搜索枯肠写几句诗，犹如给自己注射美学麻醉剂。斜峰残阳，野渡孤舟，骤雨初歇，落霞长天……仿造一些吟咏田园的诗句，恍然栖身于山清水秀之间。不久以后我就意识到，这些诗句是一堆虚伪的破玩意儿。五柳先生采菊东篱下，王维、孟浩然、苏东坡，古人的山水是没有温度的。君王的冷眼，同僚的倾轧，胡不归？明月松间照，清泉石上流，这些山水是他们修身养性的镇静药。不知深浅地将这些玩意儿搬运到皱巴巴的纸面之上，神闲气定的风格根本托不住大汗淋漓的日子。每一天清晨，我咚地从诗里落到风尘仆仆的地面。睡眼惺忪地出了门，一步一滑地穿过一条条田埂，一脚踩入水田，冰凉的泥浆立即淹没到膝盖。挥动手里镰刀或者草耙子的时候，种种诗情画意一下子溜得无影无踪。

无数稀稀落落的村庄面目相近，这儿无非是农民居家过日子的地方。太阳照射到村口的那一棵大榕树时，村庄里的钟声当当地响起来。挑一副担子出了门，彼此寒暄的时候估计一下今年的虫害和收成，预测年底一个工分值多少钱。风吹日晒，砍柴锄草，大部分村庄既没有戏剧性故事，也没有迷人的风景。弄清这一点的时候，我已经算一个地道的乡下人了。这不是一种轻慢或者失意，而是学会了把日常生活的全部重量搁到了这一块土地上。

我没有料到的是，现在与"土地"联系在一起的众多词汇都在贬值。山脉，田野，森林，河流——当然还有村庄。所有的人都明白，土地膜拜过时了。当今世界的头版位置是留给硅谷、华尔街或者石油输出国这些地方的，历史提速的动力来自金融家的资本运作，来自那些著名实验室提供的玄妙结论，或者来自所谓的信息，而泥土里长出来的庄稼已经端不上台面了。

世界变得太快了。

那一天在村口见到了一幢黑黑的礼堂。同行的一个人说，小时候她曾经在这个礼堂演出。礼堂门口的长条台阶是乡村的聚会处所，多少有点儿像城市的广场。看来这一座礼堂已经废弃多时，大门上挂了一把锈迹斑斑的大锁，丢了合扇的窗户耷拉下来，玻璃上一层厚厚的灰尘。一只狗懒洋洋地趴在门廊上，许久才抬起眼皮瞥路人一眼。

从礼堂边上的石板路拐入，一排排摩肩接踵的破败房子似乎阒无人迹。几块木制的墙板脱落下来，石块垒起的台阶隐没在杂乱的荒草中。一条四脚蛇一扭从石板路面闪过，蹿入石缝。几捆干枯的柴草摊在墙根，一张晒豆子的匾滚落在台阶下，边上那个断了铁箍的尿桶已经散开了。信步进入一个院子，东面的黄泥墙塌了半堵，一簇长长的茅草晃动在豁口上。天井的长石板条中间一汪一汪的污泥，接在一个水龙头上的塑料管弯弯曲曲地拖在地上。一只鸭子待在厅堂的正中，把头埋在翅膀里睡觉。几个装农药的铁皮桶和麻袋胡乱堆在柱子下，柱子上倒是镌刻了一副楹联。一对白发的老人突然从厢房破损不堪的窗棂下钻出来，热络地用方言招呼我们吃午饭，窗下一个电饭煲正在噗噗地冒出白汽。老人家神情快活，嗓门高亢，似乎不觉得这幢院子有什么问题。

磕磕绊绊地走在村庄里，似乎仅仅听到了自己的脚步声和喘息。两堵泥墙的夹缝偶尔闪出一条窄窄的小巷，光滑的石板路笔直地伸入纵深之后一折绕走了。巷子尽头的泥墙有一扇小小的石窗，窗内乌黑一片。沿途遇见了若干倒塌的院落，阳光之下芳草萋萋，几堵孤立的残墙缄默不语，两扇开始朽烂的门板黯然歪倒在地。一个人从路上捡起一根竹条，他说下一个路口的几条狗十分凶悍。话音未落，一群大大小小的黄狗雄起起地冲出来，拥挤在路口伸长脖子狂吠，仿佛它们才是这些房子的真正主人。

当年我是在乡村开始喝酒的——乡下从来就是醉酒的地方。我到一户农家院落里找个熟人，无意地撞上了一场婚宴。昏暗的厅堂里摆了几张圆桌，上面搁了几盆冒白汽的热菜。一堆人坐在长条凳上，面前一双筷子和一个小酒盅。熟人从桌上站起来，一定要敬我三盅。那是一种微酸的自酿米酒。我没有想到的是，同桌的另一些人不依不饶——只和熟人喝酒就是看轻了他们。我只得逐一喝过，片刻之间三十杯下肚。出了门一脚长一脚短地走了一会儿，很快就没事了。乡村的婚丧节庆都是喝酒的理由。桌面上吆三喝四地划拳，桌子底下几只狗挤来挤去，争抢丢下的骨头。农民告诉我一个诀窍：脱了鞋子，双脚踩在厅堂的泥地上不容易醉——酒气从顺着脚板透到地里去了。尽管如此，还是常常被米酒醉得东歪西倒。一个伙伴将光脚搬到桌面上，要求别人评价他的脚板红成了什么样子；另一个出门绕着一根电线杆打转。他企图与电线杆握手，可是一直找不到对方的胳膊。

逢年过节，乡村是一个红红火火的地方。杀猪宰羊，鸡飞狗跳，鞭炮一阵阵响起来，孩子在小巷子里尖啸而过。即使不愿意出门走家串户，坐在屋子里也察觉得到喜庆的气氛。天色晦暗的时候，肯定有人招呼喝酒。没有人嫌弃薄酒淡菜，聚在哪儿就是一个热闹。如果村庄里晚上有一台戏，男女老幼都会冒着寒风早早地挤在戏台面前。台上咿咿呀呀地唱和乒乒乓乓地翻筋斗，台下的黑暗中推推搡搡和打情骂俏。通常，年轻人更想有一场电影。白色的银幕牵在晒谷场上，夜风吹得鼓起来。一些老掉牙的电影照样百看不厌，许多人背得出每一个主角接下来要说些什么："张军长，拉兄弟一把！""先生，能帮忙推推摩托车吗？"

"让列宁同志先走！"……现在的村庄里还有人记得这些名言吗？

我曾经在瘦巴巴的生产队长家喝过一回。旧历七月半是当地的鬼节。祭奠供奉之余，活人当然也跟着享用一番。酒足饭饱之后夜渐渐地深了，据说这时的鬼魂开始出来活动手脚了。一些人甚至说得出无常出门的时间。他们信誓旦旦地说，半夜里曾经听到街上叮叮当当地响——那是无常前往拘人，手中的铁链拖过石板路面时发出的声音。听了这些故事，我更不愿意独自行走几里的山路返回住处。生产队长在他家的厅堂里为我安排了一张竹床，不料这一夜根本无法入睡。我完全没有想到，瘦巴巴的生产队长居然可以发出如此强悍的鼾声。鼾声源源地穿透门板盘旋在厅堂，即使用枕头捂住耳朵也无济于事。

估计生产队长已经过了七十。我想象他满脸皱纹地坐在门槛上晒太阳，神色木然。我在许多村庄里见到这种老人。他们静静地坐在那儿，看守背后的一座空落落的村庄。身上的一把力气用完了，人就变成了一具空壳。可是村庄为什么变得如此荒凉？那些大呼小叫、强壮而快活的年轻人哪去了？

这些村庄的年轻人成群结队地提上一个编织袋，乘坐拥挤不堪的火车前往城市打工。即使找不到工作，他们宁可一堆一堆地坐在人行道上打扑克也不愿意回去。如同当年知识分子纷纷逃离城市，现在是农民逃离土地的时刻。一排排的农舍里只剩下老人和孩子，空寂的村庄渐渐丧失了生气。

然而，我竟然在一个空寂的村庄发现了一个古怪的现象。这个村庄的墙上完整地保存了各个年代的标语——从二十世纪五十年代的各种口号到七十年代革命领袖的语录。令人费解的是，那一条窄窄的主干道上，每隔五六米，墙上就贴了一张治疗花柳病的广告。拐入路边一个臭气熏人的简陋厕所，整面墙上花花绿绿地贴满了如何治疗阳痿或者淋病。我差不多就要这么猜想了——如果村庄里不是开了一家妓院，那就是开了一家性病诊疗所。

三十多年前我抵达乡下的时候还是一个毛头小伙子。田野之间的开放气氛令人瞠目。一大群人嘻嘻哈哈地涌入一块田地，割稻、插秧、锄地兼带互相骂娘或者泼粪。最为放肆的是那些结婚不久的小媳妇。她们似乎是过来人了，一大堆叽叽喳喳地说起床上的事情百无禁忌。一个小媳妇突然意识到我就在边上锄地，指着我哧哧地笑起来："他都听见了！"另一个小媳妇大声说："他们不就爱听这些吗！"一阵放浪的笑声之中，我反而成了一个大红脸。有时，一伙小媳妇会风卷残云般地冲过去，七手八脚地按倒一个汉子，往他的裤裆里塞泥土。搏斗之中，她们的衬衫倒卷起来，露出了古铜色的结实后背。

那些未出阁的姑娘混在小媳妇之间，她们仅仅是鼓噪而不动手。听到各种赤裸裸的玩笑，她们照样开怀大笑而毫无扭捏之态。一群人公然议论村里的一个流鼻涕的娃娃，说他的鼻子是张三的，耳朵是李四的，额头是王五的，我在阵阵喧笑之中茫然了很久才明白，原来众人正在集体揣摸谁是这个娃娃的父亲。偶尔他们也会将话题转到了那些姑娘身上。锄地的间歇，一个白皙的、嘴边有个黑痣的姑娘将下巴搁在锄头把上偷懒，边上一个汉子问她是不是想嫁给村里的那个小木匠。小木匠擅长在木床上雕出各种龙、凤或者花卉，这可是一门挣钱的手艺。那个汉子露骨地说："你让他把钞票哗哗地点过来，然后爬上那个雕花大木床，这才叫爽啊！"那个姑娘脸不变色，朱唇微启，极其清脆地吐出一句粗话。一张姣好的面容与一句脏话结合得天衣无缝，我至今还记得当时的惊愕。

穿过田埂的时候，当年那些放浪的笑声和粗话突然在脑后回响，可是现在的田野上空无一人。不会再有一大堆男女扛着锄头在那里闲话、嬉闹或者扒谁的裤子，种种男欢女爱的故事不会再有阳光、泥土或者稻草垛子的气息。我觉得，这些故事变得幽暗起来了，偷偷摸摸地转移到灯光暧昧的发廊或者按摩店这些地方，只有墙上那些治疗性病的广告被风刮得簌簌地响。

另一个村庄就在高速公路旁边，远远望去东一疙瘩，西一疙瘩的房子。这个村庄似乎很兴旺，房子还在一幢接一幢地盖起来。村庄背后的一座小山坡被劈开了，植被下面露出了一大块黄色的土芯。这是盖房子就近取土的地方，一辆手扶拖拉机还停在那里。多半是资金的原因，村庄里的许多房子盖到一半就停了下来。裸露的红砖还未抹上水泥，屋顶上一簇簇钢筋指向天空。一些房子的窗口伸出几捆长长的木条，另一些窗口已经拉上了窗帘——先住进来再说。一些赤膊的汉子在这些房子门口进进出出，不知是房子的主人还是建筑工人。一幢尚未完工的房子迫不及待地在底层开了一个杂货铺，贩卖香烟、方便面和矿泉水。没有顾客的时候，主人就将卷帘门哗哗地关上。

村庄里有各种版本的房子。木头模具架还未拆除的，修了两层停下的，墙面上抹上了灰色水泥的，许多房子的外墙醒目地架设着白色的PV管，偶尔还挂了一台空调机。至少有一半房子的屋顶搁上一个亮晶晶的铝皮太阳能热水器。这些杂乱房子中间突然会冒出一幢鲜亮的小楼，铝合金窗上镶入蓝色的玻璃，墙面的白色瓷砖和屋顶橘黄色的琉璃瓦在太阳之下闪闪发光。

村庄里老房子的窗户又窄又小，内部光线昏暗。厨房里的锅碗瓢盆，厅堂上的木制桌椅，屋角的锄头和畚箕、粪桶，悬挂在房梁上的蒜头、辣椒，一台老式的榨油机，登上二楼的楼梯，这一切无不沉浸在半明半昧之中。老房子主要是由木条和黄泥墙搭盖起来，坐落在石块垒的墙基之上。传说这些老房子冬暖夏凉。年深日久，一代又一代的老人陆续死去，新生的婴儿呱呱坠地，长大成人。房子的横梁和柱子慢慢变黑，泥墙被雨水冲出了一道道弯曲的纹路，整幢房子仿佛在土地上生了根，若干藤蔓沿着墙根爬了上来，房子附近长出了一簇一簇的灌木。很久以来，荒野上奔窜的豺狼虎豹已经沦为遥远而飘渺的传说。大部分动物早就不再在林子里游荡。它们一拨一拨地进驻老房子，安营扎寨。屋檐下有了个鸟巢，猪在厩里哼哼，鸡、鸭在天井里悠闲地觅食、拉屎，狗忙碌地跑进跑出，老鼠、菜花蛇和青蛙隐在台阶下面的小洞穴里，一团团的蚊虫盘旋在炉灶口……

新建的房子窗户宽大，有一扇门通向阳台，厅堂里十分敞亮。这些房子多半是套用了别墅的设计图。奇怪的是，大量新盖的房子朝向不一，形状各异。阳光掠过山坡斜斜地打在村庄里，这些新房子犹如山上滚下的一堆乱石，高低参差，东歪西倒，或者挤成一团，或者一哄而散。有些地段新建的房子一幢挨一幢，七拐八斜，错落起伏，村庄里的道路因为这些房子而不断地打转，甚至呈锯齿形。如果不是从这些房子的缝隙看到那一座笔架似的山峰，我几乎无法辨认村口的方向。

村里的房子盖得越来越密，田园仿佛消失了。房前屋后随便用一些碎石块垒了垒，拦一些泥土种几畦瓜果蔬菜，这就够了。偶尔见到一个浇园子的小水坑，水面上漂浮一些塑料袋、木橛子或者小鸡的尸体。田野和庄稼都在很遥远的地方，似乎和这个村庄没什么联系。附近有一片树林孤零零的，仿佛被村庄排挤出来，突兀地待在一边。

乡下人的快乐和苦恼无不来自土地，很难想象游离了土地的日子。可是，泥土里长出来的稻谷和瓜果愈来愈贱，没有多少人还愿意在田园里忙碌。土地似乎正在渐渐地滑出生活。赶快用手里攒下的几文钱给自己盖一幢房子吧，说不定这是抓住土地的最后一个机会。再迟一点或许什么都没了。

车子穿过村庄的时候，一个人指给我看村中央一幢类似于美国国会大厦的圆顶白色建筑。他称之为"白宫"。这一家的主人在海外发了不少财，回到老家盖了这一幢房子。房子里闲常没有多少人，主人每年顶多回来住几天。但是，据说这幢房子里所有房间的墙面上都饰上了黄金，推开门就是黄澄澄的一片。

这个村庄里的多数人家都有人移居海外，移居的形式多半不太正规。潜伏在某一个令人窒息的船舱里，从哪一片海滩爬上那个陌生的国度，那些称之为"蛇头"的中介人从中收取多少费用，这些是流传在村庄里的秘密消息。到了那个陌生的国度，他们待在一条"唐人街"，即使不谙外语也能在老乡的小餐馆或者超市里打工。积攒了一些工钱寄回老家，父母或者兄弟就有办法慢慢地盖起一幢房子来。事情看起来就是如此：年轻人一个接一个比赛似的到了海外，村里的房子一幢跟着一幢比赛似的盖了起来。如果几个兄弟各自挣了钱，每一个人都得盖一幢显示自己的出息。所以，村里的许多房子不一定有人住。一对佝偻的老两口守着一幢五层楼的小别墅。平常他们仅仅在一楼的卧室和厨房之间走动。楼上脏得很，都是灰尘，可是我们哪里能爬得上去打扫呵，老两口总是对人这么抱怨。一个外地来的窃儿弄了架梯子从后窗攀上三楼，竟然在上面住了几个月，并且窝藏了些赃物。一楼的老两口从未发现什么异常，估计耳朵背。

哪一户人家海外发达的故事都会成为左邻右舍的范本，年轻人不想动身仿佛要被人看轻似的。整个村庄一户衔着一户陆陆续续地飘落到另一块土地，繁衍生殖。他们的下一代降生在异国，并且有了当地的国籍。这些餐馆的厨师或者超市搬运工往往将下一代送回村庄交给父母抚养，路边那些流着鼻涕、一身泥土的小家伙都是外国公民。他们吩咐我小心开车，不慎撞了外国公民可不是闹着玩的。

停了车到路边的一个杂物铺买几瓶矿泉水。几个闲人在一张台球桌上打球，一个临时的水果摊正在卖西瓜，村庄里鸡犬之声相闻——看不出有什么特别的。这种故事怎么像一些离奇的传说？

这时，有人又说起了另一个村庄。

另一个村庄处于海边的一个凸出的半岛上，山岩嶙峋而土地稀少。村庄里的壮年绝大多数都到了海外，每年寄回的外汇是一个惊人的数额。村庄里只剩下一大批年轻媳妇守着空房和一大笔钱，挖空心思才打发得了闲下来的日子。她们不可能再去挑粪或者锄地，抛荒的田地长出了密密麻麻的茅草。一些草台班子被请到这个村庄里唱戏，夜夜笙歌不断。时间久了，风流戏子与寂寞的小媳妇之间免不了擦出一些火花。这时，舞台下面就会有一些流言风生水起，种种若明若暗的故事浮动在墙角或者树梢。另一些时候，这些小媳妇会带上一笔钱，乘坐破旧而颠簸的长途班车来到附近的一个都市大肆购物。商场出来之后，她们拎了大包小包到某家大饭店住一夜，花钱召唤一个哥哥陪伴是常有的事。

故事结束之后，整个车厢一片静默。没有人求证这个村庄的准确位置。

习武是许多村庄的传统。农闲的日子里，村庄中央晒谷场上多半会有一些人袒胸露背地比划拳脚。四条胳膊交叉着拧在一起，背上的肌肉一条条地鼓起来。一个嘿地一声发力，另一个踉踉跄跄地跌出了几步，一跤仰到了稻草堆上。

我以前生活过的那个小村庄里，有一个年轻人好身手。他浓眉大眼，体魄结实，大冷天也没穿多少衣服。一阵风似的从村里走过的时候，敞开的棉衣一扑闪一扑闪如同鸟儿的翅膀。一些人说他轻功了得，可以单足立在一个火柴盒上；另一些人说他臂力超群，两头生气的水牛铆足了劲抵架，他伸出手来轻易地将一对顶得喀吧喀吧地响的牛角掰开了。我仅仅在一个盖房子的工地上看见他表演了一回。他猫着腰，不歇气地将地面上几百块砖头嗖嗖地准确抛到三层楼上几个泥水匠手中。后来我也试了一下，抛了二十来块砖头就喘不过气来，大拇指上迅速地被蹭掉了一层皮。

我始终不知道这个年轻人使的是什么拳。他对于所有不屑于回答的事都是冷冷一笑。我猜他练的是一种南拳。南拳北腿。南方人矮小，惯于贴身格斗，讲究的是站稳马步，近身寸劲短打；北方人身材高大，抢起拳来大开大阖，擅长用腿。我还听过南拳的另一种解释：不少南方人长期在船上讨生活。要在摇摇晃晃的船板上搏击，首要的功夫是站稳马步。这是南拳主张扎马步、精于拳而少用腿的原因。

那一天我沿着河边的一条土路进村，路过一排木板房。据说这是古代的客栈。一家木板房房门敞开，昏暗的厅堂里摆了一张八仙桌——风尘仆仆，南来北往，那些客商、书生、官吏或者风尘女子在这儿上演过多少传奇？不知为什么，我隐隐地感到这个村庄里潜藏了某种逼人的英气。转过了木板房，一幢房子的门口挂了一块牌子，虎桩研究会。虎桩是南拳的一种，招式大约是模仿老虎的扑窜蹲跃。询问之下得知，大半个村庄的人都会三拳两脚，连女娃娃也自小习武。

有人把我带到了村里的祠堂。祠堂坐落在一片高高低低的农舍之间，围墙刷成了朱红色。哐当当地开了锁，里面是一个干干净净的院落。这也是一个练武的场地。同宗同族演练同一门派的拳术，犹如执行某种特殊的仪式。出拳踢腿，嘿然有声。祠堂内看不到刀斧枪戟竖在墙边的架子上，屋角搁了一堆锄头和板凳。锄头法和板凳功是许多人都会的功夫，动作简朴实用。什么流星锤、判官笔、风火轮乃至各类独门暗器，这些奇形怪状的玩意儿是武侠小说图个热闹编出来的。日常生活之中，真正管用的是手边就有的器具。

自从金庸、古龙和梁羽生这些人霸占了江湖之后，这些乡下人的拳脚功夫成了一堆低级的玩意儿。大侠的功夫多半有特殊的来历，要么独自在古墓之中参悟，要么与师妹男女双修。他们玩的是一指禅、阴阳掌、无招胜有招这些秘技，没有人呆头呆脑地打熬胳膊上的力气。这等死功夫大约只会留给那些本分的乡下人了。我遇到了村庄里一个红脸膛的小伙子，看不出他身手灵活或者目光如电。他说村口有两个石锁，一个二百斤，一个三百斤，当年有一个武举人可以只手擎起来。我们一起走到村公约的牌子旁边，果然有两个石锁躺在几辆摩托车的轮子下。红脸膛小伙子拖出那个三百斤的石锁，摆了个骑马蹲裆式，嘿的一声双手提了起来——脸憋得更红了。我问红脸膛的小伙子，村里这么多人有功夫，会不会一言不合就乒乒乓乓动起手来？他说，不会啊，我们练武的人要讲武德。意见不和的时候，众人一起评理。这么多年，村里差不多没有发现斗殴。

村口有一座木制的廊桥。桥面上的木板已经有些朽坏，廊桥两边是长条凳和栏杆。廊桥的顶上铺了瓦片，横梁上吊了一台电视机。多数时候，廊桥的长条凳上都有人坐着聊天或者吸烟。这是村庄里的公共空间。我年轻时生活过的村庄里，村民聚头的地方是杂货铺的曲尺形柜台面前。通常的夜晚，只有杂货铺点了一盏汽灯。花点零钱呷一碗烧酒，有一句没一句地交换家长里短，裁定兄弟分家产生的是非或者评议夫妻打架的缘由，这是乡村的传统乐趣。这个村庄的廊桥坐得下数十人。即使没有什么重要的话题，众人也愿意在廊桥上看一会儿电视，吹一吹山间来的凉风。

这一条两三米宽的小溪穿过村庄绕了一圈。溪里喂养了数百条红色的鲤鱼，小的一个手指头长短，大的有三四斤重。相传这条小溪曾经是村里的水源，养鱼是防止有人投毒。村里的人经常扔一些炊饼、饭团到溪里喂鱼。听到路人的脚步声，红鲤鱼就会在水里挤成一团，浮出水面的嘴巴一张一合吧唧吧唧地响。据说村里有个孩子一天天消瘦，始终弄不清病因。很久以后他母亲才明白，孩子常常端了饭碗来到溪边，一半的饭都倾到了溪里进了鱼肚子。有一年山洪暴发，村庄里汪洋一片。几日之后大水渐渐退了，这些红鲤鱼又出现在溪里——不知道它们如何藏身。多少年来，没有人敢于造次，捕捉这些红鲤鱼肯定要遭受报应。

这算得上一个村庄的秘密吧。

"耕读传家"的祖训，质朴的乡音乡俗，一座小而灵验的古庙，还有田野上飘来酸腐的粪便气味，总之，一个村庄总是要让人想起土地，想起松软的泥土来。所以，提到一个村庄的秘密肯定要提到祖坟。坟墓东一座西一座地散落在各自的田地里，有的修缮一新，有的荒草漫坡。清明时节，农民会到祖坟上锄一锄草，摆两盘供品，烧一点纸钱。祖先的鬼魂始终游荡在村庄里，既关心今年秋天的收成，又过问孙子数学考试成绩，依然如同生前一般忙碌。哪一家祖坟的风水好，哪里甚至是龙脉的所在，这是一门深奥的学问，即使那些手执罗盘、瘦成一根筋的算命先生也不一定说得明白。村庄里常常有一些令人惊奇甚至令人惊恐的传奇故事——没有这些故事还能叫村庄吗？我年轻时生活过的那个村庄里，房子的附近即是若干个坟墓。天色昏暗的时候心里发毛，伙伴会用汤匙敲一敲饭盒，或者用两把镰刀互相击打——有一种说法是，鬼魂不爱听金属的声音。

那一天我在村口见到了一座举人的大坟墓。坟墓是由三合土铺起来的，如同厚厚的一大块龟甲。几棵两人才能合抱的大树围绕在坟墓周围，绿荫之中听得到鸟儿啁啾。据说举人一生讨了七房的妻妾，死后也都埋在这个大坟里了。我想，这才像是村庄的真实意义：一大批族人共同生活在这块土地上，日出日落，春种秋收；死了之后，他们的骨殖一起埋入泥土，腐烂在这里，并且由子孙修起了三合土的坟墓。

我曾经到一个村庄拜谒一座古老的状元府。大门口气派的青石门当，门楼上的雕花，高高挑起的飞檐翘角和屋脊上辟邪的百兽，厅堂里形状古拙的柱石和柱子上的笔画遒劲的楹联……人们津津乐道地指点这一切的时候，这一座大宅院仍然在无可挽回地衰败。门板已朽，地板破裂，二楼上的围栏少了一大块，大多数窗棂残缺不全——一个风烛残年的躯壳已经没有灵魂。一些住户仍然踞守在老宅里。他们在天井里淘米择菜，几根草草地牵过的铁丝上晾着花花绿绿的衣裳——这种日子与状元的舞文弄墨怎么也衔接不上。村庄里的残垣断壁以及各种传说究竟还有多少文化生育能力？

如同过度耕种的田地不再肥沃，乡土文化正在渐渐地干涸。有人说过，一个偌大的民族历史埋藏在乡土文化底下，这一带的村庄散落了不少遗迹：青石牌坊，黝黑的石塔，钟楼，石桥，拴马石，一个书院的废墟，面目模糊的石雕狮子，日渐风化的摩崖石刻，开始损毁的名人坟茔，老宅里刚刚找出的一个饮马槽，村庄里一口神奇的古井千年从不干涸……那又怎么样？无非孤零零的几件器物，它们已经没有了生命的迹象。传统已经像水一样流失，只有几个古董商在那儿盘算各种老玩意儿值得了多少银子。

即使逗留在村庄里，也不会有多少人想起大地和泥土来。一粒种子抛入泥土，生根发芽，开花结果——这种古老而神秘的循环已经不是世界的再生之源。土地又算得了什么呢？"寸土寸金"指的是房地产商相中的黄金地段，大片大片的田野如同一个令人尴尬的存在。历史肯定发生了某种奇特的化学裂变，现在由一大堆闻所未闻的名词当道，例如网络、生物基因、航天飞机或者动漫游戏，大地和泥土成了这些新玩意儿带不走的废旧辎重。据说现在设计世界的精英连睡觉都打着领带，他们怎么也不可能看上小农经济培养出来的懒散、松弛、土气。"青山绿水"、"田园风光"正在退化为纸面上的词汇，"一条大河波浪宽"或者"谁不说俺家乡好"已经是唱不出口的陈年老歌。如今村庄的最大苦恼就是甩不下土地。不愿意亲近泥土，亲近五谷六畜，许多村庄轻飘飘的，没有根底，如同抛在田埂上的一株被晒干的秧苗。乡土文化正在茫然失措。一个农家院落的厅堂上有一张"后现代主义"的供桌，上面供奉的内容极其庞杂：一张八仙过海的图画，一张毛主席像，一幅奖状，一份挂历，一副对联，一台钟，一对插了塑料花的花瓶，一个药瓶……我站在供桌面前恍惚许久。究竟什么还值得一日一日地烧香添油，三叩九拜？

开始拯救村庄的时候，许多人想到的一个策略是，将乡土文化典当给旅游行业。我遇到了一个村长，他手里的王牌是一面乾隆御赐的匾和一幢民国时期的碉楼。那一面匾上有乾隆爷的手书"福"字，据说当年赐给村里的一位战功显赫的先贤。这是代代相传的镇村之宝，平日蒙上红绸，轻易不示人。由于老房子的楹联、窗棂常常莫名其妙地失踪，这一面匾由村长负责保管——村长总不至于长久地离开村庄。他迫不及待地将一块红底金字的木板从卧室里扛出来，锃亮的油漆似乎新得有几分可疑。民国时期的碉楼盖在山坡顶上，四周簇拥着一片泥墙灰瓦的农舍。当年一队土匪驻扎在村庄里。根据匪首的设计，碉楼既是住宅又是堡垒。碉楼三层高，教堂式的尖顶，窗户比较小，可以当成枪眼使用。村长情绪很高，一定要让我看一看墙壁：糯米汤浇在黄泥里夯成的，足足两尺厚，炮弹也无法打穿。"有了这两样宝贝，村里再修一条老街，开几个老店，例如磨坊啊，打铁铺啊，农具店啊，豆腐摊啊，村口的路边加上一座木制的大水车轮子，是不是够游客看一个上午了？"

村长眉飞色舞地谈论预售乾隆爷和两尺厚黄泥墙的设想，我不忍心说什么风凉话。村庄不再有泥土的气息和晒谷场上的稻香，不再是扁担压在肩上的痛感和灌一肚子凉水躺在树荫下的惬意——那些道具般的老街背后不会有任何沧桑的记忆。当年我在乡村伪造的那些田园诗安慰不了自己，现在这一份旅游远景规划安慰得了村庄的历史吗？

相聚会议室

壹、开会迷

无聊的时候会想一想：如果被迫移居火星，人类撤离地球之际所做的最后一件事与抵达火星时所做的第一件事是什么？毫无疑问——开会。没有别的，人们就是乐意开会。一些人大声疾呼削减会议，然而，如何削减会议正在成为另一些会议的周期性主题。一个三流哲学家振振有词地宣布：亚里士多德认为，人是会笑的动物；我要修改亚里士多德的定义——人是擅长开会的动物。开会多么有趣呵，连上帝都嫉妒了。神通广大的上帝无所不能，就是没有人和他一起开会。没有人和他拌嘴，辩论，勾心斗角，投反对票——可怜的上帝多么寂寞。

会议意味了什么？

政治家想象之中，会场就是硝烟四起的阵地，摇唇鼓舌就是竞技。任何一个伟大的政治事件背后都隐藏了一连串的会议。开会、开会、开会！成功的政治家就是从一个会议迈向另一个会议。

女儿在电话里发脾气：我父亲不在家。在哪里？——不是在哪个会场上，就是在前往另一个会场的途中。

某秘书指点一个单位的头目：力争让你们的方案"上会"，排不上会议的方案再伟大也不会有任何意义。

一个小公务员兴冲冲地告诉他的妻子：我的早点可以少吃一些，中午在会议上用餐，改善伙食！

某个上任五年的处长总结出一条神秘兮兮的经验：越小的会议越重要，这与大人物坐小汽车一样。那些闹哄哄的大会无非是人人都坐得上的公共汽车罢了。

"华威先生"是文学史上的一个著名人物。趾高气扬地坐上黄包车，从一个会场奔赴另一个会场，这就是他得意的生活方式。马三立的相声《开会迷》之中，那个山东口音的"开会迷"令人忍俊不禁。然而，无论伴有多少挖苦和讽刺，会议还是愈来愈多。就像离婚、高血脂、肥胖症、政府机构重叠、电视节目低俗不堪、传统文化衰落、汽车尾气排放——所有的人都频频摇头，但是，汹涌之势不可逆转。

的确，人们无法拒绝会议。增添薪水，调换工种，担任教授，修改预算方案，撤换一个项目负责人，或者在桥头竖起一个雕像——一切都要求开会决定。很大一部分历史的创造就是在会议厅磨嘴皮。熟悉历史的人点得出来，多少会议改变了无数人的命运，成为历史的罗盘和纪念碑。必须承认，开会是一种文明的形式。如果能还有机会坐在谈判桌旁开会，各国首领就不会跑回去按下发射核弹头的电钮。让我们开会吧，哪怕开得筋疲力尽。苏联诗人马雅可夫斯基曾经为无数的会议赋诗一首——也叫《开会迷》：

……

每次来到，我都请求：

"今天能否接见？
从混沌初开我就等在这里。"
"伊万·万内奇同志开会去了——
讨论戏剧部和饲马局合并的问题。"

一百层楼梯爬上了好几回，
真叫人倒胃。
可又对你说：
"叫你再等一小时。
正在开会，省合作社
要买一小瓶墨水。"

一小时以后，
男秘书，
女秘书又全都不在这里——
空无一人！
二十二岁以下的
都在出席共青团的会议。

天色将晚，七层楼的最高一层
我又爬了上去。
"伊万·万内奇同志来了没有？"
"正在出席
甲、乙、丙、丁、戊、己、庚、辛委员会。"
……

贰、开会的人

谁都可能收到会议通知。一个电话，一张烫金的请柬，一份文件，或者一声漫不经心的口头招呼。小村庄里，只要当当地敲响吊在村口一棵树上的半截铁轨，村民就知道要开大会了。另一个小村庄里，开会通知一度是一片一片的小饼干。原先村民总是寻找种种借口躲开，不愿意集中到大队部聆听社论的传达。后来，队长想了个主意：每个与会者可以领一片小饼干。于是，每逢开会，整个村庄扶老携幼，前呼后拥，会场不得不改到了晒谷场上。

踏入会场的许多人其实并非会议爱好者。百分之九十的重复信息，一串一串如出一辙的套话，千篇一律的表态，这一切使许多会议成为无比乏味的活动。人们在会场上发愣，打呵欠，挖鼻孔，搓脚丫，然后昏昏欲睡——有时甚至干脆打起了呼噜。一个坐在第一排的老先生拉长一张脸，眼观鼻，深呼吸，意守丹田，开始做气功。几个小伙子抢到了后排的隐蔽位置，悄悄地掏出手机玩起了电子游戏或者发短信。尽管如此，会议依然那么多。一些会议的骨干分子觉得，如果不及时开会，千百幢机关大楼都会失去灵魂。他们时常飞越千山万水，仅仅为了参加一个会议。会议是工作的工作，是运送上级旨意的一个个小齿轮。开会是对于行政级别的一次确认。哪一级别的会议一般与哪一级别的行政机构互相呼应，后者利用前者宣称自己不可逾越的存在。否则，途经这个行政机构的公文就会成为一纸空文。

所以，会议是权力集聚和扩张的要冲。一群人表情严肃地坐在一起，商议和决定一件远离会议室的事情，这种神奇的感觉就是权力。参加会议意味了分享权力。这是身份和资格的证明。只有要人才会被无数的会议抢来抢去。那些夸耀自己如何伟大的人总是在步入会场的时候说：我刚刚从另一个会议上赶过来。

如果事后的会议报道没有他的名字——如果会议报道仅仅说"某某首长等莅会指导"，他就会牢骚满腹："妈的，又被记者'等'掉了。"

权力拥有者就是热衷于开会。走上街头，混迹于芸芸众生，他们貌不惊人，语不出众，没有多少人愿意多看一眼。然而，一旦会议开始，他们立即拥有一个不同凡响的高度。登上主席台，他们可以用俯视的目光打量台下黑压压的一片。手握麦克风，发号施令，训话，抑扬顿挫地宣读报告——这个时候，哪怕一个猥琐不堪的胖子也会显得神气活现。会议就是一个舞台，只有权力拥有者才能占据这个舞台的核心。

叁、行政技术

在行政机构混久了就会成为开会的高手，甚至开成了"会精"。一些手握重权的官员自如地将会议玩弄于股掌之中。大大咧咧地坐到中心位置，叼一支烟吞云吐雾，时而慷慨激昂，时而哀兵悲情，操纵与会者的情绪，左右会场气氛。若非图穷匕首见的时刻，他们不会怒形于色，拂袖而去；但是，即使谈笑风生之间，他们也会维持一个威力四射的形象。这些人说变脸就变脸，让人摸不着分寸是他们的拿手好戏。"但是"——只要一个如此简单的转折，茶杯往桌上一顿，源源不断的训斥顷刻之间迅雷不及掩耳地泼来。

这些人深知，开会就是将个人的意志成功地兑换为集体决议。商议，试探，威胁，许诺，敲山震虎，打招呼，暗示，一松手给个甜头然后又抽紧了绳索，把一件举手之劳的事形容得困难重重，或者举重若轻地大包大揽，种种盘旋和腾挪很快将众多的与会者绕昏了头，于是，一大笔资金的流向或者一个心腹的提拔不动声色地完成。另一些时候，开会就是表演"金蝉脱壳"之计，推卸责任。说几句漂亮话搪塞某个申请，用太极拳式的推诿甩给另一个部门，抛出一堆花团锦簇的辞令让当事人想哭都找不到坟头，这是许多官员会场上的得意之笔。开会就是表示本官的重视。动员过了，强调过了，解决不了问题是贯彻不力——你们还在嘀嘀咕咕地抱怨什么？

当然，更多的人是坐不上主席台的。他们到会的主要目的是编织关系网络。开会就是职业人员的社交生活。四面八方的好汉相聚会议室，会场是一个富有亲和力的小江湖。握手寒暄，拍肩点烟：多时不见，有空到我们那里指导工作，我给你找个清静的地方住几天，带夫人一起来，我们接待，哈哈，你老兄带的是第几任夫人我们就不管了，开玩笑开玩笑，另外，有件小事想拜托你关照一下，情况是这样的……一个会议下来，串几个房间，几件棘手的事情基本上就有了眉目。

会议正式开始的时候，预定的汇报、发言仅仅是一些排练过的节目，没有多少机锋和变数。重要的是察言观色，伺机而动，利用临时插话、即兴的建议引起主持者的注目和兴趣。他们都记得某些幸运儿的例子：某人就是因为一次出色的插话得到赏识，从此飞黄腾达。抓住会场上稍纵即逝的机会，可能突然改变后半辈子的命运。当然，这也是一种冒险。表演过火，言多必失。更多的时候，必须沉得住气，保持一种含义不明的微笑或者暧昧的沉默，怎么解释都有理。周旋于几派势力之间，若即若离；说话留三分，可进可退。只有到孤注一掷的时刻，他们才会不顾一切地恭维或者谴责。这个时候，他们的形象猛然定型，而且再也不能修改了。

古人说过：善用兵者，屈人之兵而非战也；现今可以仿造一句相似的格言：善开会者，驭国治天下而非战也。许多官员不得不在暗地里承认，开会是最为重要的行政技术。

肆、会议的形式

这个会议怎么开？——开会的形式无比丰富。

除了装潢考究的会议室，还有许多开会的所在。密室，地窖，田埂边上，茶寮里，某一艘游艇或者某一部专列，如此等等。电话会议或者电视会议是利用电波组织会议。现场办公会即是在杂乱的工地或者可能溃决的堤坝上当即拍板。据说，某些大老板喜欢到桑拿浴室里开会。大家都脱得精赤条条，身上藏不下录音设备，这可以避免商谈内容日后成为某种不利的证据。

另一些会议形式更富于戏剧性，例如飞行集会。几支队伍分别从不同的街道冲出来，汇聚在一个十字路口。旗帜、标语和口号此起彼伏。一阵传单从某一幢高楼上撒下来，纷纷扬扬；一个人跳上临时搭建的台子慷慨演说。警笛四起，外围出现了冲突和搏斗；片刻之后，几支队伍疾速地没入几条街道，如同出现之际一样迅速……当然，这些镜头不一定仅仅从属于政治的主题。最近冒出来的"快闪族"（flash mob）更多的是逗趣。一份电子邮件的通知，五十个人集合在纽约闹市的十字路口，一起掏出手机高叫"是的，是的"，然后鼓掌，迅速离开，或者，另一批人接到了匿名电话，二十分钟之后他们到达一家商店门口，脱下一只鞋子在人行道上敲击几下，随即平静地散去。"快闪族"的组织者表示，这种集会有助于排解日常的压抑。

无论哪一种会议形式都包含了空间政治的运作。会场的设置即是空间的谋划。这种谋划的首要主题是，显示清晰的等级结构，辨识领导者与被领导者。多数会场设有主席台，这是上级与下级的明显标记。"在主席台就座"证明了一种特殊的待遇。如果众多领导者登上主席台，他们之间的名次排列是一个生死攸关的重大问题。摆错领导的名次可能引起雷霆之怒。按照惯例，中心的座位理所当然地留给第一号人物。众星拱月的图案之中，谁都清楚重心在哪里。不少会议操办者多半曾经为另一个小问题大伤脑筋：二号人物是坐在一号人物的左面还是右面？某些时候，主席台上安排的领导人如此之多，以至于会场上显得空空落落。于是，会议操办者不得不临时租用一些大学生或者中学生填塞空间，制造会场气氛的。

会场里的等级结构如此明显，以至于与会者以平等的身份出席反而需要特殊的证明。强调平等气氛的会场时常设置为圆形的——例如联合国的会议厅。圆形无始无终，围成一圈的与会者不存在高下之别。引人注目的"朝核会谈"之中，钓鱼台国宾馆摆上了一张六方形桌子。中国、朝鲜、俄罗斯、美国、日本、韩国各据一边，国家全称的第一个字母决定了谁与谁毗邻而坐。没有中心，没有居高临下的主席台。等边六边形受力均衡，结构稳定，这个几何图形暗示的主题即是各种力量的对等与协调。

会场的空间政治首先解决一个问题：谁执掌麦克风——这一部机器保证谁的声音拥有压倒一切的音量？

伍、发言

开会就是发言。一个频频出入会场的官员抱怨说，他简直得了"话痨"，说个没完——无论坐在什么地方，面前都会如影随形地伸出一个麦克风。

口才表演是对会议主角的一个考验。古板，幽默，深刻，犀利，麦克风证明了一切。口才显然是胸襟的表现。毛泽东的许多演讲大气磅礴：旁征博引，口若悬河，机智与雄辩汇于一炉。某一个官员到了下级的地皮。召开一个小型的座谈会，嬉笑怒骂，粗口连连。参加座谈会的人感到十分亲切——这证明他们被当成了自己的弟兄。唯独会议的主持人有些担心：次日这个官员要在一个大会场做报告。如果"他妈的"是一个删不干净的语言赘瘤，那些没见过世面的小干部肯定要犯嘀咕。事实证明，这种顾虑显然多余。次日的报告还是座谈会上的内容。然而，这个官员神态端庄，报告的语言如同洗涤剂漂洗过那般清洁。这个主持人钦佩不已，并且因此悟出了为官之道。

当然，现今许多官员的报告是由起草班子拟的稿子。他们口述一些基本要点，秘书们忙个不停。官员在主席台上宣读的主要意义是，以他们的官衔证明这份报告的权威。一个官员大咧咧地用了一个粗鲁而又形象的比喻：他们把插头插在我的屁股上，我不过充当一个喇叭而已。

念稿子制造的许多笑话是来自胡乱断句。任意乱加标点符号是许多官员做报告时的摆谱习惯。很多人听说过"'一次性生活补助'被读成'一次''性生活补助'"的典故。有时，胡乱断句是无知和想当然的共同后果。一个官员读到"印度"之后愣了一会儿，然后愤愤地骂了一句："'印度'就'印度'，还要他妈的什么'尼西亚'。"不少官员根本没有耐心在会前读一遍稿子。"三八劳动妇女节"的时候，一个官员在主席台上拉长声音："全体妇女站起来——"台下哗啦啦地站起了一片。他翻过一页稿纸，连忙摆摆手："请坐下，请坐下，这页还有一个'了'字。——全体妇女站起来了！"最为难堪的是，一个官员竟然将秘书写在

107

稿子之中的幕后提示照本宣科地读出来："……括号，提高声调，可能会鼓掌，停顿一下，括号……"

有时，秘书们的操劳简直像恶意地证明官员的低能。官员主持会议的时候，许多秘书事无巨细地写好每一句过渡的言辞。例如，"某某同志刚才的发言内容深刻，意义重大，让我们再次以热烈的掌声表示感谢！"或者，"同意的请举手"，"手放下"——仿佛与会者真的不明白举起的胳膊还可以再放下来。也许，把这些事务一股脑地甩给秘书，恰恰证明了官员对于会议的厌倦和懈怠？

然而，没有一份事先拟定的讲话稿，会议或许会成为一列脱轨的列车。遇到某些卖弄口才的小官僚，这种恐怖的局面就会出现："同志们，做报告要精练。我是一个喜欢精练的人。什么叫作精练？精练就是，可说可不说的话不说，或者尽量少说。言简意赅，这是一个成语。'赅'字的读音就是'应该'的'该'。时间关系，我就尽量简短一些，准备给大家谈五点。第一点又可以分为六个小点。都很重要。……为了节约时间，这一点我就不展开了。下面谈第六点——第六点是什么呢？喔，是一个通知，今晚放电影。劳逸结合嘛，看一场电影也是应该的，这也是关心群众生活的一种体现。听说演的是《三打白骨精》。这是《西游记》里面的一段故事。妖精可是很厉害的，同志们哪，妖精的特点就是善于伪装……"

以往，这种事故不止一次地发生：演讲者到了台上却找不到发言稿了。一个生产队长坐在麦克风面前全身乱摸，嘴里念念叨叨：稿子呢？稿子呢？他急得满头大汗，啪地摘下帽子扔在桌上。噢，在这里！——原来，出门之前他将稿子塞进帽子顶在头上。如今，多数报告稿事先打印、装订，分发到与会者的手中。

这时，主席台上的发言更像稿子的朗读。一些高级的会场，演讲者手里不必捧着稿子。讲台的花丛背后隐藏了一台工作人员幕后操纵的小电脑；根据演讲的进度，稿子自动显现在屏幕之上。

众多的发言可能产生意见分歧，会场就是辩论的场所。激烈的辩论可能撕毁文质彬彬的绅士风度。那些西装革履的与会者忍不住恶语相向，甚至大打出手。人们曾经从电视屏幕上看到，一些议员互相吐口水，扔皮鞋，乃至揪住头发滚到了地毯上。韩国议会投票通过弹劾卢武铉总统。国会议长宣读这个决定的时候，几个议员必须用文件遮在他的额前，以免议长被扔过来的皮鞋或者别的什么击中。以鲜血飞溅而告终的会议并不罕见。伦敦国会大厦的会议厅里，通道设计的宽度超过了两柄剑的长度。站在通道两边开会的贵族吵起来了，怒气冲冲地拔出了长剑。如果他们没有越过通道旁边划定的红线，那么，两柄铿然相交的长剑刺不到执剑者的躯体。会场变成了演武场的时刻，人们抛下严肃的政治面具而放肆地嬉闹或者泄愤——或许，这才是更为真实的时刻？

陆、表决

开会时常以表决告终。通过了什么，或者反对什么，这标志了会议的成果。

曾经流行一个笑话：几个小头目开会，决定哪一个人下乡支农。每一个人都苦着脸陈述难处，僵持不下。一个人憋不住上了一趟厕所，回来的时候会议已经结束——留在会议室里所有的人一致同意推举他为唯一人选。

现今，表决通常诉诸投票。一人一票标志着民主——人人都有权利赞同自己信奉的真理，或者否决不同的观点。一张用于表决的票通常包含了三种语义：赞同，反对，或者弃权。然而，自从这种形式诞生之日，一些上不了台面的盘算总是力图挤入，成为投票的另一些隐蔽的语言。对于擅长投票术的人说来，一张票可以表示极其丰富的含义。投出一张票可以表示友情，表示安慰，表示效忠，表示恪守秘密盟约——当然也可以表示仇视。一些人可以将手里的票晃来晃去，待价而沽；另一些人慷慨地投出一票犹如一笔投资，日后肯定可以得到分红或者收取利息。总之，他们手里的那一张票具有超额的含金量，并且在各种秘密交易之中产生最大的效益。

投票是复杂的谋略，手握一张票如同握住一大把扑克牌。一张票可以平衡一个局面，也可以打破既有的平衡。最关键的那一张票就是压垮驴子的最后一根稻草。异想天开地将一张票投到某一个无望人选的对象身上，效果犹如出其不意的掠阵——分散的票数可能有效地扰乱某些人的预期。当然，种种诡计也可能意外地露馅。A教授在职称评审会上力挺B副教授，说得天花乱坠，唾沫四溅。投票的结果竟然是——零票。A教授仅仅企图卖一个口头人情，没想到最后的局面如此尴尬。这种两面派作风使A教授成为一个超级笑料。

投票之际各种因素的临时综合也会制造特殊的运气。C资质平平，在众多的教授参评者之中缺乏竞争力。根据姓氏笔画，他的名字排在最末一个，并且落在选票的背面。投票的时候，主持人关照评委别忘了背面还有一个。令人惊奇的是，他竟然是唯一的满票获得者——许多评委担心遗漏了背面的内容，甚至一开始就匆匆地将这一票打钩。各界代表大规模的投票之中，一个既意外又合理的规律是：许多知名者丢的票数往往比庸常之辈要多。

表决通常是富有悬念的时刻。哗啦啦地鼓掌通过的决议多半无足轻重，一人一票的表决才真正预示了问题的分量。如果以举手表决对付这种问题，犹如掷出白手套要求决斗一般残酷。通常，应战的一方肯定居于劣势。"同意的请举手"——矗立起一片胳膊的森林；"不同意的请举手"——所有的人都在东张西望，幸灾乐祸地等待一个戏剧性的场面。这个时候，当众举起右臂意味了撑起巨大的压力——多数人的肩膀承受不了的压力。这个意义上，填票表决甚至设立秘密写票处无疑是保护反对者的权利。当然，某些别有企图的主持人总是殚精竭虑地设计如何盘剥这种权利。例如，故意将座位安排得特别挤，以至于投票者可以互相窥视；或者，按比例将自己的喽啰安插在人丛之中，威慑投票者。一个退休干部回忆说，他这一辈子的最大壮举就是：众目睽睽之下，慢吞吞地在主持人心爱的候选人名字后面仔仔细细地打了一个叉。

电子表决器的使用宣告了机器的公正和客观。绿色键表示赞同，红色键表示反对，黄色键表示弃权——食指的指尖无声地诉说了自己的判决。巴掌的掩护下，周围的人的确看不清投票者按了哪一个键。统计数据片刻之后出现在会场的大屏幕上，作弊者似乎缺少充裕的时间。然而，许多人对于电子表决器心存疑虑。他们猜想，设计一个简单的软件就可以轻易地改变票数统计；其次，电子表决器背后的系统可以清晰地记录每一张票的秘密选择。总之，他们用狐疑的目光盯住电子表决器，犹如揣测小商贩手里的那一杆秤是不是做了手脚。有时，他们情愿袖手旁观，干脆什么键也不按，任凭电子表决器上催促按键的灯光闪个不停。他们似乎觉得，只要不把食指伸向按键，自己就能置身于是非的漩涡之外。

柒、会后

会议是一个盛大的场面，隆重、热烈又井井有条。有谁关心过，会议的背后多少支持着这个盛大场面的系统正在高速运转？

某个高级官员必须抵达远在千里之外的一个会场。然而，由于众多系统的无缝衔接，他始终可以从容地将双手插在口袋里，直至踏上主席台。一个起草讲话稿的班子，一个提着公文包和西装的秘书，一个负责开启小轿车车门的警卫和一个提着小药箱的保健医生，接送的轿车均直达停机坪，头等舱的宽敞座位和善解人意的空姐，宾馆的豪华套间早就调好了适宜的温度，摆上了花篮和水果，有人守在上下的电梯口，进入电梯之后立即抢先按好楼层的按钮，主席台即将落座之际，站在背后的一个服务员及时地将靠背椅挪到一个合适的位置……这个意义上，一场会议的根须四面八方地蔓延到社会的每一个角落。

这场会议还在规划之中，某些人已经出门了。他们必须核算会议成本，预订宾馆，租用会议室，了解膳食标准，考察扩音设备，设计某些代表的旅游线路，安排到机场或者车站接人的车辆；会议开始之后，他们仅仅往会议室探了探头就离开了——接下来的几天，他们必须保证拿到上百张的返程车票和机票。对于他们说来，一个会议就是一阵马不停蹄的忙碌；对于另一些人说来，那些显眼的会议更像是神经的折磨——我说的是保安人员。某些参加会议的要员属于高危人群。他们是反对派雇用的射手套入瞄准镜的猎物。保安人员必须反复地勘察他们的行走路线，封锁任何一个可疑的窗口，事先用仪器探测会议室里的座椅、桌子、灯具和通风口，确证没有爆炸物和秘密通道。这些要员不得不在街头和围观的人群握手寒暄的时候；或者，他们笑容可掬地站在空旷的草坪上合影的时候，保安人员的五官就像灵敏的雷达紧张地搜索每一个角落。他们眼观四方，塞在耳朵里的通信器材响个不停。哪怕一只猫从垃圾桶里跳出来，他们也会用汗涔涔的巴掌握住腰间的枪柄。露天会场上的一个要员正在讲话，西装笔挺的保安人员不动声色地散在四处。一个听众的手刚刚伸到怀里摸出鸣响的手机，保安已经箭步蹿到身后，一抡胳膊将他甩出几米开外……

记者是会场之中享有特权的另类分子。他们无视会场的秩序，手执摄像机或者照相机自由自在地进进出出。即使主席台上坐的是一大批重量级人物，记者仍旧坦然地将火箭筒似的摄像机对准他们。猫着腰取景，打起辅助的灯光，登上自备的梯子增加高度，撅起屁股倒退着行走——记者仿佛是另一个世界的精灵飞翔在会场之中，开会的人根本看不见他们。其实，记者一下子就发现，坐在角落里的那几个小官员可在乎摄像机了。记者靠近的时候，他们立即端足架势，装模作样地在文件上又涂又画，殷切期望这种形象能够成为一个镜头出现在权威的电视频道。晚上，他们会打长途电话通知机关里的同事观看电视。他们明白，电视上的形象会在当地产生震动，甚至可以吓唬吓唬那些职务更高的家伙。

还必须提到，一些抗议者也是会议的组成部分。他们聚集在会议厅门口，手擎标语，呼喊示威，有条件的情况下还会扔一些鸡蛋。虽然不得其门而入，但是，他们肯定在会议报道之中占据了一个显目的位置。提到这个年度的柏林电影节颁奖晚会，谁都记得那一群一丝不挂的抗议者。他们赤裸的身体上刷着一些口号，在人们的惊呼之中冲上红地毯。身穿制服的警察赶到之后，一批白晃晃的裸体满场奔窜——这一幕比晚会本身还要精彩许多。

当然，会议的主角走下主席台之后干了些什么，这也是许多人乐于刺探的内容。某一个胖墩墩的官员在接风的宴席上竟然也是用"感情深、一口闷"这种词句劝酒，这种与民同乐的风格赢得了不少好感。许多人甚至因此接受了他流着鼻涕唏唏嘘嘘地吃辣椒的形象。宴会之后，他又在卡拉OK厅里唱了一曲《心太软》。虽然有些走调，但是，一脸正经的上级居然敢哼这种不无暧昧的调子，四下骤起的掌声的确包含了听众的某种惊喜。

置身会议室之外同时又无比关注会议的人，只能是那个提交会议讨论的对象。他忐忑不安，不知与会者说了些什么。日后的简报或者记录可能存有某些蛛丝马迹，但是，原汁原味的言辞大半已经删除。一纸公文不可能保存会场的气氛。当然，他不可能窃听会场的实况，即使与会者之中有他的内应。某些重要的会议室新近添置了手机的干扰器。进入会场之后，手机的信号消失了。这是防止一些人悄悄地打开手机进入会场，直接向接听者转播会议的机密内容。现在，这个家伙站在一个空旷之处遥望灯火通明的会议室，内心混合着期待和焦虑。如果能够从会议的讨论之中胜出，他将转到另一个部门担任第一把手。面壁多年，是不是破门而出的时刻到了？开始放纵梦想的时候，他考虑到一个或许是迫在眉睫的问题——如何向一批新的部下抛出自己的形象。比较了几种方案，他最终还是选择召开一个轰轰烈烈的全体大会。这时，他突然清晰地意识到，最适合自己表演的舞台还是会场——大约也只能是会场了。

附录：《开会歌》

开会再开会，不开怎么会？本来有点会，开了变不会。小事开大会，大事开长会；有事协调会，没事务虚会。上句工作会，

114

下旬座谈会，周前办公会，周末报告会，前天表彰会，昨天动员会，明天代表会，后天现场会。上午专题会，下午交流会，晚上学习会，夜里电话会，成事庆功会，败事总结会；开工誓师会，竣工剪彩会；过年团拜会，过节茶话会；娱乐联欢会，喝酒聚聚会。上班就开会，下班不散会，大会套小会，装傻谁不会！

素描：学院里的知识分子

　　一些人固定地穿行于实验室、图书馆、教室和寓所的狭小书房之间。偶尔，他们也会从事一个短暂的旅行，聚集到某一个拥有幻灯投影设备的学术会议厅。因为缺少户外运动，这些人面容苍白，体质孱弱，百分之八十戴上了眼镜，并且患有失眠和神经衰弱症。他们是知识分子。

　　我们知识分子如何如何——其中某些人喜欢如此表白。

　　"知识分子"，这个称谓之中混合了自豪和自恋。物理学教授、建筑工程师或者历史学家，这些称呼之中少了某种特殊意味。"在清水里泡三次，在血水里浴三次，在碱水里煮三次"，这是知识分子独有的历史分量。中国社会科学院提供的《当代中国社会阶层研究报告》将这些人指定为"专业技术人员阶层"。然而，不会有多少人接受这个拗口的名称。专业技术不能说明一切。他们还是愿意说，我们是知识分子。知识分子不仅仅是一批学有专长的匠人。

　　有关"知识分子"的几个问题悬而未决：

　　"知识分子"是一个阶级吗？算了吧，他们的财产仅仅是一张油漆斑驳的书桌，一支老式的派克钢笔。脑子里多装的那几本书顶多认定为无形资产罢了。斗转星移，人们终于承认读书或者写作也是一种生产，允许知识分子加入工人阶级。多年的苦难终于换来了安身立命的护身符。然而，历史正在蜕皮。知识经济的时代终于现身江湖。这时，生产资料不一定是吼声震耳的火车头，不一定是隐埋于深山之中的煤矿，更不是水牛和铧犁。时髦的生产资料恰恰是知识。这句老话具有崭新的历史含义——"书中自有黄金屋"。知识开始被视为某种文化资本。如同货币资本一样，知识的巧妙运作可以产生巨大的利润。不少企业之中，管理权和决策权很大程度地转移到知识分子手中。"文化资本家"的概念正式露面——另一个玩笑式的名称是"知本家"。于是，某些理论家试图证明一个意味深长的结论：知识分子——一个新的阶级浮出了水面。

"知识分子"仅仅是一些专业人士吗？现代社会的许多专业知识是自律的。专业主义是许多知识分子的基本姿态。扎实的专业训练是值得炫耀的经历。知识分子不是夸夸其谈的政客，也不是无所事事的食利阶层。他们是一批学有专长、甚至身怀绝技的人。可是，知识分子有没有理由说，我是工程师，我是数学家，我们专业人士不关心社会政治？真正的——真正的！——知识分子必须保持一种社会关怀。大哲学家萨特走上街头发放传单，身患白血病的文学教授萨义德依然关注巴勒斯坦解放运动。这时，人们当然要问，知识分子的高尚情怀来自何处？于是

"知识分子"是一个道德群体吗？似乎形成了一种舆论：知识分子必须是社会良知的代表。伏尔泰说过，知识分子必须是公众"意识的指引"。独立，骨气，批判精神，使命感，宽容，民主，自由思想，许多褒义词塑造了知识分子高大的道德形象。或

许是普罗米修斯，或许是堂·吉诃德。可是，大多数知识分子并没有抽出时间研修道德课程。我宁可相信，知识分子的道德形象是职业人格的扩大。实验室的工作程序、一段史料的考订或者某一个理论观点的论证都不允许臆断、夸大甚至虚构。学术训练也是一种道德训练。他们的话语方式也是他们的行为方式。如果书房或者实验室里形成的良好道德品质延伸到公共事务之上，知识分子就会赢得公众的信任。

"知识分子"的社会标记是什么？"知识分子"就是一批有职称的人。可是，我们对于现有的职称评审体系信任到什么程度？多少职称评定会议成为诬陷、诽谤、谣言和笑话的策源地？一把鼻涕一把眼泪的哀兵之计，传诵一些竞争对手的风言风语，搞到一摞子千奇百怪的证明，如此等等。当然，如何投票是一门高深莫测的学问：票箱常常如同伟大的魔术师那样将鸭子变成了白兔。一个评委起劲地为另一个申请者评功摆好，慷慨激昂，唾沫四溅；另外几个评委点头称是，同声附议；然而，打开票箱之后竟然是零票——那一刻的哄笑的确摧毁了许多曾经不言而喻的原则。尽管如此，又有多少人心甘情愿地承认，没有职称的人也算知识分子？

"知识分子"有什么资格谈论他们专业之外的问题？外交，生态保护，文物，失业救济，城市规划，歌剧院的设计，飞机票价格，婚姻家庭，什么事情他们都想插一嘴，有时还别出心裁地递交请愿书，征集签名。他们自认为特别有思想，时常考虑终极价值问题，并且擅长分析，不受种种表面现象的迷惑。当然，还有另一个原因——知识分子多半是一些能言善辩的人。的确，知识分子的本领就是使用巧妙的辞令制造重大历史事件。他们的遣词造句甚至比轰隆隆的大炮更有效。可是，这能保证他们的正确吗？哗众取宠和虚荣心会不会在某些时候变成了骚乱之源？

……

　　喂，能否不要用如此标准的理论语言描述知识分子？请记住，我们是中国知识分子。我们的工资不是用美元或者英镑结算。许多教授和博士们还住在歪歪斜斜的筒子楼里。很抱歉，我们不得不考虑许多日常琐事，例如儿子的学费，老父亲的哮喘病以及实验室大楼水电工的脸色。我们的确也想成为社会的良知乃至栋梁，但这很可能是一种自作多情的神圣。谁真的把我们当回事吗？知识分子曾经是历史上的一个笑柄。批判，嘲笑，挫折。元气大伤。那些巴掌上结了老茧、脚上有牛屎的劳动人民多么苗壮，他们仿佛一下子就把那些瘦骨伶仃的知识分子脖子扭断。许多有了一把年纪的知识分子似乎吓破了胆。他们眼神游移，支支吾吾，随时端出一副讨好人的笑容，随时打算就立场问题做出表态。谁都清楚他们是好人——然而这真是一些叫人不耐烦的好人。如果用两个字概括这一批人的性格，那就是——"猥琐"。我们隐约记得，五四运动之后冒出了一批相当有个性的知识分子。陈独秀，蔡元培，胡适，傅斯年，鲁迅，林语堂，吴宓，周作人，闻一多，徐志摩，朱自清，张爱玲……人品和学识暂且不论，至少他们个个特立独行，都算得上一个人物。五十年代之后，知识分子的基本形象就是苦着一张脸反反复复地检讨。乔姆斯基，萨特，福柯这些我行我素的家伙只能在另一些遥远的国度上演他们的传奇。

　　百无一用是书生——这不仅是一声愤懑的感叹，同时是一句尖利的嘲笑。其实，这种嘲笑始终活跃在知识分子周围。农夫在田野里面割稻子，技工在冲床之前制作零件，那些迂呆的知识分子只晓得念念有词地背诵一些深奥的词句。所谓的思想可以兑现为多少产值呢？腐儒。空谈误国。别用一册一册厚厚的图书吓唬老百姓。哪里还有比读书更轻松的事情？四十年代，革命领袖毛泽东就不无轻蔑地揶揄过书生：书又不会走路，翻开或者合上都悉听尊便；读书比厨师杀猪容易得多；猪不是还要跑、还要叫么？那些名重一时的教授甚至笨拙到了不知道如何开口骂人。一个作家记录了一个笑话：五十年代，某教授无意冲撞了一个工人。工人站在街上大荤大素地骂了一番，可怜的教授只能发抖地指着工人：你，你是结核菌——大约那时的结核病还是难以治愈的顽症。另一个寓言之中，实用哲学的嘲弄更为优雅一些。一个饱学之士乘舟渡河。他洋洋自得地问渔夫，你会欣赏音乐吗？渔夫摇头。饱学之士一声叹息：呵，你失去了四分之一的生命。又问：你会欣赏绘画吗？渔夫摇头。呵，你又失去了四分之一的生命。再问：你会欣赏文学吗？渔夫仍然摇头。呵，你的另外四分之一生命又消失了。顷刻之间，风浪大作，渔夫问：你会游泳吗？饱学之士惊慌地摇头。渔夫兴高采烈地叫起来：呵，你要失去全部的生命！

D教授是一个热爱思索的知识分子。

早晨刚刚睁开眼睛，D教授就开始思索知识分子问题。还没有想出一个所以然，一泡尿憋不住了。他不得不从温暖的床上跳起来冲入厕所。哗哗的撒尿声中，他悲哀地察觉到一个事实：知识分子并没有多少异于常人禀赋。再伟大的思想家不是也得撒尿吗？

为什么一定要思索呢？D教授觉得自己简直是一个顽固地钻牛角尖的家伙。天地玄黄，洪荒宇宙，什么事都想找到一个道理，这种人肯定被自己折磨死。这不是知识分子的聪明，而是知识分子的愚蠢。自作聪明的人往往忍不住发言的欲望。祸从口出，这就是一系列悲剧的起源。知识分子为什么就是改不了这副脾气呢？几千年的时间还是没有读懂《庄子》吗？

D教授突然想到了一个定义——知识分子是一批对于真理感兴趣的人。知识分子可以看电视肥皂剧，阅读侦探小说，可以打电子游戏机，吃麦当劳快餐或者热衷于买彩票，甚至因为稿费的拖欠与杂志编辑翻脸——但是，无论如何，知识分子必须对真理感兴趣，即使撞得头破血流也在所不惜。

一个偶然的原因，D教授曾经混入一批小官员组织起来的饭局。D教授意外地发现，这些围绕着酒桌的小官员表现了非凡的智慧和机敏。推杯换盏之间，他们彼此斗酒，调笑挖苦，转述种种"荤段子"，纵论高层人事变动，个个巧舌如簧，口若悬河。他们对于各种勾心斗角和权术伎俩的洞察力令人惊叹。当然，他们不时转过身来"教授"、"教授"地叫着，敬酒的时候透露出十二分敬意。可是，D教授觉得自己的口才和社会见识远不如他们。酒桌之上的D教授木讷笨拙，丝毫显示不出课堂上的激情和风姿。临近终席，D教授忍不住惋惜地问身边的一个年轻的小官员：为什么不从事学术研究呢？他肯定比D教授周围的大部分研究生更聪明。这个小官员耸起眉毛爽朗地哈哈大笑。他拍拍自己的脑袋解嘲地说——这玩意儿不好用呀。

D教授纳闷了许久。现在他明白了：真实的原因是——这些真正的聪明人对于真理不感兴趣。他们决不肯因为思想殿堂上的真理而牺牲手边利益——哪怕仅仅是耗费心思。

大学是一个奇怪的空间。大部分知识分子如同蚂蚁似的聚居在这里。大学的围墙和大门通常是象征性的。某些大学根本就没有围墙和大门，而是东一幢楼、西一幢楼地散落在整个城市之中。身穿运动服和牛仔裤的大学生络绎不绝地来来往往。科系，班级，教室，某一个教授的课程，当然还有考试——他们是被某种思想向心力、某种知识场域组织起来的。大学的建筑物背后隐藏了一座思想的城堡。曲径通幽。

大学之中真正的领袖人物并非校长，而是那几个轻易不露面的著名教授。当然，别把他们想象得如同电影明星。那几个教授多半身材矮小，头发斑白，步履蹒跚，其中一个还时刻戴着助听器。这几个老教授多半穿一身皱巴巴的老式中山装。他们偶尔也会到教室讲一堂课，言辞平淡得很。想不出他们当年如何在剑桥、哈佛或者麻省理工学院锋芒毕露。大学里许多新生都有机会听到这几个教授的一些难以置信的轶事。某一个教授可以倒背一整部经典，某一个教授依靠自学而精通四门外语，还有一个教授曾经用一种独特的简单方式证明了一个举世闻名的数学定理，如此等等。因为一代又一代学生神情崇敬的传颂，这些无可稽考的轶事竟然成了另一种版本的大学校史。这些教授的天才吓住了人们，以至于无人胆敢提出这种傻问题——这些知识又有什么用处？没听说"本体"、"绝对理念"这些概念或者"$E=mc^2$"表明了什么，不清楚宇宙的起源或者世界上究竟有多少种蝴蝶，人们不是照常安居乐业？

大学具有一种知识至上的传统。大学只管知识的生产和囤积，知识的使用是另一批人的事情。现今，工业化组织和信息技术有效地扩大了知识生产的规模和速度。论文、调研报告和学术著作蜂拥而至。知识产品的库存严重积压。然而，一个秘密想象仍然支持着大学：所有的浪费都会得到补偿。历史的某一个秘密时刻，囤积的知识可能发生核聚变，产生出震撼社会的巨大能量。其实，只要有一个伟大的思想家或者科学家——马克思也好，爱因斯坦也好——脱颖而出，整个世界都会享用不尽。

思想是一件多么快乐的事情。思想没有必要唯唯诺诺，或者按照口令列队出操，立正，稍息。思想者力图发现真理，这种真理是否权威的言论并不重要。教授们常常站在讲坛只灌输一个原则：吾爱吾师，吾更爱真理。大学里的师生关系不像箍桶匠或者厨师的师徒关系。教授并没有什么点石成金的秘技传给学生，学生也不负责给教授端洗脚水或者倒尿盆。只要言之成理，学生可以脱离教授的庇荫自立门户。为什么行政组织松散的大学如此活跃？思想者之间的平等关系是一个重要的原因。

　　思想无拘无束，灵感不遵循八小时工作制。因此，大学保存了自由自在的风气。许多思想生产者往往生活在自己的时间表之中。一个访问过美国大学的学者感叹地说，他居住的那幢公寓之中，任何时候都有人出门、回家、吃饭、睡觉、读书、写作。实验室只有一条规则：随时向你开放。

　　现代社会如同一台庞大而精密的机器高速运转。这时，大学空间显得如此刺眼——大学的悠闲和自由似乎与四周忙碌的气氛格格不入。政府的财政报告指出，支持这种悠闲和自由的高额成本已经成了一项令人头痛的开支。裁减势在必行。年复一年，悠闲、自由的大学只能低调运行。教学大楼的墙壁有了裂缝。学生公寓朽坏的地板下面爬出了白蚁。教师的医疗费用无法核销。实验室的器材不够。体育馆因为资金匮乏而迟迟不能竣工。新任的校长每日都要往皮包里搁上一叠新的拨款申请，匆匆驱车前往政府大楼。大学还能申请得到免费的午餐吗？

　　许多知识分子四体不勤，五谷不分，他们仅仅沉浸于自己思想的快乐之中，他们不在乎因为观察天上的星星而跌入路边的水坑。可是，大学必须意识到思想拥有的价值。知识分子能否将种种知识产品变卖出一个可以养活自己的价格？

风气变了。大学的管理理念必须重新论证。传道授业解惑的背后不仅是求知的快乐；知识有价，必须在投入和产出的经济模式之中考察学术的意义。大学不能捧着金饭碗讨饭。某些富有实用价值的学科优先考虑，研究软件的开发肯定比研究一张古老的棋谱有意义。知识生产也是一种竞争，大学如同工厂的厂房。计件取酬，多劳多得；慢吞吞的乌龟不能掠夺兔子的荣誉。必须毫不客气地将隐藏在悠闲与自由背后的懒虫曝光，甚至逐出知识分子之列。

管理——一个多么时髦的概念。大学制定了一系列制度，颁布种种指标体系。每个人都可以根据这些制度、指标的经纬线找到自己的坐标。当然，这个坐标肯定会及时地显现于大学财务科的终端屏幕上，成为工资发放的依据。

行政级别：校长，院长，系主任，处长，科长，辅导员；

学衔级别：院士，博士生导师，各种专家称号，教授，副教授，讲师，助教；

课题级别：国家级课题，省部级课题，教育委员会设立的课题，学校设立的课题，系设立的课题，青年课题；

奖励级别：国家级奖项，省部级奖项，学会奖项，学术刊物设立的奖项，初出茅庐奖；

刊物级别：权威刊物，核心刊物，SCI检索系统，SSCI检索系统，引用率，转载率；

学位点级别：博士点，硕士点，各种研究中心，学科基地；

学位级别：博士，硕士，学士，某些时候博士后也是一个头衔；

种种名目繁多的临时性评比，奖励，鉴定，表格填写，成果汇编……一切都开始量化。一切都可以进入计算机。机器统计的数据不会因为任何情面而徇私舞弊。

大学仿佛突然启动。所有的人都上足了发条。写作，发表，再写作，再发表，从豆腐块的文章到大部头著作——年终的统计叫学术秘书吓了一跳。求知的传统奄奄一息，经济利益才是激动知识分子的强心针。同时，权力重新开始在知识圈趾高气扬。主管教育厅的一个处长就能把大学校长训得点头哈腰。等级和藩篱不知不觉地恢复。名片上的头衔越来越多，一页不够就转下页。教授眼里的讲师如同货架上的便宜货。两个博士互相夸耀自己的来历。留学美国的博士发现对方不过是在比利时拿的学位，脸上的笑容就有了胜利的意味。传统的思想者不得不加入他们曾经鄙视的名利场，该摆谱就摆谱，该装孙子就装孙子，大丈夫能屈能伸。一些名目不清的宴席、礼品和谣言成了竞争的副产品；许多故事的结局令人联想到二桃杀三士的典故。

一个专治史学的退休教授特地搭乘公共汽车来到大学办公室，训斥主管副校长——这个副校长曾经是他的学生。老教授气咻咻地说，你们定了无数指标，就是不知道什么是好作品。有的人只要两篇论文就可以当教授，有的人出版一百部著作仍然什么也不是。课题剥夺了想象的空间。数量放弃了深思熟虑。石破天惊之论在哪里？呕心沥血之作在哪里？必须明白，自由才是天才的土壤！老教授的拐杖把地板敲得嗵嗵响。

副校长毕恭毕敬地请安，让座，上茶，点头称是。的确，不该用任何规则约束天才。然而，不得不设立规则证明谁是天才。否则，第二天就会冒出五百人要求享受天才的待遇。如果没有定期的数量要求，一些人永远会信誓旦旦地许诺明天拿出本世纪的巨著——但是他们已经五年不动笔了。您老人家有什么更好的办法和建议？

这所大学之中，D教授的客厅曾经小有名气。一些知识分子聚集在这里，纵论天下。进入这个客厅，他们觉得自己更像知识分子了。这里不必和豆腐的质量、水电费涨价以及自行车停放地点这些琐事纠缠；民主、国民性、主体、启蒙、后现代才是这个客厅通行的基本词汇。个个出口成章，妙语连珠，甚至一声叹息也有格外的分量。尽管D教授的耳边不时拂过隐约的警告，他仍然勇气十足地打开寓所的大门。

现在，这个客厅为什么萧条了呢？含义暧昧的威胁并没有产生多少作用。舞会，麻将，电视肥皂剧竟然是瓦解D教授客厅的强大对手。当然，更多的知识分子回家正儿八经地钻故纸堆了。他们明白，客厅里的机智无法发表在学报上，成为申报职称的依据。

D教授只能在客厅里向他的研究生讲述知识分子的特征。研究生规规矩矩地双手叠在膝上，洗耳恭听。说到动情之处，D教授慷慨激昂。当然，D教授明智地回避了该不该因为真理而放弃生命。这个问题过于严峻，布鲁诺只有一个。D教授自己就做不到。

D教授觉得，一些重要的问题无法进入教学大楼的梯形教室。那些乳臭未干的大学生毫无兴趣。他们正在崇拜表情夸张的周星驰，所有的人都会背诵《大话西游》的经典片断。用知识分子问题和周星驰抢夺观众必败无疑。系里的办公室也不是谈论严肃主题的适宜场所。仿佛已经形成一个默契——教授们相逢的时候决不谈论学术。哪怕多说几个专业术语也会让人觉得在炫耀什么。正规的学术会议上不得不端足了架势，二十分钟的学术报告之后附带五分钟的学术讲评。这个时候有所表现就行。会议刚刚散场，教授们就迫不及待地扯掉领带，开始闲聊。哪一个有名的哲学家说过，这是一个闲聊的时代。可以聊一聊住房的面积，空气污染程度，下一任校长人选，哪个班的女学生漂亮，甲单位开出的讲座费是否比乙单位更高——就是不谈学术。

是不是D教授的声音太大了呢？里屋传出教授太太低沉的女中音——行了行了，别搞得跟真的一样。洗耳恭听的研究生们有些惊慌。他们不明白该不该表现出听到了教授太太的讥讽。D教授停了下来，手里摆弄着一支铅笔，陷入了沉思。如此频繁地遭受太太的嘲笑，D教授早就丧失了不悦之感。他只是被这句话拨动了：跟真的一样。

一本正经的宣讲令人觉得虚伪。D教授不明白问题出在哪里。现在，最不讨好的风格就是正经和严肃。仅仅因为表述吗？正经和严肃的主题必须适当地搭配幽默。俏皮，挖苦，千万别像中学语文教师那样热衷于抒情的排比句。还必须善于自嘲。据说幽默和自嘲都是更高智慧的表现。某些报纸副刊上——例如著名的《南方周末》——的豆腐块小文章何等地俏皮！做不到幽默和俏皮，至少还可以学一学电视里娱乐节目的主持人。一副快乐无比的表情，动作夸张地大喊大叫，偶尔做一个鬼脸，这也比正经和严肃提神。D教授突然明白，周星驰是对的。

D教授仍然有些不甘心：那么多人生活在剑拔弩张之中，幽默和自嘲怎么就突然变成主导时代的美学风格呢？笑一笑就太平无事了吗？深邃、愤慨、凝重、紧张、激情、温婉——这些风格都到哪儿去了呢？

我十分偶然地读到"著书癖"这个词。

知识分子就是著书立说的人。某一部分思想刻在竹简之上，印在纸张之上——书籍就诞生了。思想不再跟随身体死去、朽烂；思想脱离作者头颅遍地旅行，思想逃出了时间的巨掌而传诸后世。于是，知识分子名垂千古。

遥远的古代，只有那些伟大的思想者享有著书立说的资格。书写如此艰难，文字仅仅顾得上记录历史的重大事件。一言九鼎。没有人会在甲骨或者竹简之上刻写一些家长里短的琐事。所以，作者是崇高的，书写的工具是神圣的。全世界的人都在阅读有限的几部著作。

印刷技术的大面积推广终于解除了书的神秘性。如今，书籍生产已经完全失控。历史在什么时候悄悄地跨过一条门槛——什么时候开始，一个人毕生也无法读完世界上所有的书籍？现在已经完全颠倒过来了：一个人毕生也读不完世界上任何一天出版的新著。

这个时代流行"著书癖"。大学体制放手怂恿教授们将写出来的文字印刷成册——职称晋升要有著作，申报研究课题要有著作，挤掉一名对手的简单手段就是出版的著作比他多。一些教授著书成瘾，时常乐呵呵地周旋于出版社和印刷厂之间。这引起了另一些教授的恐慌。他们不得不像挤牙膏似的每日写几行，加上剪剪贴贴，终于也憋出一部书。自费印刷，自费邮寄给学术界同仁。没有料到的是，所有的学术界同仁都忙于写作，根本没有时间阅读他们的作品。书籍开始泛滥成灾。一大堆新书堆积如山，人们的阅读欲望迅速消失了。谁写不了几本书呢？人们因为不再稀罕而读得愈来愈少。图书馆里面的新著日积月累，大多数作者等到的仅仅是灰尘。一个教授把百元大钞夹在图书馆刚刚上架的一部新著里。这是他半生的心血之作。两年之后，教授重新在图书馆里找到这部著作。书中的百元大钞依然如故——没有人读过这本书。书籍正在淹没这个世界，谁知道哪一部著作才是这个时代的经典呢？

另一些教授自告奋勇地站出来。他们宣称，他们的职业即是鉴定书籍的质量。可是，这些鉴定是否可靠？沈从文，张爱玲，钱钟书这些文豪曾经被负责鉴定的教授们遗忘多时。如今，相似的遗忘仍然时时发生。这终于导致鉴定的鉴定。于是，鉴定的鉴定的鉴定成为书籍繁殖的另一个重大理由。这时，人们企图打捞的真理是不是越漂越远？

　　我们不惮于隐瞒自己。我们是知识圈内的剽窃者。我们过得很快乐，没有人能把我们怎么样。夹上皮包，西装革履地踱出门来，别人仍然要叫我们知识分子。我们会明智地对大师们表示必要的敬意，然后向其他无名之辈仰起脸来——谁认得谁呀！

　　我们当然也修炼过，算得上半个学术内行——我们这一批人至少都曾经大学毕业。我们基本上看得懂学术刊物上的论文。我们要做的事情很简单：找到一批学术刊物或者几本学术著作，摘出这一篇的观点，挖出那一本书的材料，改一个开头，加几句结尾，然后将拼装出来的论文署上自己的名字寄到另一家刊物。我们照样成果丰硕。愿意熬夜的人熬夜去吧，愿意钻图书馆的人钻去吧，我们仅仅是一些田野里拾稻穗的人。我们从来不想装扮成一个空前绝后的天才，我们承认自己的平庸。对于我们这些庸人说来，大师们桌上撒下的面包屑就能够混圆肚皮了。这太好了。

　　一批迂腐之徒在那里鼓噪什么学术规范，企图把我们揪出来，暴露在光天化日之下。我们不恨这些人，但是，我们愿意坦率地告诉他们：省省事吧，早着呢。全世界的名牌商品派生出无数的假货，工商部门累死累活也抓不过来。那些大企业还只能眼睁睁地看着大把大把的钞票装进别人的口袋，抄几篇文章算什么——又不是印假钞。没听说天下文章一大抄这句话？我们只是小巫见大巫。为什么要和我们过不去？你们想充好汉就冲着那些窃国大盗耍威风好了，和我们这些手无缚鸡之力的小百姓开练有什么了不起？

我们不惮于隐瞒自己。一字不改地照搬——这种活我们也干过一些。如今的许多论文网站上就可以搜索到，下载到电脑里就算大功告成。这么做的确增添了暴露的概率。可是，诱人的利润让我们毅然决然地冒险。人为财死，鸟为食亡，不入虎穴，焉得虎子？人生哪得几回搏，该出手时就出手！我们也有一些独到的诀窍。通常，我们仅仅将这些论文发表于地区级小刊物或者师范专科学校的学报上。小刊物的编辑比较好哄，那些博士硕士一般不到这些角落查阅资料。对于我们说来，读者越少越安全。

当然，即使运气不好东窗事发，我们也不会束手待毙。编辑部必须承担剽窃事件的部分责任，因而编辑们通常愿意做和事佬。大事化小，小事化了。真正麻烦的是一些初出茅庐的研究生。他们少见多怪，查资料时偶尔发现了问题，就自以为揪住了惊天大案，不依不饶，非得告白于天下不可。这也难怪。如今成名不易，他们无非是逮住一个机会展览自己罢了。没有这些愣头青插手，事情多半可以私下了结。该破费就破费一些，这时我们决不会吝啬。

这并不是表明我们好欺侮。如果对方的要价离了谱，我们就会反戈一击。纠缠不清、混淆黑白、指鹿为马、先声夺人都是一些常规的伎俩。是不是剽窃哪里那么轻易辨认清楚。偶尔我们也会摇身一变，冒充学术警察扰乱他们的视线——古代的兵法称作掠阵或者劫营。这些知识分子要面子，时间紧张，也没有多少钱聘请律师；我们一摆出持久战的架势，他们就得撤退。根本用不着雇用什么黑社会打手，几个匿名的恐吓电话就会叫他们六神无主。大路通天，各走一边，他们已经活得不错，也不能不叫我们活。都是一把年纪的人了，急怒攻心容易中风，退一步海阔天空，该选择什么不必我们手把手地教。

我们也见识过一些冥顽不化的老家伙，口口声声要杀一儆百，以正视听。这时就得变换一些手段。一个哥们儿遭到了伏击，眼看脱身不得。他提了两大包礼品，敲开那个老爷子的门。进门之后二话不说就跪在地上，一五一十，从实招来——我就是靠这篇论文评了副教授，当上系副主任，老婆的农业户口迁到城里，孩子的读书有了着落。您老要是揭开了盖子，我身败名裂是罪有应得，但老婆和孩子又得滚回乡下。这个事情弄不好是要出人命的。该怎么办，请您老给一句话。那些书呆们哪见过这种阵势？老爷子目瞪口呆，老太太吓得面如土色——你赶快走，赶快走，我们保证不揭发！保证不揭发！哈哈，如今这哥们儿的日子不是还滋润得很？

还有些哥们儿艺高人胆大，气魄不凡。某一个学术会议上，一个哥们儿偶尔听到同屋的教授介绍一篇尚未发表的论文。下午开会的时候，他果断地抛开了原先的讲稿，即席宣讲同屋教授的观点——当然宣称是自己多年精心研究的成果。那个教授就坐在台下，脸上一阵红一阵白，他还能说什么？另一个哥们儿做得更漂亮。花几文小钱，仿照刊物的版式印了一篇自己的论文，伪造一份目录，然后找一本权威学术刊物的封皮装订起来。他就是靠这篇论文充当成果评上了教授。其实，随便拉住一个文学教授或者法学教授问一问，哪一个记得住四五年前《文学评论》或者《法学研究》发表了哪些论文？没有人会到图书馆查原件——钻的就是这个空子！

我们不惮于隐瞒自己。我们是知识圈内的剽窃者。我们过得很快乐，没有人能把我们怎么样。别人有神仙法，我们会鬼画符。西装革履踱出门，我们不叫知识分子还能叫什么？

这些年D教授的热衷于购书，藏书的规模已经颇为可观。只要书名有些意思，他就不由分说地买下来。书架插满之后，只好一叠一叠地摞起来。有时，D教授不得不久久地站在书架跟前，搜索隐藏其中的某一本参考书。当然，他从不焦急——这种搜索犹如捉迷藏游戏一样有趣。虽然D教授不可能逐一阅读收藏的书籍；可是，坐拥书城与君临天下异曲同工。D教授常常点一根烟，独自在书房之中享受这种感觉。从客厅返回书房，这是D教授这些年的退却路线。

D教授太太并不反对购置各种必备的参考典籍。令她百思不解的是，有什么必要为那些八竿子都打不着的书而破费呢——这与那些时髦女郎的时装狂热又有什么差别？D教授当然嗤之以鼻。购书雅事，时装算什么？一壶清茶，信手翻阅，不求甚解，欲辩忘言，这是人生不可多得的情趣。D教授时常构思一个更有韵味的书房。裱一副对联？置一架古琴？书架上挂几个京剧人物脸谱？命名书房为"某某斋"？如果窗外种得上几株芭蕉更妙。执一卷线装书，听雨打芭蕉，这种日子还有什么遗憾？

我时常毫不客气地奚落D教授的理想：矫揉造作。假古董爱好者。仿造遗老遗少做派的赝品。玩物丧志。

最后一个词刺痛了D教授。他历来瞧不上玩物丧志的角色。一个同事精于古玩，一个亲戚擅长品酒，他侄儿熟知一切足球明星的技术特点和身世绯闻，他太太的把麻将玩得出神入化——摸牌之后大拇指一捻就知道这是七条还是八饼。然而，D教授丝毫没有钦佩之意。雕虫末技，壮夫不为。万般皆下品，唯有读书高。

我尖刻地挤对D教授：一册在手不就是玩书吗？你的潜意识

之中不就是"红袖添香夜读书"吗？你所热衷的这些著作或者玄思妙想，或者浅吟低唱，作者并没有皱起眉头商议国计民生；品尝这些著作无非是传统文人不断念叨的"风雅"二字。当今的哪一个富豪人家缺了风雅？名牌轿车，高尔夫球，牛津口音的英语，一流的大学教育，昂贵的西装，叭儿狗或者波斯猫，对于各种世界名酒如数家珍——这不是风雅又是什么？多读几本书又算什么玩意儿？

D教授断然将知识分子与那些富豪人家隔离开来。他不想加入"为富不仁"的一族。然而，他还是意识到了大学的特权：许多人汗流浃背地忙忙碌碌的时候，知识分子可以悠然地坐在书斋里阅读和写作。只要有学科名义——文学，数学，历史学，经济学——的掩护，皓首穷经也罢，一目十行也罢，所有的阅读都可以伪装成意义重大的科学研究。可是，旁征博引地索解"锦瑟无端五十弦"这句诗的隐秘含义，兴师动众地考察某一个姓氏的源头，呕心沥血地证实哥德巴赫猜想，这些知识究竟有什么意义？

D教授开始为大学的特权辩护。

知识背后隐藏了三种关系：知识与真理，知识与权力，知识与市场。

第一，知识仅仅是求索真理，或者说，为知识而知识。亚里士多德的《形而上学》曾经认为，那些古希腊的智者仅仅为了摆脱愚蠢而探索哲理。他们的求知和学术不存在实用目的。哲学即是一种驰骋思想的自由学术。哲学家或者科学家——也许，二者在当时并没有什么区别——披一件简朴的布袍坐在街头晒太阳，纵想宇宙或者自然的奥秘。这些思想者既从容又疯狂。他们不关心世俗问题，也没有将智慧与改变个人的生存条件联结起来，这是他们的从容；另一方面，他们又愿意因为思想而放弃一切，包括自己的性命——例如苏格拉底。这是他们的疯狂。

现今，为知识而知识仍然是许多自由知识分子恪守的传统。1978年初，一百多个知识分子签名支持自由欧洲知识委员会成立宣言：《以文化对抗极权——自由不容讨价还价》。知识分子的思索必须绝对自由。"我们拒绝认为文化除了对神秘和创造性行为进行不知倦怠的探究之外还具有任何其他意义。"文化即是自由。要求文化服从某一种社会目的就是制造极权主义的土壤。"在一个各种问题层出不穷的时代，重要的不是让大家做出相同的回答，而是要捍卫一个各种问题都可以被提出，并且每个人都可以有自己的回答、坚持自己的回答或拒绝一切回答的世界"。

可是，这种文化自由不言而喻地封锁了一个选择——独裁。独裁的爱好没有列入文化自由的菜单。这是一个小小的悖论。另外，文化自由还有一些理论的麻烦。知识分子为什么热衷于这一类而不是那一类知识？其实，人们对于许多问题茫然无知。谁发明了斗鸡？哪一个国家首先将拨浪鼓作为孩童的玩具？短裤的起源是什么？拉链的历史何时开始？峨眉山一共有几级台阶？猪还是羊先成为人类的食品？既然一切都是研究的素材，教授们为什么不约地环绕于经济学、历史学、物理学、生物学、化学这些学科周围？"自由"这个漂亮的字眼无法解释，哪些因素决定了知识的轻重缓急？

第二，知识与权力的关系。许多人愿意复述培根的名言：知识就是力量。既然如此，当权者必定处心积虑地调集这一份力量，巩固某一部分权力或者颠覆另一部分权力。他们的视域之中，知识以及知识分子就是权力格局内部的一枚砝码。"你站在桥上看风景，看风景的人在楼上看你"。

中国古代知识分子的神圣使命是将知识奉献给王权。为"王者师"或者"学而优则仕"是这一批知识分子的理想。现在，知识与权力的合作遭到了不少白眼：学术是一个独立的领域，权力的强奸只能留下孽种。

其实，权力的青睐曾经造就了许多知识分子的特殊机遇。中国古代的某些"士"集聚权势人物周围，充当幕僚。相当长的一个历史时期，欧洲的许多知识分子频繁出入权势者的客厅，得到他们的庇荫。现代社会无非是形式复杂一些。二十世纪的物理学一马当先，很大程度上必须追溯到国家和权力机构对于尖端军事技术的追求。

如果权力欣赏真理，知识分子有没有必要伸出手来？——权力能否欣赏真理？

这些深刻的疑问导致一些著名的知识分子摇摆不定。爱因斯坦曾经以出人意料的热忱投入世界政治。他甚至得到邀请出任以色列总统。爱因斯坦的生活被政治和方程式撕裂了。然而，他最终还是选择了后者——"因为政治的意义在于现在，而方程式的意义是永恒的。"

第三，知识如何打入市场。这个问题突然进入历史舞台的聚光灯。知识分子和知识生产的投资者都苏醒了——求知的传统再也压抑不了勃勃的欲望。房子，汽车，名牌服装，出国旅行，种种体面的社交场合。辛苦一辈子总不能两手空空。生产者有权利索取酬劳，投资者要求回报。这是天经地义。耻于言利是传统的陋习。牛子当如比尔·盖茨，世界是一个巨大的市场，知识分子是一批出售知识产权的商人。价格证明一切。两耳不闻窗外事，箪食壶浆，故作清高，这只能证明你是一个没用的人。

于是，A真理与B真理不再平等。市场称出了它们的不同斤两，并且标上了不同的价格。一批古老的学科遭到了冷遇。古汉语专家的收入不可能和计算机软件专家或者医学专家相提并论。每一个学科都在勤勉地论证自己的现实价值：专利，国际市场，民族文化，国民素质，传统，高科技，新兴学科，国粹，精神文明，智力开发，实用技术……总而言之，高价收购我们的知识产品并不会吃亏。与求知传统一起消失的是知识分子的自尊、矜持和严谨。他们吆喝叫卖自己知识产品的夸张口吻与商人相仿——甚至不顾廉耻。这是让人最不舒服的地方。

另一些相似的深刻疑问尾随而至：市场能欣赏真理吗？市场是不是另一种权力体系？口气尖锐，情绪激动——当然，这些质疑形成的论文仍然标价出售。

这些质疑考验的是知识分子与体制的关系：知识分子是体制之外异质的声音，还是体制内部的生产者与维修者——葛兰西所形容的"有机知识分子"？

据说隔壁一幢楼的H教授即将出任某一个厅的厅长。这个消息形成了不小的波澜。H教授的面部表情和可能配给的轿车型号都是众人的研究内容。

一些人热衷于这种传闻：H教授桀骜不驯，口无遮拦，几度在公开场合抨击某些官员。现在干脆任命一个职务，封了他的嘴巴。这带有招安的意味。

一些人相信，H教授的学术成就产生了学术之外的效应。数十年积累的文化资本开始赢利了。文化资本与经济收入或者官衔职位之间具有种种复杂的换算关系。H教授的一系列社交活动终于盘活了这一部分资产。收账的时候到了。

一些人对于H教授任职的意义产生了激烈的争辩。正方认为，任何知识无不造福于人类。教授们介入社会理所当然。西方的许多经济学教授、法学教授频繁穿梭于政府大楼与大学教室之间。

否则，一肚子的诗书不是成了屠龙之技？反方认为，学术是批判污浊现实的利器。真理与功名方枘圆凿。如果H教授戴上了乌纱帽仍然游刃有余，那么，他的品行就十分可疑。

一些人对于未来的厅长表示了居高临下的怜悯。听说厅长日程表通常提前半个月排定，并且广而告之地通知下属。这还有什么自由可言？前呼后拥，唯唯诺诺，其实不过一具任人摆布的木偶而已。教授好歹可以支配自己——"草堂春睡足，窗外日迟迟！"

一些人正在为未来的厅长担忧。他们了解H教授的雄图大略。H教授的学术报告大刀阔斧，纵横开阖，锐气十足。然而，现实恰恰是一个甩不开脚步的沼泽地。H教授带上满脑子的理论、概念以及各种理想的方案上任，但他的大部分精力必须处理另一些事情：A办公室破了一个热水瓶，B办公室的打字员与C科长拌嘴，D处长保存的一份设计图不见了，E副处长的母亲中风住院治疗……即使累得吐了血，摆布这些杂碎又算什么功绩呢？

一些人愤愤不平。天道不公，怎么就看上了这个家伙？一个瘦巴巴的副教授向许多人暗示，他本该是真正的考核对象——因为H是个教授，占了先机。其实，出任厅长的首要条件是行政经验，而不是教授不教授。扼腕长叹之际，这位副教授忘了一个刚刚发生的笑话：郊游活动的时候，他甚至算不出二十七瓶矿泉水该付多少钱。

还有一些新生代知识分子开始暗暗收集H教授的论文。他们深谙一个崭新的秘密：大众传媒时代，挑战名流可以产生奇效。成名的捷径就是奉行知识恐怖主义。一旦名声在外，所有的极端和激进都会得到谅解，甚至是众人津津乐道的学术轶话。H教授成为这几个新生代知识分子锁定的目标。打击厅长的学术观点具有巨大的新闻价值；同时，没有多少人愿意不避嫌疑地为厅长大人辩护。他的任命书就是我们的冲锋号——一个新生代知识分子明目张胆地说。

不久之后又传出消息——厅长似乎另有人选。一大批人无法确证这个消息,急得上蹿下跳。H教授的太太到了超级市场购物,另一个教授的太太上前搭讪。她始终问不出个所以然,忍不住就带上了挖苦的口吻:当不当这个官还不清楚,官架子倒是先有了!H教授的太太淡淡地回了一句:皇帝不急太监急。当不当这个官,你们比H教授还要在乎!

D教授决定给他的侄子回信。他的侄子打算放弃一个公司的职位,重返大学深造。他的侄子原先是理工科学生,现在竟然想选修一个文科的学位。这个念头遭到了许多人的嘲笑。于是,D教授收到了侄子的询问信——D教授能够为文科说些什么?

D教授在回信之中写道:

的确,知识分子已经分裂为两大集团——文科知识分子和理工科知识分子。他们彼此讥诮,互相瞧不起,都觉得对方有些愚蠢。根据斯诺《两种文化》的描述,这大约是一个世界性的现象。至少在目前,文科知识分子处于守势。文科知识分子对于理工科知识分子的了解和尊重超过了后者对于前者的了解和尊重。也许,报酬多少也可以说明一些问题:一个医科教授,或者一个计算机教授的薪金远远超过了一个文学教授和哲学教授。

这或许是工业时代的必然现象。理工科的知识终于变成了机器和能量——变成了社会的巨大财富和国家的军事技术。"科学万能"的意识潜滋暗长。"科学"甚至成为一种意识形态。这时,文科知识分子所擅长的文字训诂、历史学、神学,或者文学黯然失色。他们的晦涩思辨和种种古怪的思想观念仿佛脱离了历史而成为智力的空中楼阁。大学里的理工科学生时常对文科学生说:

我们的理念很简单。学好外语，学好计算机，努力工作，努力挣钱。你们制作那么多理论体系又有什么用呢？不少文科学生的确无言以对。许多时候，他们只能在"为学术而学术"的口号之下心甘情愿地坐冷板凳。这是科学蔑视玄学的时代。

这的确是两种不同谱系的知识。文科知识是不是面临废弃的时刻了？——人们真的可以脱离文科知识了吗？的确，文科知识分子没有为这个世界增添多少物质财富——他们更像是一批观念生产者。可是，人们是否意识到，社会生活多大程度地由各种理论观念组织起来的？如果不存在家庭观念、父子观念或者财产观念、人权观念，这个社会的运转肯定是另一种方式。许多关键的理论观念如同联结社会生活各个部分的铆钉。不少理工科的知识分子相信自己是为了"国家"或者"民族"而工作。"国家"或者"民族"即是这个时代关键的理论观念。没有人一目了然地看清国家或者民族的每一个角落——"国家"或者"民族"只能以抽象的理论观念形态存在于人们的脑子之中。然而，这两种观念却可能召唤无数的志士仁人；千百万从未谋面的人彼此视为同胞——一些人甚至愿意为这两个观念组织起来的共同体抛弃性命。所以，许多理论观念的威力并不亚于军舰、大炮或者某种新型的计算机。这些理论观念决定一个国家是否发展核武器，是否将科学技术视为第一生产力，是否允许底层民众在大众传媒之中发言，如此等等。另一些理论观念可能编织到经济活动之中，参与物质财富的生产。一种美学观念与建筑设计、室内装修或者服装行业的关系，生活质量的观念与旅游、饮食或者交通行业的关系，这些例子每个人都可以列举许多。

一些理工科知识分子嘲笑文科知识分子的智力水平，这一点你不必在意——支持这种观点的例子常常不对称。一流数学家与三流经济学家之间的对比说明不了太多的问题。美国物理学家索卡尔对于后现代主义理论恶作剧式的批判并不是把矛头指向文科教授的智商。另一些理工科知识分子批评文科知识分子信口开河，文科知识分子的结论似乎是拍拍脑袋变出来的，而不是一系列实验数据的产物。这种批评本身就有许多信口开河的成分——因为批评者并未读过几篇像样的文科论文。当然，理工科与文科之间的确存在差异。理工科知识分子关注的是最新的成果——新的方程式一旦成立，旧的定理随即寿终正寝。文科提倡竭泽而渔——研究某一个问题之前，必须清理论述这个问题的所有资料。一位机械学教授见到我正在阅读十年前出版的一部理论著作，大为惊讶。我不得不告诉他，我的许多论题甚至必须从孔子或者亚里士多德开始。文科知识分子时常反复地回到人类的某些基本观念，例如善、正义或者真和美，他们的前沿问题是，历史之手如何重新定义这些基本观念。

有趣的是，文科——尤其是人文学科——的知识训练不一定制造出标准的体制维护者。标准的体制维护者必须在给定的游戏规则之下成为赢家；而文科的知识训练时常诱使人们追问这些游戏规则是否合理。浪漫的想象或者乌托邦理想往往将游戏规则的缺陷映衬得格外刺眼，这也是某些文科知识分子成为体制之外批判者的原因。哪一个社会的统治者不愿意尽量压缩批判者的数量呢？于是，文科知识分子往往比理工科知识分子更为频繁地被宣判为不受欢迎的人。

当然，这些简短的描述无法全面地阐明"两种文化"的分歧——这仅仅为你的专业选择提供某些参考。更为深刻的认识或许只能出现在你选择了文科之后——也就是选择了你所不熟悉的那种知识体系之后……

D教授没有提到文科知识分子之中特殊的一族——作家。或许可以沿袭古代的称呼：文人。我明显地感到，作家的形象与通常的知识分子远为不同。

　　古代的许多知识分子成了大大小小的官僚，科举制度无疑产生了巨大的作用。想当状元的读书人必须写得出一手八股文。阐释经典，捎带谈一谈国计民生。文人就不一定了。饮酒，狎妓，作诗，"十年一觉扬州梦，留得青楼薄幸名。"作家不像多数知识分子那么正规、理性、刻板，迂腐的冬烘先生靠边站站。浪漫、感性、生气勃勃或者放浪颓废既是作家形象的魅力所在，又是作家性格之中的致命毒素。某些兢兢业业的官员和一批铢两悉称的经济学家在这一点上得到了共识：文学知识分子的狂热常常是一种令人头痛的干扰。人们开始用"布尔乔亚"和"波希米亚"命名知识分子身上的两种气质。显而易见，作家存有更多"波希米亚"式的冲动、叛逆而不是"布尔乔亚"式的品味和体面。尽管现今的许多作家同时是一个教授，但是，我宁可相信，二者属于不同的原型。为什么许多作家不买批评家的账？批评家的理性和一套一套的概念显然近似于教授们的把戏。

　　教授们学富五车，谈天说地无一字无来处。游谈无根是他们彼此讨伐的贬词，论断的分量取决于论文背后注释的数量。无论是精辟的结论还是精致的废话，他们总是旁征博引，左顾右盼，东拉西扯，理论的援军多多益善。作家也提出了"读书破万卷"的口号，但是，他们是借别人的酒杯浇自己的块垒。"个性"是作家的命脉所系。他们的杰出想象仿佛是天启之物；他们的思想仿佛不是来自圣贤的教诲，而是某一个生活的顿悟。他们的夸张、任性或者激愤都可以借助"个性"的名义赢得人们的颔首微笑。撰写《中国小说史略》的鲁迅是一个教授的鲁迅，告诫年轻人"不读中国书"的鲁迅是一个作家的鲁迅。

作家的"个性"剖开了理论的形而上学遮蔽，恢复感性经验。所以，作家时常走出理论的殿堂，返回有血有肉的民间。许多作家乐于表明自己见多识广——少拿这一套哄人，我们是搞文学的。搞文学的人不是只会钻故纸堆的书呆子。他们上通三教，下知九流。人间烟火熏黄了文学。可是，文学之中感性的、个别的具象又有什么意义？虚构的故事不可能如同某种特殊的技术拯救濒临破产的企业。小说之中的人物无法走出纸面，哪怕仅仅为生病的人端一碗水。平平仄仄仄平平，诗人何为？"床前明月光"或者"春眠不觉晓"无非制造了某种心情体验而已。或许，就是这种心情体验解除了理论观念重重叠叠的覆盖？文学重新启动了感官、情感、细节、形象、个人视域。感性再度察觉到理论观念业已打包封存的生活。于是，在文学那里，杂技演员或者盆景不仅是一种高超的艺术，而且也是一种高超的扭曲。失业工人的日子不仅显现为最低生活保障线，而且显现为一个佝偻的身姿与无告的眼神。文学制造的心情体验或许会证实理论观念的高瞻远瞩，或许会戳破理论观念设置的骗局。的确，浪漫、民间、感性、叛逆、个人视域的综合症时常导致许多作家天然地倾心于民众，倾心于人道主义和"左翼"。

浪漫、感性、叛逆造就了作家的特殊风姿。许多作家置身礼俗之外，自诩性情中人。我行适我素，名士自风流。然而，如果浪漫、感性、叛逆汇集到"自私"的大纛之下，个体解放的意义仅仅是拒绝公共戒律和回避社会责任的借口。从"文人无行"的事例到嬉皮士诗人怪诞行径，人们都可能看到感性的革命如何悄悄地变质。这时，作家有理由回顾"知识分子"称号的缘起：1898年，爱弥尔·左拉率领一批作家、教师签名抗议德雷福斯被捕。知识分子群体走上历史街头的时候，擎旗的人恰恰是作家。

一个作家曾经认定，这个时代的知识分子是最找不到感觉的一批人。这曾经是一句名言。但是，现在的知识分子似乎缓过气来了。他们不再像是恓惶的一族。我想从装束、语言和风度这几个方面勾画二十世纪后期中国知识分子的肖像。

装束：那些小知识分子一律结结巴巴地套上了西装领带。见了生人就迫不及待地奉上名片。名片上密密麻麻地印上所有的头衔和职务，中文英文一应俱全。一些名片背面还说明自己业已出版几部著作，甚至摘一两句著作之中的警句，或者某一位书评家的评语。偶尔遇上一两位高大的洋教授，他们一定会仰起头勤勉地自我介绍。也有几个小知识分子钟爱不修边幅的形象。可是，他们的休闲马甲与络腮胡子都显得十分刻意，仿佛是借来的。相形之下，大知识分子的特征是神态自若。他们衣饰随意，无拘无束。敢于穿中式对襟衫，敢于穿大花衬衫，也敢于穿廉价的地摊货。通常，他们某些小癖好——例如，喜欢收藏各种地图，或者，经常忘了带房门的钥匙——远比他们的装束闻名。大知识分子大雅大俗，甚至有些魏晋风度，例如，伸手向看门人讨烟抽，或者披麻戴孝地到老母亲的坟头号啕大哭。如同大人物不必使用移动电话一样，大知识分子也不用名片——天下谁人不识君？

语言：令人奇怪的是，许多知识分子不善辞令。彬彬有礼的客套和繁琐的限定语远不如某一个县长或者镇长夸饰的演讲词风趣。然而，现在的许多知识分子说得出许多县长或者镇长不可企及的故事——旅居海外的生活。每隔一段时间，总有几个知识分子从生活之中消失了——他们仿佛从生活甬道的某一个安全出口走了出去。人们快要彻底忘记这些人的时候，他们又会突然出现于生活的某一节车厢之中，并且捎回一批真伪莫辨的传奇：形形色色的异国风情，世界名牌大学实验室的管理方式，洋鬼子被中国菜惹得食指大动，国际航班上遇到了一个拥有几家大公司的富翁，如此等等。当然，许多知识分子缄口不提旅居海外的性苦闷或者租金便宜的狭小寓所之中诸多烦恼，他们强调的故事结局是拒绝高薪聘请而返回故土。这些人的言辞之间时常夹杂了几声英语。某些关键的名词和动词换成了英语单词，有时甚至必须佯装想不起这个词的中文该如何翻译。这是曾经出洋修炼的语言证书。一口流利的英语意味了时髦、高贵、修养和不凡的经历。这有助于冲淡第三世界知识分子的印记，制造"国际学者"的形象。反之，不谙英语是许多知识分子自卑的理由。不少知识分子——甚至包括像朱自清这种大学者——暗暗地为说不好英语而焦虑。迄今为止，我仅见到一个诗人对于英语保持了居高临下的姿态。她仅仅掌握三五十个日常用品单词。在英语国家旅行的时候，只要她说出相关的几个单词，对方就会根据当时情境将这几个单词连缀为各种句子，积极猜测她的意图。这甚至制造了某种类似猜谜的兴趣。这种大胆的语言策略或许受到了诗歌结构的启示？

风度：每一代知识分子似乎都拥有自己的风度。二十世纪五六十年代的知识分子的特征是书呆气，例如只穿一只袜子出门或者开会时躲在厕所里演算数学。他们也有机心，也有杂念，也会勾心斗角；但是，这一切必须包藏于安分守己的表情背后。那个时候，拙于言辞是取信于人的首要条件。现今，许多盛年的知识分子染上了不少江湖气。他们往往能言善辩，无所不知，口气惊人，目空一切。从国家要员的行踪到美国新型的潜水艇，从舞厅里卖春的小姐到几家著名公司的盈亏，他们都能分析得头头是道。言谈之间，一些人仿佛什么书都读过，提及一系列世界级的著名大师犹如谈论邻居；另一些人仿佛什么也不必再读——他们毫不掩饰地声称自己天天看足球或者下围棋。可以从他们之间发现才气，胆识，尖锐，自负；但很少看得到安详的神态，甚至看到羞涩。一个作家认为，羞涩是知识分子的重要品质。不会羞涩的人意味了某种缺失。然而，如果这是一个人人争先的时代，羞涩的人还能抢到什么呢？

科学让我恐惧什么

　　科学让我恐惧什么？这有点像一个耸人听闻的标题。很难想象，今天还会有人不近情理地拒绝科学。十八世纪的卢梭曾经谴责过科学。在他看来，科学和艺术导致了伤风败俗。然而，这种观点已经得不到多少人的赞同了。现今，我们已经习惯于将科学精神视为一个人乃至一个民族的优良品质。没有人能够否认这个事实：科学深刻地改变了我们的历史。五四先哲高擎"德先生"和"赛先生"两面大旗，中国的现代历史正在一步一步地汇聚到这两面大旗之下。也许，科学已不仅是一面大旗了，科学已经如此密集地嵌入我们的生活，成为生活本身。飞机，汽车，医院，雄伟的建筑物，还有桌上这个小小的麦克风，科学无所不在。科学，科学，我们都应该以不知科学为耻。

　　尽管如此，我还是不能避免我的恐惧——就是在科学得到了巨大的成功之后。这种成功会不会突破某些必要的限制，从而将人类置于危险的境地？我们会不会过于信任科学的能力，以至于遗忘了人类的局限性？科学的历史证明，上帝不存在，神不存在，理性正在重写宇宙的真实图景；但是，理性的无往不胜会不会导致一种傲慢乃至僭妄——人类会不会悄悄地将自己摆到了上帝的位置上？如何估价科学的成功，这的确是一个必须深思的问题。相对于茹毛饮血的原始时代，科学带来了天翻地覆的另一个现代世界；然而，相对于浩瀚的宇宙，科学的成就微不足道。或许存在一个宏伟的宇宙秩序，人类仅仅是其中极其渺小的一个环节。如果企图解除这个秩序的束缚，如果人类企图给自己制造一个不适当的高度，从而以君临一切的姿态傲视宇宙万物，这时的科学就可能走得太远了。现今看来，"人定胜天"是一个幼稚的口号。孔子说："天何言哉，四时行焉，百物生焉，天何言哉"。宇宙秩序的沉默不等于不存在。如果将人类的一点小聪明当作冒犯宇宙秩序的资本，那就过于狂妄了。我所说的"幼稚"，不仅表明已知和无知之间仍然存在极其悬殊的比例，更为重要的是，人类似乎丧失了敬畏之心。敬畏仿佛是一种传统的、不无愚昧的品质。现在，还有什么能够使人类低下高贵的头颅？从多少光年的遥远星系到分子内部的结构，科学正在逐一地破译大大小小的秘密。癌症？艾滋病？堆积成山的垃圾？河流污染？气候变暖或者地球沙漠化？这些都是暂时的问题。只要清点一下历史就明白，科学曾经夷平了多少疑难，解除了多少困境。我们似乎已经可以归纳出一个逻辑：只存在有待解决的问题，不存在无法穿透的铁幕。这就是现代人的自信。

的确，我的怀疑就是指向这种自信。我愿意援引经济家弗里德里希.Λ.哈耶克——1974年诺贝尔经济奖获得者——的一段话表明我的担忧：

> 人类的理性要理性地理解自身的局限性，这也许是
> 一项最为艰难但相当重要的工作。我们作为个人，应当

服从一些我们无法充分理解但又是文明进步甚至延续所必需的力量和原理。这对于理性的成长至关重要。历史地看，造成这种服从的是各种宗教信仰、传统和迷信势力，它们通过诉诸人的情感而不是理性，使他服从那些力量。在文明成长中，最危险的阶段也许就是人类开始把这些信念一概视为迷信，于是拒绝接受或服从任何他没有从理性上理解的东西。这种理性主义者，因为其理性不足以使他们认识到自觉的理性力量有限，因而鄙视不是出于自觉设计的一切制度和风俗，于是他们变成了建立在这些制度和风俗上的文明的毁灭者。[①]

多少人愿意品味哈耶克的苦口婆心？事实上，我们可能更多的是迷惑于另一个循环：科学产生了问题，但是科学也在解决问题。这两个方面如同历史迈步的左脚和右脚。成就减去代价还有剩余，我们就必须心满意足。我明白，没有必要故作势态——没有必要一面兴高采烈地享受科学提供的快乐，一面忘恩负义地诽谤科学。电视机减少了阅读的时间，电话打断了鸿雁传书的古老传统，电子游戏令许多人玩物丧志，汽车或者电梯压缩了运动量导致高血脂症，这些都不是什么了不起的问题。真的，科学没有必要为这些鸡毛蒜皮的小事放慢自己的速度。但是，我怀疑的是一个根本的问题——现代人所信奉的逻辑能够维持多久？我看不到一个坚不可摧的保证。历史源源地提供了归纳出这个逻辑的素材，可是，归纳的效力不是无限的。我们看到了一百只黑色的乌鸦，不等于说肯定出现不了一只白色的乌鸦。另一个更通俗的故

① 弗里德里希.A.哈耶克：《科学的反革命——理性滥用之研究》，96页，冯克利译，南京，译林出版社，2003年版。

事说，有一只聪明的火鸡从市场来到一个人家里。十天之后，它已经归纳出一套完整的规律：每天几时早餐，几时午餐，几时饮水，几时沐浴，如此等等。但是，十五天之后，也就是复活节那天的早餐时间，它竟然被一刀宰了——这是它的归纳无法事先抵达的结局。神明已逝，科学万能。我们不再敬畏什么，而是心安理得地沉浸在现代人信奉的逻辑之中，放肆榨取地球，奴役山川河流，日积月累，迷途不返。会不会有那么一天，人类终于触动了一种巨大而神秘的力量，一种狂暴的报复突如其来地降临？人类意识到自己脆弱的时候，一切回旋的余地早已挥霍殆尽。无力回天，这将是那个时候唯一的长叹。

但愿这仅仅是一个人文知识分子神经过敏的想象。我毫不犹豫地承认，我渴望被驳倒——渴望我的怀疑是杞人忧天，渴望现代人所信奉的逻辑一如既往。然而，如果允许一个脆弱的人文知识分子提问，我还是想固执地重复这一点：什么是这个逻辑的保证？

我的确是这么形容的：放肆榨取地球，奴役山川河流，日积月累，迷途不返。如果人类真的有那么悲剧性的一天，这种疯狂的掠夺肯定是一个必不可少的条件。这时，我们不得不意识到一个令人困惑的问题：这种掠夺又有什么必要？动力在哪里？——人类真的需要那么多吗？

的确，人类究竟需要多少？

相对于现今的研究能力，这不是一个难题。我们拥有如此之多的数学家，经济学家，社会学家，营养学家，建筑学家，大型超级计算机随时待命。每个人所需的生活资料乘以世界总人口并且加上一定数量的不可预测支出，我们可能得到一个基本的数字。

这肯定不再是一个吓人的数字。现代社会，科学创造的财富极大地超出了人口的增长速度。纽约，巴黎，香港，上海，灯红酒绿，纸醉金迷——我们已经看到了一个物质世界的诞生。匮乏的时代一去不返。一种观点认为，全世界现有的财富可以绰绰有余地支持全人类的小康生活。这个基本的数字已经攀过了一条关键的横杆。人类不需要更多的财富积累了。安居乐业的日子里，我们还要做些什么？缩短劳动时间，旅行，游戏，体育，投身于艺术活动。旅行社生意繁忙，奥林匹克运动会增添至一年一度，绘画、雕塑和文学写作吸引了众多爱好者，老龄人之间盛行结伴散步和钓鱼比赛……

毫无疑问，这种一厢情愿的想象有些愚蠢。任何一个智力正常的人都没有打算短期内看到这一幅现实图景。谁说可以安居乐业了？谁说可以放弃积累了？财富总是多多益善，从来不会有足够的时候。不会有人知道究竟需要多少。一个总统夫人拥有六百多双鞋子，一个足球明星买了二十几辆豪华跑车——社会学家和数学家怎么算得出他们的需要？

当然，这时"需要"一词已经不合时宜了。一双脚与六百多双鞋子、一个身躯与二十几辆跑车之间的关系只能用占有欲给予解释。是的，"欲望"一词更能说明问题。一个胃装得下多少食物？一个人住得了多大的房子？"需要"以身体为基础，消耗的物质就是那么一些；然而，"欲望"是内心的产物——谁知道一个人的内心有多大？雨果说，比陆地大的是海洋，比海洋大的是天空，比天空大的是心灵。这就是说，欲壑难填。欲望的意义上，一个拥有半个城市房产的人仍然会感到穷得发慌。

我想说的是，科学会不会打开了所罗门的瓶子，形形色色的欲望正在前所未有地释放出来？这是科学让我恐惧的另一个理由——科学的巨大成功会不会助长更为巨大的贪婪？

当然，这样的表述有些粗鲁。我们始终觉得，科学正在不断地提高生活的质量，难道科学还会把生活引向相反的一面？的确，一些光滑的过渡就是在这种观念背后悄然地完成。一个技术奇迹问世了，我们一阵欢呼；另一个技术奇迹接踵而来，我们又一阵惊叹。洗衣机把我们从枯燥的家务之中解脱出来，汽车或者电话提高了办事的效率，电视不仅是一种崭新的娱乐方式，而且还改变了社会的政治民主形式。视线所及，哪一种发明不是我们的生活所必需的呢？

当然，我们已经察觉到某些意味深长的迹象，例如普遍使用的遥控器。这个小机器的基本意义就是尽量减少身体的运动——一个鼓励懒惰的杰作。即使一步之遥，我们也不愿意从沙发上站起来，伸手按一按电视机的频道开关。从商场里的电动扶梯到飞机场的自动传送带，从室内的智能空调机到安装在悬崖峭壁上的观光电梯，科学会不会怂恿享受的欲望越涨越高？我们真的需要一百个甚至更多的电视节目频道吗？我们的手机有必要加设拍照功能吗？抽水马桶旁边安装一个自动冲洗器——我们连这个程序都要用机器代劳吗？如果考察一下数十万元一套的沐浴设备，或者进入价值数百万元的豪华轿车看一看音响、冰箱、酒柜、电脑网络甚至床铺，我们一定会想到"奢侈"二字。

的确，现在还不必小题大做。我们没有理由将遥控器或者豪华轿车指认为人类堕落的原因。享受的欲望没有什么错；重要的是——过分与否。这才是令人担心的苗头：我们会不会因为享受的持续实现而形成一种没有节制的性格？这种性格的特征就是不顾一切地索取。地球孕育了人类，同时给人类提供了足够的生存空间。可是，如果滔滔不绝的索取永无止境，所有的资源都将枯竭。气候变暖，江河断流，地下水过度开采，森林乱砍滥伐，耕地大量占用，空气质量大幅度下降，极限的警告已经频频发出，但是，我们充耳不闻。与其说意识不到危险，不如说控制不了强大的欲望。这个时刻，科学扮演的是什么角色？

不久前我曾经读到一则报道：科学家正在开发一项技术，企图让我们利用手机屏幕观看现场直播的足球赛事。当然，这需要更高级别的手机，质量更好的电池，更为昂贵的资费——目前预计每分钟二十五元。我相信这一项技术指日可待，我怀疑的仍然是它的必要性。当然，资助这一项技术的开发商一定会振振有辞地解释，及时地看到足球赛事具有多么伟大的意义，无论耗资多少都物有所值。我们了解到，现今的科学不再是一种单纯的知识存放于学院的高墙之内。科学进入市场的时候会不会隐藏了一种可能——为了销售某种新型的技术，科学甚至必须人为地制造某种欲望？

如果听任欲望成为主宰，夸父逐日的神话就会成为人类与财富之间相互关系的写照。"道渴而死"，夸父的性格至少可以部分地解读这个不幸的结局。现今，我们都必须想一想：科学会不会无意地充当了现代夸父的拐杖？

科学让我恐惧的第三个方面是：单方面的文化扩张。近半个世纪之前，C.P.斯诺对于"两种文化"做出了著名的划分——科学文化与人文文化。两种文化的对立由来已久。如今，科学文化明显地占据了上风。无论是国防军工、日常经济生活还是教育的内容，科学正在得到愈来愈多的重视。相对地说，人文学科日趋边缘化。文学无非是一种娱乐，哲学是空洞的玄思，宗教是无稽之谈，伦理道德变不出面包和钢铁。同电的发明比较，同计算机的发明比较，人文学科又算什么？"索卡尔事件"进一步降低了人文学科的声誉。如今，这种观念已经如此普遍，科学文化与人文学科之间的失衡甚至已经引不起我们的关注了。

我从事的是文学研究。然而，我的忧虑与生计无关——我并不是担忧人文学科的收缩威胁到了我的饭碗。在我看来，现代社会的一个至关重要的问题是：科学的威力越来越大，这一柄双刃之剑要交到哪些人的手里？哪些人值得信任，如何使用科学？

人文学科必须提出自己的思考。

全世界有一支庞大的科学家队伍在实验室里忙碌。他们手里的知识是不是造福于人类？科学的日益发达并不会自动地解决这个问题。核物理教科书教会我们如何从自然界获取巨大的能量，但教科书没有讨论将这些能量运用到哪些方面。不少科学家宣称价值中立。然而，由于权力的威胁和商业的诱惑，价值中立常常变成了任何价值都可能染指的借口。

科学解决的是人与自然的关系。然而，科学的后果及其使用必将涉及人与人的关系。

核技术既能够生产核弹头，也可以建造核电站；生物技术既能够提高粮食产量，也可以发展生物武器。尽管我们这些外行说不清现代科学的种种用途，但是，一个十分清楚的事实是：现代科学的巨大能量可以转化为毁灭性的武器。孔子、庄子、柏拉图和亚里士多德的年代，人们用刀剑和长矛厮杀；现在，核潜艇和精确制导导弹的威力增添了千百倍。然而，我们的道德水平又比孔子、庄子、柏拉图和亚里士多德的年代提高了多少？不难想象，两种文化的悬殊发展隐含了巨大的危险——这种危险甚至会在顷刻之间倾覆整个世界。当核技术掌握在某一个政治疯子或者军事狂人手里的时候，全人类都将命悬一线。当然，我们没有理由因为这种危险而怪罪科学；我们能够做的是另一面：尽量在以人为本的意义上理解和掌握科学。人类在哪些方面需要科学？科学能够为人类做些什么？这些思想恰恰是人文学科的内容，恰恰涉及道德、美学、哲学或者终极关怀。这个意义上，我们应当为人文学科腾出必要的空间，无论是在价值观念上还是在人才资源的分布上。

何谓人文？以人为本肯定是一个核心的命题。西方文化史上，人文主义意味了从神本主义的束缚之中解放出来。那个时候，理性和科学充当了解放的武器，因此，这二者就是人文主义的重要内容。人文主义运动的意义在于，人代替了神，人就是万物的中心。这是一个了不起的剧变。然而，时至今日，数百年已经过去，我们必须检讨一个更深入的问题：我们是不是比神做得更好？我曾经在《挑战自然》这篇小文章之中感叹生物学奇特发展。我想，文章之中的一段话同样适合于谈论科学：

> 代替上帝也没有什么了不起。人定胜天是我们的千年理想。重要的是我们要比上帝做得更好。可是我们知道，人类之所以没有资格充当造物主，缺乏的恰恰是造物主的大悲大慈。人类拥有无数的科学家、政治家、军事家、经济学家，他们代表了人类的聪明和机智。卫星升天，股票上市，计算机联成了网络，海底凿穿了隧道，任何一项这样的成就都包含了足够的聪明含量。一则报道说，某国研制出一种新型地雷。经过精确计算，这种地雷的爆破力仅仅是炸飞一个人的脚后跟。这种地雷不再为对方制造烈士。这种地雷制造的是一个走不动的伤员——交战的时候，至少要腾出两个士兵照料这个伤员；战争过后，没有脚后跟的残疾人要让政府抚养一辈子。这样的构思难道还不够机智吗？如果我们将生物学交到

这些天才们手里，生物武器将是无可比拟的凶器。根据生物学掌握的种种生命信息，生物武器可以轻松自如地实现某些天方夜谭式的计划：例如，让某种肤色的人一夜死绝，甚至可以更精确地让某个姓氏的第几代长子统统毙命。这时，屠杀意外地简单——只要往这些人的饮用水源头投下一小撮粉末即可。我们终于明白，人定胜天并不困难，可是，让我们真正恐惧的恰恰正是人。[①]

——科学让我恐惧什么？

——让我们真正恐惧的恰恰正是人。

可以看到，这个答案包含一些出人意料又意味深长的内容。我们逐渐意识到，科学带来了财富，科学是巨大的生产力，科学使历史的速度一日千里，科学提供的技术手段已经足以修改人类的命运……那么，如何驾驭科学？谁给这一匹烈马配上必要的缰绳？如果意识不到这个迫切的问题，脱轨的科学可能成为盲目的力量。人文知识分子必须振作精神，接受这个问题的挑战。这个意义上，人文学科的内容不仅是修身养性，不仅是延续传统，不仅是单纯的玄思妙想或者审美快乐。这个时代将形成何种人文文化？这将与人类的未来息息相关。

---

① 胡天舒：《上海文广"播放"手机电视》，2004年6月17日的《南方周末》。

枪

枪管闪动着烤蓝的微光，枪的准星和标尺之间隐藏了某种无言的默契；枪托的线条光滑流畅，木纹肌理细腻绵密；黄澄澄的子弹锃亮逼人，仿佛正要迫不及待地跳入枪膛。这一切对于手掌形成了一个巨大的吸引。

不知不觉地已经伸手握住，手掌与枪托亲密无间。枪托的每一个凹凸分毫不爽地吻合手掌的起伏，剩下的食指自然地搭上了扳机。铿锵有力的枪栓响过之后，眼光穿过准星瞄住了目标，于是，那个黑洞洞的枪口就将向世界念出致命的咒语。

枪是一种特殊的机器。子弹仅仅是打开这种机器的钥匙——枪的真正消费品是人的肉体。

枪隐藏在这个世界的某些角落，威严地锁住了生活的某些大门。枪的威慑阻止了许多骚乱场面的发生。人们穿梭于商店橱窗、银行柜台、车辆洪流以及闪烁不定的霓虹灯之间，兴致勃勃地参加一个个盛宴和舞会，胸中洋溢着纸醉金迷的感觉；但是，许多人随时保持着一种特别的意识——他们一转身就可能出其不意地撞上黑洞洞的枪口。片刻之间，他们立即进入命悬一线的时刻。枪口划出了正常世界的边缘。假如有意触犯这些黑洞洞的枪口，这个世界就会霎时颠倒过来，在震耳欲聋之中血流成河。

《老子》曰："兵者，不祥之器，非君子之器。不得已而用之，恬淡为上。"可是，手执枪支的人挡不住射击的引诱。手握利器，必起杀心。哪怕是拿到一支枪管已经锈迹斑驳的气枪，人们就会比比划划四处瞄准，打麻雀，打老鼠，打电线杆上面的磁瓶子。枪仿佛自动地跳入人们的手中，勾住人们的眼睛，弯曲人们的食指，和人的躯体一同颤动着射出一发发子弹。

枪引诱了手。

与许多男性少年一样，我也曾经是枪的狂热爱好者。枪为瘦弱无力的男性少年制造出一个巨大的英雄梦幻。

枪可以插在腰里，可以藏在裤腿里，也可以像某些狡猾的侦探那样用胶布粘在后背上。那些架子很大的职业射手通常是将枪支零件拆开装在手提箱里。一个合格的射手能够在几秒之内迅速地将枪支装配完毕，拉动枪栓的咔嗒声如同一个漂亮的句号。佩带枪支的躯体仿佛增添了神奇的胆魄和力量。兵荒马乱的年头，拥有一支枪的男人就能心底踏实地走动在江湖之上；平庸无奇的日子里，拥有一支玩具手枪的男性少年就有足够的道具将自己扮演成一个风格强烈的冷面英雄。几只木制手枪成为我少年形象的组成部分。我常常握住这些手枪隐蔽在桌子底下，蚊帐背后，空水缸里面，突然跃出举枪射击，嘴里发出叭叭的声响。击毙了想象之中的敌于之后，我会一个跟头翻到了床上的棉被后面，以枕头为依托掩体，机警地擎枪四顾。我的少年时代，那些木制手枪为自己编织出多少离奇的故事！

少年时代，我对于玩具手枪的外形有着苛刻的要求。我不喜欢通常商店玩具柜里那些铁皮制作的简陋的手枪——我觉得不像真的。一个偶然的机会，我经过一家商店时见到，橱窗里摆了几支极为逼真的手枪——这些手枪甚至还配有皮制的枪套。我顿时走不动了，久久地赖在那个橱窗前面。后来我才了解到，这些手枪是京剧舞台上演员的道具，木头制作的，大小和外观均与真枪无异。我哀求过父亲，父亲甚至陪我到商店欣赏过；然而，这些手枪的出售价格是父亲无力承受的，最终我仍然只能怏怏而去。

但是，这却诱使我开始自己用木头制作手枪。我收罗了许多大大小小的木板，在上面画上图样，动用了残缺的锯片、菜刀、凿子、小刀，熬过一个又一个漫长的下午，制作出盒子枪、左轮枪以及勃朗宁手枪。我家的后院就是我的兵工厂，我的一双手掌留下了刀削锯割的累累疤痕。我将这些木制的手枪涂上了墨汁或者黑漆，找到几片褐色的灯芯绒布缝成枪套，神气活现地悬挂在腰间。就是从制作木头手枪开始，我逐渐熟悉了木工手艺，锯、砍、刨、凿、雕无所不能——这种手艺的最高成果体现为几张使用了若干年的方凳和长条凳。

我的少年时代还难以料想，塑料是制作玩具手枪的更好材料。塑料可以精雕细琢，千变万化，因此，塑料手枪远比木头手枪精致。我曾经找到一支当年心爱的盒子枪送给儿子，儿子却不屑一顾。儿子丰盛的兵器库里，老派的盒子枪仅仅是一个过时旧玩意儿。

面对一大批自动武器，面对儿子所拥有的种种发光发响的电动玩具手枪，盒子枪——吊着红穗子、套在木制的枪套里、围绕着一大堆青纱帐和端炮楼的故事——已经成为历史的遗留物。我明白这一切。这支木制的盒子枪保存着我少年时代的气息和指纹，但是它已经不会再有面世的机会了。

我相信，枪的出现骤然地改变了传统的英雄观念。

传统的英雄人物往往拥有一副强壮的身躯。胆力过人，体魄出众，一夫出阵，万人披靡，是之谓英雄。英雄将在肉体之躯的格斗中间脱颖而出，取得至尊的位置。身躯之中所蕴藏的勇力是征服他人的资本，结实的肌肉、灵活的身手是登高而呼的基础。堂堂一表，凛凛一躯，这是英雄的基本形象。

　　然而，一声枪响打碎了这样的英雄形象。远距离的射杀与简单的射击操作一下子解除了躯体勇力的意义。哪一个躯体的速度能够超过子弹呢？哪一种肉体搏斗的技术能够比射击更快捷呢？一个射手可以在数十公尺之外射杀一副强壮的躯体，再结实的肌肉又怎么能阻挡尖啸而来的子弹呢？只要拥有一支枪，一个羸弱的小女子可以毫无惧色地与高大的伟丈夫对抗。

　　这样，一些传统的英雄人物丧失了嫡系的传人。关云长手执八十一斤的青龙偃月刀，过五关斩六将，威名远扬；武松提起一副醋钵般大小的拳头，醉醺醺地打发了景阳岗上的一只吊睛白额大虫，令天下好汉竞相折腰；可是，如今的世道已经不同了。只要一杆快枪当道，这些英雄的后辈子孙又怎么可能重新抖出老祖宗的八面威风呢？传统英雄形象的终结是一个严重的象征——这象征了历史越过了一个举足轻重的界碑。从这个时候开始，躯体与机器的较量分出了胜负。这是工业时代的真理。口念咒语、手挥大刀片的义和团成员纷纷地栽倒在洋人的火枪下面，这是蔑视工业时代的真理所产生的血腥一幕。

　　枪就是如今的神话。在自动步枪的射程之内，《西游记》里面那些口吐火舌的妖精还能有什么作为？在冲锋枪连成一串的射击声响之中，《封神榜》里面各路豪杰的咒语与祭到半空中的法宝又算什么？在飓风一般的重机枪扫射之下，《三国演义》里面诸葛孔明的八卦阵又有什么神奇可言？枪是护身符，是胆量，是威风，是安全；枪可以使弱者强，怯者勇，卑贱者解放，低三下四之辈骤然之间耀武扬威——美国的一首流行歌曲甚至赤裸裸地唱道：《幸福就是一支温暖的枪》。

我曾经在一个暮色苍茫的黄昏来到了北京的军事博物馆。进入兵器馆之后，我看到了四处陈列着形形色色的枪支。各种型号的手枪，步枪，卡宾枪，机枪，重机枪，它们错落地待在愈来愈昏暗的兵器馆里，默然无语。我蹑手蹑脚地从它们中间穿过，听见了它们节奏不同的呼吸。我清楚地知道，只要有一只手激活它们，它们就会发出惊天动地的吼声，编织出一片毁灭一切的火力网。说得简单一点，所谓的世界大战，不过就是一大批人操起各式各样的枪支互相射击而已。

兵器馆的陈列窗里面配有一些简略的文字材料。这些文字材料介绍了某些枪械的历史：某种型号的枪支由谁发明，最早在哪一个国家使用，如此等等。伴随着四周一个个虎视眈眈的枪口，我感到这些文字格外地单薄和可怜。枪械本身的历史是一个微不足道的小题目；重要的是，枪械如何改写了人的历史，世界的历史。

将枪与男性的性器官相提并论，这是民间常见的猥亵比喻。或许可以说，两者之间的互相联想持之有据。两者都隐藏着强烈的侵略性、进攻性；射击的快感与射精的快感十分类似；用女权主义的眼光看来，"性政治"显然是男性性器官强奸的后果，更大范围内，世界政治同样可以说是枪支监察之下的霸权分配。然而，尽管这样的联想妙趣横生，我还是要说出一个朴素的真相：这两者在本质上恰恰相反。

男性的性器官制造了生命。一个精子射中了一个卵子，这就是一个崭新的生命起源。大自然漫长的进化链条之中，男性的性器官产生了重要的衔接作用。当人类的文明跨入一个成熟阶段之后，男性的性器官使用时常伴随着爱情。

枪的唯一目的是毁灭生命。枪是一种极为危险的机器，这种机器时常纵容了仇恨的流淌。枪可以使一个人骤然之间毫无理由地猝死。除了枪声，这样的死亡得不到更多的解释。没有任何一种自然死亡——譬如衰老、疾病、劳累、疲惫——能够与枪的威力媲美。一个生命的诞生和成长隐藏了大自然伟大而又迟缓的进展。物种的淘汰和进化，十月怀胎和一朝分娩，发育，生长，成熟——然而，这个过程可能由于一声枪响而在一秒钟之内彻底截断。一支枪的扳机在食指的轻轻勾动之中击发，一个取缔生命的简洁形式宣告完成。这个意义上可以说，枪是工业文明对于大自然的绝对征服，也是工业文明对于男性性器官的巨大嘲弄。

这样，枪使杀戮尽可能避免了血腥，从而成为一门艺术。立姿、跪姿或者卧姿，简洁有力的出枪，三点成一线的瞄准，屏住气息扣动扳机。一气呵成的漂亮操作带来一声枪响，敌手毫无反抗地颓然仆倒——这是一个完美的镜头。相形之下，徒手的杀戮多么难堪。捶，砸，掐，撕掳，啮咬，粗重的喘息，苦苦的挣扎，垂死的痉挛，这一切无不令人作呕。刀剑的杀戮明快多了，但是，人们仍然无法避开飞溅的鲜血和宽阔的伤口。枪却优雅而且从容。枪仅仅在对手躯体的要害部位留下一个弹洞，残忍还没有开始之前生命就已经结束。用枪杀人不再是一种沉重的负担，表演的成分不知不觉地进入了射击。我想，一个杀人如麻的机枪射手不必经历刀斧手那样的心理痛苦。

杀戮成为艺术，这是这个世界所诞生的最大悖论。

少年时代，我喜爱手枪远远超过了喜爱长枪——尽管我知道长枪的威力远远超过了手枪。这是什么缘故呢？也许，手枪更像是人体的一个器官，与人体结合得更为紧密，更易于藏匿在身体的各个部位，使用起来更为得心应手。总之，手枪比长枪更为亲切。电影里面，美国的西部牛仔让左轮枪滴溜溜地在手心打转，忽然枪口冒出了几朵白烟，枪声未落，那支左轮枪已经刷地插入了吊在大腿旁边的枪套。这只能是手枪的境界。

长枪由正规军使用，手枪往往是特殊人物的武器。想象之中，这些人物没有必要像正规军那样出操、立正、稍息，将被子叠成豆腐块。他们是间谍、侦探、特工，神秘地行走于城市的某些角落，创造一种个人的冒险生涯。他们的枪战往往发生在楼梯口，黑屋里，旅馆的走廊或者某一间可疑的办公室里；身藏手枪的人通常不会像手执长枪的士兵那样齐声呐喊着，在旷野或者山坡上冲锋陷阵。

如今时髦双手擎枪射击，这无疑是为了提高手枪的命中率；但是，我更乐意看到老式的手枪射击姿势：单臂举枪，甩手之间似乎有一种说不出的飘逸。这种姿势甩开了双手擎枪的笨拙——手枪不该笨拙。

置身于千军万马，面临着大漠长川，手枪显得十分渺小。然而，手枪在个人的行动之中神奇无比。一支手枪隐藏了孤胆英雄的魅力。手枪与长枪的差别，也就是剑与大刀长矛的差别。那些古代的大侠仗剑横行于江湖，风流潇洒，落拓不羁，没有哪一个大侠愿意傻乎乎地扛着一柄大刀或者长矛呆头呆脑地出场。

故事之中的那个大侦探波洛大言不惭地说，枪是一种低级的工具，他所使用的是那个硕大头颅里面的智慧。不过，我似乎更相信另一个侦探福尔摩斯。福尔摩斯同样热衷于推理，但是，他动身擒拿罪犯的时候并没有忘记带上一柄左轮手枪。人们之间总是有一些图穷匕首见的时刻。这时，只能用枪声陈述最为严峻的语言。

人类是善于对话的动物。人类有无数的话题：边界，贸易，政治，财产，债务；人类也有无数的对话形式：学术语言，科学语言，外交语言，政府语言，文学语言，街头语言，如此等等。可是，某些时刻，人们会突然发现，谈判桌上所有的语言统统失效——这时，一双双手就不由分说地操起了枪！

震撼人心的枪声是最后的语言。这种语言凝结了生命的重量。

这样，我不得不联想到一个难解的疑问：枪为什么会成为一个长盛不衰的玩具类型？这种可怖的工具怎么能够同孩童的天真游戏联系起来？

无论如何，只有少数人真正持有枪支，即使算上那些允许枪支买卖的国家。可是，许多孩童却早早地了解了枪声所表述的语言——这远在他们了解学术语言、外交语言或者文学语言之前。他们的课本并没有枪支的知识，他们的枪支启蒙来自玩具。这是一个意味深长的事实。枪支为什么成为玩具？孩童为什么要如此迫切地在玩耍之中见习这种危险的语言？战斗的神经，暴烈的本能，攻击的欲望，这一切由于玩具枪支而得到了集聚的形式。

多数成人已经充分意识到枪的恐怖。这是权力机构控制枪支的理由。联合国大厦面前有一个著名的雕塑：一支枪管打结的左轮枪。铸剑为犁的和平主题一直是联合国讲坛上永恒的追求。可是，人们为什么转身就制造出种种玩具枪支，让枪的意义潜入纯洁无瑕的童年之梦？

罗兰·巴特说过，法国成人喜欢将儿童看作另一个他自己，儿童玩具是成人物件的缩小复制品。不难想象，枪的玩具同样源于成人的梦幻。我曾经在玩具枪支之中成长，也曾经以成人的身份为儿子购买玩具枪支，因此，我有资格说破这样的梦幻——即使在白鸽和橄榄枝的图案下面，许多成人还是暗中渴望握住一支枪，用枪改写他的周围。这样的梦幻折磨着他们，引诱着他们，并且在某一天通过他们制造的玩具泄漏了出来。这个梦幻终于在孩童的空间取得了合法的形式，成为男性少年辉煌想象的酵母。这难道不是一个骇人的秘密吗？

乒乓江湖

壹 蛇年正月初一，一条恶劣的消息不屈不挠地挤过鞭炮的缝隙，搅动许多人的心绪：名动一时的乒乓巨星庄则栋溘然长逝。癌症，七十三岁。

一个球友在电话里久久地倾诉他的震惊和伤感。庄则栋是他少年时代的偶像。半个世纪之前，这个浓眉星眼的小伙子如同一阵呼啸的旋风轻易地击垮了欧洲和日本的乒乓霸主；随后，李富荣、徐寅生、张燮林等一批骁将接踵而至，一个强盛的乒乓帝国势不可挡地突然崛起。庄则栋不仅拥有形形色色的奖杯和头衔，而且赢得了浩浩荡荡的追随者。当初，这个球友迷恋乒乓球的原因即是仰慕庄则栋。现在，他感慨再三：庄则栋走了，我们老了，那个时代正在退出历史的甬道而缓缓关闭。

如今还有多少球迷熟知庄则栋两面快攻的独门刀法？眼下是弧圈球称王称霸的年代。由于强烈的旋转，弧圈球的飞行线路诡异刁钻，如同多变的迷魂阵。这是反胶球拍的杰作，听说由日本人首创。庄则栋属于前弧圈球年代的代表人物，正胶球拍，球风硬朗简洁，手疾眼快一刀毙命。庄则栋的信条是钉在乒乓球台面前，决不后退。对方一记猛烈的扣杀，他要以更快的速度打回去，甚至让对方来不及收回手臂。两个运动员远离球台十几个回合的弧圈球对拉，这是庄则栋退役很久以后的事情了。

庄则栋的传奇人生只能是那个时代的故事。他曾经娶了一个女钢琴家，风传过极其离奇的绯闻，七十年代任体委主任，继而锒铛入狱——庄则栋肯定曾经独自面壁感叹，掌控台面之下的政治远比掌控台面之上的乒乓球难得多。八十年代庄则栋出狱之后离婚，随即收到了千余封求爱信。不久，另一个名叫佐佐木敦子的日本女子远涉重洋来到中国，非他不嫁，并且愿意放弃日本国籍。这个故事惊动了当时的大人物，他们的菩萨心肠保证了故事的大团圆结局。我猜这些大人物肯定考虑到，庄则栋当年是"小球转动大球"的功臣。三十一届世界乒乓球锦标赛在日本的名古屋举行，美国运动员科恩懵懵懂懂地误上了中国运动员的班车。这个窘迫的洋鬼子站在车厢中央不知所措，庄则栋大胆地上前搭讪，中国与美国之间神奇的"乒乓外交"即是从班车上的这几句话开始。

倾听球友的电话时候我意识到，我对于庄则栋的记忆远为模糊。我的少年时代，庄则栋仅仅是传说之中的一尊神，我的乒乓球启蒙者是父亲。大约十岁左右，一个星期天跟随父亲到单位值班。我在单位的会议室里第一次见到了乒乓球台。父亲从抽屉里取出一副木制的乒乓球拍，我在这个会议室噼噼啪啪地打出了生平的第一场乒乓球。很久以后我才知道，另一些乒乓球拍贴上了一层薄薄的海绵和胶皮。一个人挥拍一记抽杀，由于海绵和胶皮的摩擦作用，正在下坠的乒乓球神奇地划出一条弯曲的弧线，飞越球网落在对面的台上。这与木制乒乓球拍直线的击球线路远为不同。我大为惊奇，并且牢牢地记住了抽杀的挥臂动作。相当长一段时间，我的乒乓战术奉行一板主义。无论什么球落到球台上，我总是上前一板奋力的抽杀。读到一本油印的《乒乓球战术手册》之前，我对于乒乓球的反手技术几乎一无所知。哪怕是在影像资料之中，我至今仍然没有机会见识庄则栋的反手攻击。我的心目中，与陈永贵、郭凤莲、王进喜这些当时的著名人物一样，庄则栋仅仅是一个时髦的名字。置身于那些蹦蹦跳跳的小学生，我的一板主义相当见效。少年时代，胜利快感以及小小的虚荣始终维持了我的乒乓球兴趣。燕雀不知鸿鹄之志，我仅仅是一只快乐的小麻雀。握拍站在球台面前的时候，我的心愿仅仅是教训一下隔壁班那个趾高气扬的小子，庄则栋那种征服世界的宏大梦想从未出现在内心。

我记起来了，当年的确有一只麻雀甩开了我们这些叽叽喳喳的家伙，冲天而去。我就读的那一所小学竟然有一个高班的同学入选国家队。他左手横握球拍，据说时常在各种大赛之中充当替补的板凳队员。我曾经看过一部世界乒乓球锦标赛纪录片，一个著名的电影镜头是梁戈亮一次又一次地高高跃起，连续十七大板扣杀高球。确凿的消息声称，当时他就坐在场边的替补席上，备而不战。多年以后我常常到一个球友的单位打球。球台放置于大楼的门厅，人来人往。球友多次招呼路过的一个中年人露一手，他总是礼貌地一笑躲开了。我的记忆之中，这个中年人从未向乒乓球台多看一眼，球友竟然吹嘘他是一位国手，退役之后在办公室干些杂活。某一天我突然认出来了，这个中年人就是当年那位高班同学。数十载似水流年，英气勃发的少年有了一副胖胖的身躯。有一回这个退役国手难却情面终于勉强上场，我和他挥拍相向如坠梦魇。第一局的交手——那时还是二十一分制——我险些胜了，然而，第二局他的球感开始恢复，我不再有任何机会。

让我暗自震惊的是，搁下球拍转身离去的时候，他的眼神流露出的是疲倦。多年之前飞出去的麻雀又飞回来了，但是，当初的理想和激情显然早已熄灭。

漫长的职业生涯埋葬了什么？不得而知。相形之下，我们这些没有出息的人，数十年只能围绕单位的乒乓球台大呼小叫，争长论短。尽管如此，我们一如既往，始终快乐无比。

贰一个球友星期日上午打来了电话："这一年又要过去了，我们是不是该做一个年终总结啊？"我当然听出来了，貌似询问的背后隐藏的是狡猾的挑战。

按照惯例，接下来的电话是一阵唇枪舌剑的斗嘴。我会以幸灾乐祸的口吻说，这么长的时间没有你的消息，是不是因为害怕得躲起来了？球友一定会激烈地申辩——害怕你，怎么可能！上京城开会了。告诉你吧，会议不是随便开的。两场报告之后，思想觉悟提高了，不小心乒乓球又厉害了。怎么样，不会把你吓着了吧？我开始兴高采烈地收拾球衣和球鞋。这个星期日的原先计划是翻阅一两本书，喝几盏茶，总之，安安静静地坐在家里。现在，我突然觉得，似乎早就在暗自等待这个电话。

太太偶尔听到了我们的对话，总是感到大惑不解：这几个道貌岸然的家伙，说起乒乓球怎么就像换了个人？她清楚我素来不喜高调，疏于交友，很少在公众场合说一些虚与委蛇的应酬话。然而，进入球友的圈子如同进入另一个话语场，腔调马上就变了。她说，根据你说话的音量和夸张口气立即可以猜到，现在是球友通话时间。乒乓球仿佛突然开启了一扇门，坚冰融化，气氛立即活跃起来，所有的人都开始采用另一套打趣的语言嘻嘻哈哈。

我的稳定球友大约是几个教授和刊物编辑。聚到乒乓球台周围的时候，这些儒雅之士很快就卸下了身上的甲胄。打球的间隙我们也可能聊到学术问题或者哪一本有趣的新书，但是，手执球拍站在球台之前拉开架势，脸上即刻有了一副凶相。他竟敢和我比试弧圈球！有人想考验我的推挡基本功，不自量力！和你这种球打到了决胜局，耻辱呵！各种自吹自擂和相互调笑、挖苦之间，两个对手终于决出了胜负。失球的时候，他们一样用不恭之辞自我谴责："猪！""神经病！"如果生人在场，就该有人负责解释：请别误会，他骂的是自己。一个球友慢性子，每一个球都要在手里捂得发热，迟迟发不出手。在场所有的人无不竞相发表威胁的宣言，粗暴地声称要上前踢他的屁股。

　　球友相会的一个节目当然是议论各种乒乓赛事，那几个如雷贯耳的名字总是不时挂在嘴边，譬如马琳，王励勤，王皓，还有新冒出来的马龙和张继科。我们谈论他们的弧圈球，直拍横打，马琳的每一天训练要穿坏一双球鞋，王励勤赢得冠军之后哭湿了一条毛巾，王皓因为胖得像一块面包而遭到了刘国梁教练的严厉警告，张继科获胜后一把撕开了自己的球衣，然后发出藏獒一般的嗥叫……偶尔我们也会谈到上一个世纪的第一代国手。如今还有多少人记得容国团的名字？那一段历史已经十分遥远了。不过，即使谈得意气风发，血脉偾张，我们也不会愚蠢地将自己同这些显赫的乒乓精英联系起来。我们与他们打的是同一种球，用的是同一种球台和球拍，还可以穿相同品牌的球衣和球鞋，可是，我们与他们不是同一类人，而且此生恐怕无望在同一个球场相遇。我们不可能企及庄则栋的速度，也没有马琳的细腻球感或者王皓直拍横打的天分。这些顶尖高手的日常生活即是严格的训练，我们的懒散性格适应不了。马龙不慎失手丢了一个球，他转过身偷偷抽了自己一个嘴巴。我从乒乓球比赛的电视转播之中发现了这个细节，深知彼此之间的距离远远不止是技术。有时我还会觉得，他们的日子是不是太严格了？运动队规定不得恋爱，恋人的可恶存在肯定要瓜分运动员的一部分心神。那么，比赛的成绩就是一切吗？他们拥有多少独立自主的个人空间？赛后接受电视采访的时候，许多乒乓球运动员只会谦恭地自称"自己"而不是"我"，他们是不是已经没有表述个人观点的习惯了？这种畏葸的口气与他们犀利的球风不太相称。

我们当然明白，这种严格的日子许诺了丰厚的回报。沿着这一条路径走到尽头推开最后一扇大门，乒乓球也可以功成名就和加官晋爵，或者大把大把地挣钱。第一代国手庄则栋、李富荣、徐寅生都曾经官拜一方大员。如今的许多乒乓精英财大气粗。刘国梁和孔令辉的座驾都是保时捷，马琳年纪轻轻的已经拥有多套房产，某些房产不幸地成为离婚纠纷的争执焦点……总之，各种迹象表明，他们挥挥球拍远远地隔开了芸芸众生。这些大腕生活在舆论的舞台上，仅仅在某些时刻利用电视机和我们打个照面。

我们兴致勃勃地谈论他们，从来不指望他们能谈论我们。有时我们也会闪过一丝沮丧：有了这一批人在世界上打球，我们还有什么希望往前挤？更多的时候，我们感到的是宽慰。争夺世界冠军这种麻烦事就交给他们办理好了，我们尽管放心地回到单位那一间有些拥挤的乒乓球室，召集几个水平相当的业余选手，挥拍捉对厮杀几局。我们在大汗淋漓之中放肆地彼此调侃，疲累了就点烟喝茶，哪一个家伙有心情还可以招呼众人到大排档灌两瓶啤酒——这就对了，我们享受的是浮动在球台周围世俗的烟火气息。

叁 一个球友豪迈地表白了他对于乒乓球的无限忠诚：如果家里不幸着火，他只会拎一块球拍出逃。由于痴迷打球，日日早出晚归，太太不乐意了。不久，他在球友之中公布了制服太太的杀手锏。那一天他一本正经地对太太说，每一个人都有权利拥有正当的爱好。如果太太认为乒乓球不合适，他可以换一个。上舞厅练习跳交谊舞如何？太太愣了一会儿，当即表示还是支持他专攻乒乓球。相对于这个故事的戏谑意味，另一个球友的故事十分悲壮。那一天上午他频频挥拍，不遗余力，中午微笑着与众人握别，声称这是他的最后一场球。一片惊问之下，他说体检发现胃里长了个不明之物，下午住院开刀，医生的估计是进了医院就不一定出得来了。尽管日后证明这是一场虚惊，但是，所有的人都对这个球友敬重了几分。

我们这一帮业余的家伙不时对乒乓球表现出疯狂的激情，尽管产生的效果多半是漫画式的。我正要与一位久别的球友开战，他张嘴报出了我们三年之前一场遭遇战的胜负与每一局比分。多年以来，他孜孜不倦地为自己的每一局球写下笔记，哪怕遇到的是再烂的对手。打球之前，他都要翻阅笔记，提前做好功课。另一个球友干脆放弃了笔记这种传统工艺而求助于机械化。他特地购买了一台小摄像机，支起三角架安装在乒乓球室的角落，声称要录制所有对手的动作加以分析。每当意识到我们即将享有和马琳、王皓一样的待遇，荣登他家客厅的电视屏幕，每一个人无不动作僵硬，缩手缩脚。

我所熟悉的一位副厅长总是抓紧一切空余时间打乒乓球，他不在乎是否正在上班，会不会妨碍本职工作。那一天得知全厅的干部大会推迟半个小时，他默不作声地拎起球拍就溜了出去。半个小时之后，看见他浑身湿透、满脸油汗地坐在一大堆衣冠楚楚的下属之间，厅长再三克制才忍住了弹劾这一位副手的冲动——妈的，再过一年就让这个上不得台面的家伙提早退休。厅长肯定料想不到，这位副厅长早已厌倦仕途，他的唯一愿望就是早早退休，投身于挚爱的乒乓球运动。

令人苦恼的是，我们的挚爱不能如数转换为打球的天分。这是一个痛心的事实。无论增添多少努力，我们这一帮业余的家伙始终无法与专业选手抗衡。例如，我们总是弄不清专业选手如何凝聚瞬间的巨大爆发力击打乒乓球。那些看起来瘦弱矮小、手腕纤细的女孩儿竟然拉出了如此凶悍的弧圈球，我们这些腰圆膀阔的大汉为什么总是找不到感觉？一个球友聊天时说，他曾经与几个专业选手切磋，几乎接不住他们的所有发球与弧圈球。事后那些孩子大大咧咧地拍了拍他的肩膀说，老师，你和我们这些人打过球，才能知道乒乓球到底旋转得多厉害。向自己摊牌是一个痛苦的时刻——我们无奈地叹一口气终于承认，有生之年，我们再也不可能技惊四座，以至于让蔡振华、刘国梁这些教练刮目相看。

尽管如此，我们这一帮业余的家伙仍然不会不思进取。提高技术的空间十分有限，能否考虑另一些捷径？于是，展示智慧的时机到来了。一个家伙每丢失一分球就要嘀嘀咕咕地抱怨自己的手臂太短，我认为他没有找到正确的突围方向。要求自己的胳膊多长出一寸，攻克此类人种学的难题绝非一年半载。更多的球友选择的是改善工具——改换贴在球拍上的胶皮。目前为止，多数球拍贴的胶皮是"反胶"。"反胶"表面光滑，接触球体之后的摩擦可以使之产生程度不同的旋转。现在，许多球友换上了称之为"长胶"的胶皮。"长胶"的表面布满颗粒，触球之后制造的旋转正好与"反胶"相反。对于久经沙场的专业选手，这仅仅形成不大的干扰；然而，"长胶"的怪异轻而易举地挫败了我们这一帮业余的家伙，多年构筑的攻击体系即刻瘫痪，颠倒的旋转与飘忽的球体飞行线路让我们的力气全都用错了地方。"长胶"的使用在遭遇战之中效果显著。对方惊慌地摸索了两三盘刚刚开始有点儿适应，比赛恰好结束。

不过，还有一些球友对于"长胶"的使用十分不满，胜之无趣，败之不服。除了技术不适而产生的恼怒，他们觉得"长胶"有点儿像旁门左道，近似于武侠江湖之中使用暗器或者下毒药。尽管乒联颁布的规则从未禁止这种新型工具，但是，鸡鸣狗盗，壮夫不为。对于"长胶"咄咄逼人的挑战，我们可以置若罔闻，拒绝回应。我们没有责任像专业选手那般兢兢业业地取胜，多少可以放纵一下自己，必要时甚至耍一点儿小脾气。即使哪一场对决的确无法绕开，大败亏输也不必内疚。快乐是这一帮业余的家伙享有的特权，我们没有必要迁就什么"长胶"而影响自己心情。哪一个人要是谴责我们蔑视技术革新，可以用略为无赖的口气回敬：世界冠军已经失之交臂，我们还有什么理由委屈自己？

肆　我和所有的球友无不大度地宣称，我们不在乎打球的胜负。年过半百，满头白发，三十功名尘与土，八千里路云和月，如今还会有什么胜负的游戏看不明白？职务、待遇、排名座次以及专业领域名声早已不放在眼里，谁还有闲情斤斤计较乒乓江湖的战绩？打球就是出一身大汗，遏制大腹便便的倾向，如此而已，岂有他哉？然而，事实雄辩地证明了我们的虚伪。胜固欣然败亦喜？我肯定没有人真心相信这种漂亮话。

我曾经与外地一位实力相当的球友酣战五局，最终以两分的优势险胜。那位球友带着遗憾的表情拍了拍我的肩膀说，这一场球你可以得意地说一年。我的记忆之中，这是最有风度的战败表述。我的多数球友——包括我自己——总是倾向于夸大自己的辉煌而遗忘自己的败绩。只要事隔三天，我们的幻觉通常会把上一场的失败转述为胜利。两个球友分别叙述他们之间的一次对决，我们几乎不可能了解谁是失败者——每一个人总是自己嘴里的赢家。许多球友时常因为分歧的叙述面红耳赤地争执不休，甚至赌咒发誓。不久之后，好几个球友的身边都备有一个小本子。每逢取胜，他就会立即掏出本子要求对方签字画押，认真的态度绝不亚于负责债务的账房先生。

对于另一些球友说来，篡改历史多少有些不安，他们的策略是动用出色的修辞技术，将彼此之间的胜负叙述得似是而非。两个文学教授曾经搏杀了一个下午，据说战绩是悬殊的八比二。然而，失利的一方对外声称自己总算赢了两盘。午夜时分他接到了声讨的电话，对方气势汹汹地要求他背诵文学批评的首要原则。他的回答十分坦然：当然记得，有好说好，有坏说坏，实事求是呵。对方气恼地质问，那你怎么能说你赢了两盘？他依然不改那一副天真烂漫的腔调：我可不就赢了两盘吗？

我闲常多半在几个老对手的圈子里打球，没有多少兴趣远征。有人劝我广交群贤，见识多种球路，总是与那几个老对手较量又有什么意思？然而，我得承认，我的迫切愿望就是赢那几个老对手。既然没有义务过五关斩六将问鼎乒乓江湖的王者宝座，那么，为什么不考虑立地成佛？赢得下那几个老对手肯定比战胜陌生人有趣。战胜陌生人的幸福随着他的消失而淡隐，一个抽象的记录无法添补后续情节。相反，那几个老对手总是与自己息息相关——他们要么可以长期充当所欲征服的目标，要么可以不断地验证自己的成功。每逢挫败他们，我总是愉快地想起一个寓言：甲乙两人进山遇到了老虎。甲转身欲逃，乙发愁地说，我们的奔跑速度不如老虎呵。于是，甲胸有成竹地对乙说，我只要比你跑得快就行了！夺取第一名的桂冠是一个众目睽睽的荣誉，避开了最后一名的陷阱是另一种个人独享的隐蔽幸运。

的确，我们已经不在乎职务、待遇、排名座次以及专业领域名声，但是，我们决不肯故作潇洒，慷慨地通融乒乓球的战绩。这些战绩领不到奖金，无法纳入晋升考核，也无助于在太太跟前增添威望，那么，为什么我们如此吝啬？有一天我突然明白了过来：我们之所以不在乎职务等等玩意儿，不就是因为还能在乒乓球上争一个短长吗？

伍　双脚踏在这个世界最大的球体上，挥拍击打这个世界最小的球体，这可以视为乒乓球运动的哲学表述。必须承认，我们控制小球的功夫远远不及上帝掌管大球。乒乓球属于个人竞技，不像篮球或者排球可以由众多球员彼此声援，相互呼应；同时，乒乓球技术细腻繁杂，微弱的心理波动即有可能干扰击球的命中率。一个人孤独地站在球台面前如同被推上了祭坛，一切表演必须独自完成。不少球友正式参赛的时候脸色惨白，双手颤抖，裁判的声音仿佛远在千里之外，双脚浮动如在梦中。一声令下，对方发出了一个旋转球，他们几乎不知所措。手腕僵硬，木讷迟钝，这时与通常的水准判若两人。这是中邪了吗？他们无奈地转过脸来望着场外的教练，一副可怜巴巴的表情。

一局乒乓球赛的胜负不仅表明了技术的完美程度，同时还是一个心理学事实。我自己做过统计，我击球出界的数量远远多于击球下网。引用精神分析学解释这种屡犯的失误，不断出界来自无意识对于乒乓球网的过度回避。我愿意承认，这种心理与日常生活之中厌恶近身纠缠以及陌生躯体的触碰同出一源。这是我恋上了乒乓球而放弃篮球、排球的原因吗？由于球台制造的隔离，乒乓球有效地避免了两具汗水湿透的躯体难堪地碰撞。

当然，我没有理由过分夸张无意识的效力。回想贫乏的少年时代，我与乒乓球的相遇几乎无可选择。提到时髦的球类运动，现今的年轻人肯定首选足球，另一些讲究身份的中年人津津乐道的是网球或者高尔夫球。然而，我的少年仅有乒乓球相伴左右。由于庄则栋这一代国手的骄人战绩，乒乓球成为国家倡导的运动项目。如同巴西的孩童从小就在街头踢足球，中国乒乓球高手如云显然必须追溯至那个时代的刻意推广。然而，由于可怜的几文经费，所谓的推广仅仅是用水泥砌就几张球台搁在学校的操场角落，球台上摆几块砖头充作乒乓球网。我曾经在各种球台的代用品上打球，饭桌，床板，还有卸下来的门板。据说乒乓球是网球的变种，自户外移到室内更为优雅了。这当然是追求绅士风度的英国人所为。一个下雨的日子，两个英国网球手球瘾难熬，他们独出心裁地把网球搬到了餐厅的桌子上。用轻薄的赛璐珞球代替软木球和橡胶球，已经是二十世纪初期的事情，"乒乓"是形容赛璐珞球与球拍和球台接触的声响。当年的乒乓球是欧洲贵族的游戏。他们怎么也无法想象，二十世纪的下半叶，众多中国少年正在水泥球台或者门板的两端挥拍鏖战，这种地方竟然也可以奇妙地充当世界冠军的摇篮。

我就读的中学保留了一张陈旧的木制乒乓球台，许多地方油漆剥落露出了木芯。这是我们日日向往的圣地。当年，我们的球拍如同一柄短刀插在背后的腰带上，中午早早地聚集在学校门口等待开门。我们不断地把那一扇铁管焊成的校门摇得哐啷啷地响，不耐烦的看门老头终于骂骂咧咧地出来，慢吞吞地将一把巨大的挂锁打开。我们迫不及待地一拥而入，所有的人都以百米冲刺的速度穿过操场扑向走廊上的乒乓球台。先行抵达的人气喘吁吁地翻身攀上球台，一屁股坐在桌面上，这个行为宣告了课前一个小时左右的球台使用权大局已定。某些时刻，这个公认的游戏规则可能遭到践踏，例如一批街头的小混混大摇大摆地闯入学校。他们不由分说地抢占了球台，而且强求我们派出一个代表陪同他们打球。我就是在一次陪球之中突然领悟，可以用放高球的方式间接地驱逐他们。我退至远台放出一个个旋转各异的高球，那些小混混不知是计，他们通常模仿电影之中的运动员跳起大力扣杀。三板五板之后，他们开始气喘如牛；不到十分钟，那些小混混就会把球拍一撂扬长而去。我与几个同伴暗中一笑，弱者以退为进的圈套终于奏效。这个计谋的一个附带成果是，小混混的强权主义催熟了我的放高球技术。

我相信这一代许多人都有大同小异的乒乓球故事。那一年在北方的学术会议上遇到一位文学教授。这位仁兄额高发稀，谈吐不俗。他在聊天之中发狠地说，如果手里有一杆枪，他就要抢一幢海滨别墅，然后在别墅中央的大厅里摆上一张乒乓球台。一惊之下，我躬身询问，果然是同龄人。我对于他的好感始于这几句话，而不是日后他的几本影响广泛的学术著作。不幸的是，这位文学教授几年前患上了抑郁症，并且在一个闷热的午后从十多层高的大楼窗口跳下来，慨然辞世。我猜想他中年之后没有机会打乒乓球，否则，是不是会有另一个迥然相异的结局？

我没有仔细地算过自己的乒乓球球龄，四十多年了吧？当然，现在已经到了持续退步的季节。尽管乒乓球的技术含量远远超出了体魄的强壮，但是，这一副躯体还是慢慢跟不上了。首先陷落的是膝盖。多打几局球，膝盖就会在上楼梯的时候隐隐作痛。没有一个强悍的膝盖，许多乒乓球战术遭到了限制。传统的左推右攻必须满场飞奔，膝盖自作主张地缩小了步幅，有些球差了一两寸居然够不上了。发球抢攻是乒乓球的著名战术，可是，膝盖的疼痛形成了某种精神阻力，侧身击球的那一步突然就不想跨出去。一个球友建议练习直拍横打，这可以有效地弥补脚步迟缓的缺陷。王皓的表演让我们感慨了许久。因循的思想惰性多么顽固呵，直拍横打与横拍的反手击球如此相似，可是，偌大的乒乓球界至今才捅破了这一层窗纸。现在，这个迟到的技术发明对我还有意义吗——肌肉松软，动作僵硬，我是否还有足够的精力改弦更张？我还在犹豫不决的时候，另一个烦心的失误开始频繁到访：多次的挥拍扣球竟然扑空，飞在空中的乒乓球仿佛身子一缩从球拍底下钻走了。我不解地看着球拍发愣，另一个球友微微一笑：老花眼了吧，对不准焦距了。这时，我终于想到了这些症状的一个总称——老了。廉颇老矣，尚能饭否？

年龄是运动的天敌。德高望重的年龄到来的时候，足球、篮球或者排球一个又一个地滚出了我们的生命。庆幸的是，乒乓球并没有势利地将老者驱逐出门。每隔一段时间，我就有机会与一位退休的老教授交手。他使用的是老式的球拍和老派的战术。赢下了一局，老教授就会得意扬扬地在球台旁边踱步：告诉你们，我已经六十三岁了！时至如今，老教授已经六十七岁，每一局获胜之后他仍然要自豪地宣布自己的年龄，如同一台老式挂钟一丝不苟地报时。这时，我第一次意识到一个对比：专业选手可以向世界冠军冲刺十年，我们这一帮业余的家伙可以悠哉游哉地享受乒乓球五十年。

或许，我还是低估了享受乒乓球的期限。我在一家乒乓俱乐部遇到一位老者。他的实力稍逊，在我的调遣之下任劳任怨地围绕球台左右奔波。几局球赢下来，我擦了擦脸上的汗水赞叹说，老人家有六十来岁了吧，腿脚还那么灵便。老者轻轻一笑：我已经快八十岁了。当时，我惊奇得说不出话来。那一刻开始，我决定更改我的偶像。庄则栋或者马琳、王皓这些人退到了幕后，我的偶像现在由这一位白发稀疏、皮肤红润的老者担任。乒乓江湖天高地阔，功名利禄仅仅是少数人紧张地盯住的目标。他们忙碌地穿梭于各个赛场上演惊心动魄的剧情，并且押上了各种荣誉和奖金收入。相反，我们这一帮业余的家伙逍遥自在，屡败屡战，率性奔跑在自己开拓的空间。

到来一只狗

壹 到京城参加一个著名会议之后返回家中，我的旧毛衣已经垫在一个不大的竹筐里，毛衣上坐着一只小黄狗，毛茸茸的小家伙用栗色的眼睛无辜地看着我。天气寒冷，小家伙的两条前腿有些抖。

太太解释说，狗窝异常重要。初入家门，小狗会把毛衣上的气味永久贮存在记忆之中，作为第一主人的标记。挑选我的毛衣，即是委托我做第一责任人。小黄狗舔了一些牛奶之后蜷曲在竹筐里睡着了，如同乘坐一条小竹筏漂来的不速之客。没有籍贯和家族姓氏，没有品行鉴定档案、来访动机，一个带有体温的小生命不由分说地塞到手上，拒绝已经来不及了。

一个成熟的男人似乎必须有些特殊嗜好，譬如吉普车，加上一条大狗。这两者将与粗布牛仔裤、翻皮高筒皮靴以及辛辣的烟卷气味共同组成男子气概。粗犷与孤独是男人的境界，狗是一个孤独男人的唯一伙伴。野旷天低，暮云四合，一个男人坐在门槛上默默地吸一支烟，一条狗安详地趴在他的身边，电影都是这么演的。尽管如此，我还是没有准备好养狗。我是一个怕麻烦的人，况且也不怎么孤独。

或许我得承认，我还有些脆弱。一条狗的寿命只有十来年；一个活蹦乱跳的生命不可阻挡地在主人的眼皮之下衰老，皮肉松弛，动作迟缓，最终气息奄奄，但是，它对于主人的依恋始终不泯，最终的诀别摧人心肝。卷入这种伤感的故事不啻于额外的情感折磨。我宁可回避。另外，一个友人遭遇的情节也多少吓住了我。由于偶尔施舍了几块面包，一只流浪狗不屈不挠地尾随这个友人返家，再也不肯离去。不久之后，友人察觉这只流浪狗已经怀孕。照料一窝小狗显然超出了他的负担能力，友人决定放弃。他驾车载上狗，辗转数十公里来到一个相对富裕的村庄。各安天命吧，他将狗推出车门后一溜烟地疾速驶离。然而，当他驱车返回家中，这条狗已经躺在门口大口喘息，长途奔跑之后几近虚脱。它泪眼汪汪，目不转睛地盯住友人，企图挣扎起来。事后他说起这一段依然心有余悸：一条狗进了门，你就绝不能再想抛开它。

我听明白了，我的选择权仅仅是——要不要让一只狗进门。

然而，这只小黄狗自作主张地破门而入，而且已经大咧咧地睡到了我的毛衣之上。太太叙述这件事的时候使用了"缘分"一词。进入花鸟市场，路过一个装满小狗的铁笼子。一大堆小狗在笼子里翻滚嬉闹，唯有这只小狗趴到笼子的栏杆上冲着她摇尾巴。她拐个弯走到了另一侧，这只小狗又蹒跚地转过来，双眼无邪地仰望，尾巴摇动如旗。太太再也挪不动双腿，她断定这就是"缘分"，于是掏出一千五百元把它带回。她所能了解到的资料仅仅是：拉布拉多，来自加拿大东南部的名犬，亲善快乐，资质优良者可以训练为导盲犬——但是相当贪嘴。女儿无双为这只狗取了一个略为欧化的名字——卡普。因为她的一只毛绒玩具狗就叫卡普，同时，她正在画的三册绘本是一只卡通狗的故事，这只卡通狗也叫卡普。

我对于"缘分"这种说法将信将疑。上帝真的在两个生命之间设置了密码吗？但是，我相信没有多少人可以拒绝笼子里那些憨态可掬的小狗。遇到街头的狗贩子，我多半硬着心肠尽快离去。否则，那些天真无邪的眼睛和柔软的小爪子很快会叫人迈不开双腿。

有次小黄狗睡得从竹筐里摔出来，四脚朝天地滚到地上。它居然没有醒，一只小爪子盖在脸上继续打呼噜。真要是个没心没肺的家伙倒好办，我心里暗暗企盼。

贰 我估计太太带回这只小狗，多少受到友人间话题的影响。如今养狗的人如此之多，坊间传诵着形形色色养狗的趣事。一个友人在屋顶上养了五条狗。晚上坐在客厅里看电视，五条狗一溜地趴在面前，专注地研究他的表情。他的一颦一笑都会产生不小的骚动。友人满意地感叹：这不就是帝王的享受吗？另一个友人养了一大一小两条狗。他端坐在沙发上，两条狗分别占住了他的左右手。他抚摸了一下右边的大狗，左边的小狗就会不满地哼起来，吃醋争宠。这不就是一妻一妾的梦想吗？

然而，我始终觉得，养狗是一件严肃的、甚至严重的事情，不可轻易触碰。养几条金鱼，养一只啁啾的画眉或者一只肥胖的猫，这些事无非怡情养性，闲暇的时分逗自己一乐。而一只狗的到来，性质远为不同。我们可以得意地享受狗的忠诚，然而，过多的忠诚必定演变为一副沉重的枷锁，牢牢地将双方铐住。即使主人轻率地背叛抛弃，狗从来不会企图报复。它的一如既往终将逼迫主人无限内疚地返回。所以，没有足够的热身，我们的内心无法负担这种忠诚。日本拍摄过一部影片《义犬八公》——狗的主人上班途中出现意外不再返回，这只狗每天傍晚来到车站等待，十多年始终如一，直至皮毛不再光滑，四腿无力再也跳不上车站的花坛。许多人甚至不敢看这部影片，过重的情义也能深深地刺伤人心。我常常想，狗的性格如同古典社会的遗风：义重如山，一诺千金。现代社会的一个特殊品格是轻佻。整个世界正在大拆大卸，弃旧图新，没有多少人愿意画地为牢，为自己套上各种精神重轭；现代人潇洒如风，善于抛弃或者替换，从陈旧的服装和家具、款式过时的冰箱和汽车到相互厌倦的情人。这时，一只狗摇着尾巴坚定地追随左右，不离不弃，简直叫人不知所措。如果重新决定一个负责的选择，我现在大约还是要勾no。

卡普的到来是太太即兴开始的一个故事。现在，我不得不抖擞精神，对付诸多的后续情节。当然，最初我怎么也料想不到，那些细枝末节在后续情节之中占有如此之大的分量，譬如狗毛。事先为什么没有听到人们抱怨无所不在的狗毛？墙角，衣服上，客厅里，四处飘拂的狗毛犹如春风里让人打喷嚏的柳絮。当然，更为麻烦的是狗屎。遛狗之际必须带上小塑料袋，必要的时候得将手套在塑料袋里抓起地上的狗屎蛋。没有在马路上抓过热乎乎的狗屎就称不上养狗。我曾经抱怨狗屎的臭味，太太正色地说：美国总统的私人庄园里，那些签署总统令或者按核电钮的巴掌照样要抓狗屎蛋。我不知道这是否杜撰，但是，她的严肃态度迫使我接受这种观点：清理狗屎显现的是一个人的责任心。嫌弃臭味显然是纵容个人品德的缺陷。

太太负责的工作相对文雅，譬如，培养卡普的高贵风度，调理卡普的浮躁性格。这些活计肯定比预想的困难，我猜她时常受挫。我曾经在书房里听到她在另一个房间愤愤地对卡普说：你真是无聊呵！知道什么是无聊吗？不知道上百度去查！我暗笑，猜想卡普是端坐在她面前聆听训话，还是不耐烦地逛来逛去。

当然，太太的工作还是显出了初步成效。卡普很快学会了按照主人的口令坐下、握手和趴下。不过，这些举动显然用于换取口腹之乐。卡普常常专注地盯住太太手中的食物，一面敷衍地伸出前爪拨拉一下充作握手。如果看不到吃的，它多半兴致索然，甚至讪讪地转身而去。太太不止一次地用恨铁不成钢的口吻叹息：卡普呵卡普，你真是没有出息，你那小脑袋里百分之九十九的想法都是怎么吃。

这的确是一只无比贪吃的狗，什么都吃得津津有味。肉食、青菜、地瓜、萝卜、马铃薯、各种水果、糖、鸡蛋壳；我们甚至不得不费神猜想，它究竟不吃什么？太太曾经将辣酱装在一个盘子里送到它跟前，卡普舌头一卷，半盘辣酱不见了，再一卷，盘子干净了。还曾经喂它半杯的高度白酒，喝下不久它有些步态摇晃，在客厅走出了两条S形的弧线，眨眼之间又泰然自若。我不止一次地想象，它的腹腔里究竟装备了一个多么强悍的胃？

卡普似乎永远没有吃饱的时候。每一回端出狗食，它总是欢欣鼓舞地原地打转，然后凌空跃起表示庆贺。不是刚刚吃过一顿，怎么如同饿了两个星期？风卷残云般地吞下配给的狗食之后，卡普会专注地将铁锅的每一个角落舔得锃亮。确认再也没有什么可吃的，它气恼地叼起铁锅往空中一甩，哐当当地一阵响，直至铁锅倒扣在地。如果顺手扔给卡普一根大骨头、一个馒头或者一枚生地瓜，它要围绕着战利品前仰后合地跳一阵桑巴舞，制造各种仪式延长获取意外之财的巨大欢乐，然后专注地趴在地上，用前爪圈住战利品，龇牙咧嘴地慢慢享用。

我们家匀出一条狗的口粮大致不成问题。然而，卡普的可恨在于，常常让我们在大街上难堪地颜面尽失。套上狗链子带它出门，卡普无论如何装扮不成一个有教养的绅士。它总是伸长脖子在马路上东嗅西嗅，发现什么可吃的就一口叼住。对于这条狗说来，"可吃"的范畴远远超出了通常的认识。除了一般食品，包装食品的塑料袋、泡沫饭盒、方便面的纸罐子乃至冰棒棍子都是它的捕猎对象。有时我们不得不蹲在马路边，费力地将这些垃圾从它嘴里抢下来。我从未在马路上遇到这么不体面的狗。别人的狗迈着小碎步跟住主人，昂首挺胸，尾巴翘得高高的，骄傲的神态如同一个穿上了钢箍长裙的公主。自惭形秽之余，太太终于忍不住牢骚：拉布拉多，也算出身名门，卡普呵卡普，你怎么会如此没有尊严呢？

那一天我带卡普出门。经过楼梯拐角，它竭力挣扎着向一边伸出头去，我只得略为松了松狗链子。看到它兴冲冲地伸出舌头将抛在墙角的一枚烟蒂卷入嘴里，气得我一脚狠狠地踹在它屁股上。卡普吃惊地嗷了一声转过头来，满眼疑惑。

我后来猜想，它肯定无法明白：胃口好又有什么不对呢？

叁　忙碌而琐杂的日子里，卡普不过是我们心目中一个长毛的大玩具。玩具的大部分时间肯定是扔在某一个角落，我们没有耐心仔细揣摩卡普的心思。一条狗又有什么资格要求特殊的精神待遇？所以，很久之后，我才试图用另一种眼光解释卡普发动的著名战役——对于家里的鞋子展开全面攻击。

我想不起来这个战役是什么时候开始的。总之，很短的时间内，家里的各种鞋子惨遭卡普利齿的摧残。皮鞋的鞋面咬破了，高跟鞋后跟的带子断了，塑料拖鞋仅仅剩下半截。太太拍下了损毁的皮靴照片发布在网络上，赢得了一片同情的啧啧之声。我从鞋柜里取出一双崭新皮鞋，惊愕地发现鞋子内里的皮垫子不见了。太太宽慰我，没有人能看得到鞋子内部；我的调节能力一定会很快适应行走之中左高右低的感觉。当然，狼狈的场面最终还是不可避免地出现。入住宾馆的时候，收拾房间的服务员偶然看到搁在墙角的皮鞋，她脸上流露的神情令人发窘。相当长的时间里，家里所有鞋子的摆放位置必须超过一米五，太太几双珍贵的鞋子甚至小心地搁到冰箱顶上。

攻击鞋子大获全胜之后，卡普开始扩大战果。它放肆地撕咬嘴巴够得着的一切玩意儿。茶几上的电视遥控器，沙发上的老花眼镜，甚至嚼烂了墙角插座的电线——不知道为什么它的鼻子居然避开了电流的袭击。可以预料，它最终必定会踩在沙发上入侵我的书架。某一天早晨睡眼惺忪地从卧室出来，忽然发现客厅的地板上铺满了残破的书籍，一条狗嘴里叼着几张书页冲着你洋洋得意地摇尾巴，你会不会想大喊大叫？

我的确有好几次真的大喊大叫。脱下脚上的拖鞋抓在手中气势汹汹地扑过去的时候，卡普迅捷地钻到楼梯底下，蹲伏跳跃，卖力地向我展览各种战斗姿态，它肯定认为逗乐的时刻开始了。直至被揪住项圈拖出来，嘴巴和屁股遭到狠狠的抽打，它开始浑身发抖，翻着白眼一声不吭地坐在那里接受惩罚。必须承认，这时我的脑子里肯定冒出了扔掉它的念头。

远在异地的无双对于卡普充满了童话般的浪漫想象。她的持续叙述之中，卡普显然扮演了一个可爱的小精灵，以至于她的众多小伙伴甚至打算长途跋涉，来到这个城市探望卡普。听到我们的愤怒控诉，她总是这么安慰：这是狗的青春期叛逆，一年之后它就安静了。一年的期限到了，无双小心翼翼地打来电话：卡普是不是变成小天使了？得知这个家伙顽劣依旧，无双自作主张地延长了期限：一年半之后保证脱胎换骨。一年半的期限到了，卡普的冥顽不化终于让无双心虚起来。她委婉地引用网络上的一条消息安慰我：据说某个人家的一条狗淘气得让主人受不了；一个炎热的下午，男主人单独将这条狗带到街心花园密谈了两个小时，从此这条狗老实了。我再度天真地燃起了希望——怎么遗忘了思想教育的伟大传统！我连忙请她在网络上查询，男主人阐述了哪些励志的格言。不久之后她回话了：网络上的大部分留言都是求演讲稿，不幸的是，那一位男主人再也没有下文。

如今回想起来，大约是另一条消息阻止了我的怨恨持续上涨：专家研究表明，狗常常因为孤独而产生破坏欲。报复性地咬坏各种带有主人气味的物件，这是狗思念主人的特殊形式。想象一条狗孤独地卧在各种碎片的中央，嗅着这些碎片上的主人气味安慰自己，我的内心突然感到一阵酸楚，于是决定谅解卡普。

卡普特别憎恨我和太太上班使用的包。它常常扑上来，凶猛地撕咬我的公文包，甚至跳起来把太太的挎包从肩上扒下来。它显然已经发现，这些可恶的包不断地把主人带到一个它无法企及的世界。上班时间整装待发，卡普总是追到门前百般阻挠，甚至不知羞耻地一把抱住我的大腿。这时，我与太太不得不相互掩护着撤离。一个人向远处扔一块饼干，或者引诱它攻击一个空的矿泉水瓶子，另一个人疾速地开门。侧身闪到门外的时候回头瞟一眼，总是发现兴高采烈的卡普突然怔住了，痴痴地望着我们。

这时，必须立即把门掩上——哪怕迟疑一下就可能丧失关门的勇气。

肆 所有的人都知道狗依恋主人，然而，只有狗的主人才知道每一条狗不同的依恋形式。

我与太太每天晚上都在二楼的电脑前工作，卡普必定坐在通向二楼楼梯的最高一层——我们用一块窄窄的木条拦住楼梯口，阻止它上楼捣乱。卡普嘴里发出各种哀怨的小声音吸引我们注意；若是恩赐般地看它一眼，它就会持续地摇动尾巴，以至于它身后的那一面墙壁被尾巴刷得油光发亮。长成了一条肥胖的大狗之后，楼梯的狭窄木板几乎无法容纳它的身躯，但是，卡普仍然夹紧屁股颤巍巍地坚持在那里。有时疲倦得无法支持，它会跑到楼梯的拐角小睡片刻，醒来之后立即又不懈地坐到原处。

偶尔有机会上楼，卡普念念不忘的一件事情是抢占我们的卧室。它一定意识到，主人在每个晚上总是长时间地消失在卧室的门板背后。发现我们开始睡觉之前的洗漱，卡普立即会抢先进入我们的卧室。它站在床铺旁边探头探脑，对于门外的饼干等各种诱饵高度警觉——有机会扑上前一口叼住立即退回屋里。有时必须两人合力才能把卡普拽出房间。即使被项圈勒得两眼翻白，它的屁股仍然顽强地下坠，四爪撑住地面竭力反抗。

一个人悠闲地靠在躺椅上阅读，一条狗驯顺地卧在他的脚下——这种经典的电影镜头从未出现于我们的家里。卡普的参与感太强了，它随时试图插手家中正在发生的一切事情。也许，这是它慷慨地表达自己的爱意？种种迹象表明，我们与卡普使用的语言系统无法精确地互译对接。至少，卡普的示爱话语过于草率和粗豪。

人类的示爱话语是一门深奥而微妙的学问。眉目传情，鸿雁传书，"欲得周郎顾，时时误拂弦"，西门庆勾搭潘金莲的时候，王婆为之设计了十几道严密的程序，缺一不可；阿Q鲁莽地跪在吴妈面前，露骨地宣称要和她"睏觉"，于是，鸡飞蛋打的时刻到了。卡普的加拿大祖先哪里传授过这些秘诀？所以，这个家伙总是把一个柔情似水的场面搅成混乱的无厘头。

为了制造亲切感人的家庭气氛，我不时会伸手抚摸卡普。可是，这个家伙的毛躁配合多半不得要领。它激动地伸出爪子又抓又挠，甚至钩住衣服的袖口，以至于我不得不尽快地缩回巴掌。星期天上午阳光甚好，卡普逛出阳台造访书房，太太正在那儿敲打电脑键盘。卡普犹犹豫豫地把它的前爪搭上太太膝盖，试图爬上去。这个没有眼色的家伙始终不明白，它那六七十斤重的躯体怎么可能搁到太太的大腿之上？太太不耐烦地扭开转椅甩下它的爪子，它又换一个方向重新尝试。无趣地碰了三四个钉子之后，卡普就会来到另一张桌子和我搭讪。我正得意地挥毫泼墨，它把前爪搭上桌子摇头晃脑地欣赏。可恨的是，这个家伙的伪装甚至维持不了一分钟。我正待蓄势落笔，它的一只爪子啪地按到了宣纸上；我愤怒地把它的爪子推开，另一只爪子以更快的速度伸过来。除了立即把它轰走，这种故事不会有别的结局。

携带卡普出了家门，它觉得遇到的每一个路人莫不如同失散多年的亲眷。卡普撒欢地向人们奔去，起劲地摇动尾巴乐呵呵地表示亲善，然而，它的过度热情总是换来一阵阵恐惧的尖叫。每逢这种时刻，我们只能竭力抽紧狗链子，嘴里一迭连声地道歉，再道歉。

伍　我终于向太太提出了这个问题：咱们家的卡普是不是有点儿傻？用北京话说，就是有点"二"。承认这个痛苦的事实需要一些勇气，犹如承认自己的子女不怎么聪明。

卡普初入家门的时候，我们殷切地期待它长成一条聪明伶俐的大狗，骄傲地充当左邻右舍的谈资。太太曾经多次提到当年住宅附近的一条明星狗。这条狗每天早晨与傍晚单独出门两次。第一次嘴里叼一个篮子，其中零钱若干，一张纸条注明主人所需的早点。这条狗目不斜视地跑到早点的摊子，如数买好之后，叼着篮子矜持地跑回家中。傍晚它又在众目睽睽之下出现，嘴里仍然叼有零钱若干。它跑到报亭要一份晚报，而后转身一颠一颠地离去。这个街区所有的人都认识这条狗，它的出行如同每日不辍的定时表演。相形之下，卡普黯然失色。一个多年养狗的作家曾经语调铿锵地鼓励我们：什么人养什么狗，你们家的狗肯定傻不了。现在，我猜太太一定有些失望了。所以，提出这个问题的时候，我已经想好了安慰之辞：傻一点儿没有什么关系，我们又不指望卡普考一张名牌大学的文凭，家里也不需要它为各种开销算账。

　　卡普没有机会参加海关缉毒或者刑事案件侦破训练，也不会到马戏团里表演加减乘除。它的日常时间大部分生活在阳台的玻璃门背后，一日两餐的等待无法显示它的小脑袋拥有多少智商指数。我的记忆仅仅搜索到它的一项擅长：开门。如果没有锁好阳台的几扇玻璃门，它能够在最短的时间夺门而出，呼啸着冲进客厅。一个友人家养了一只藏獒，一样隔离在阳台的玻璃门背后。试图进入客厅的时候，藏獒只有一种单调的表述方式：伸出强壮的前爪，执拗地敲打在玻璃门的同一地方。藏獒看到的世界没有缝隙。卡普显然愿意动一些脑筋。它在玻璃门背后来回踱步，伸出爪子哗哗地抠每一道可疑的裂口。如果哪一个插销没有扣上，它会迅速地察觉。然而，这种擅长没有多少意义，鸡鸣狗盗之技而已。况且，智商指数超过藏獒算不上什么。藏獒素来以剽悍忠勇著称，过多的思想只能对这两种品质产生干扰。一个足智多谋的军师决不会满足于与一个骁勇的武士比试智力。

　　卡普有点儿傻——我的内心曾经不断地躲闪和回避这个结论，但是，某些事实还是不容置疑地搁到了面前。譬如，遭受斥责或者惩罚的时候，卡普的简单态度是不是证明了智商的低下？一个友人的狗听到主人责骂儿子，它就会知趣地躲到床下，等待风暴的平息；另一个友人的狗遭受批评之后会低头羞愧一个下午，并且在适当的时候讨好地用头轻轻地蹭主人的裤腿表示歉意。卡普从来不可能如此多愁善感。它表示不满的发泄方式是，站在玻璃门背后斜眼盯住人两秒，然后一甩头不屑地扬长而去。事情的可笑在于，卡普的生气通常维持不到一分钟。仅仅在阳台上绕了一两圈，它已经忘了刚才的不快；走完第三圈返回的时候，它的内心创伤已经平复——它又开始起劲地摇尾巴了。哪怕是犯了过错遭受体罚，它似乎皮厚肉实记不住疼痛，没有过多少时间就故伎重演。太太感慨地说：这条狗的脑容量太小，记不住多少事情。

　　当然，由于它的简单性格，卡普的为非作歹始终不存在阴险的意味。它叼着一块毛巾逃走，一面斜着眼看我们，力图引诱我们参与它追逐与逃亡的游戏——这就是它所能设计的最为复杂的圈套。另一个友人的狗显然老谋深算。它的主人从餐桌上带回一块肥肉，到家之后顺手喂了家里的另一只小狗。这只狗对于不公的分配方式持有异议，但是，它不露声色。它的报复方式是，乘着主人到浴室洗澡的时候，悄悄地将他搁在茶几上的手机叼起来，扔到院子里的雨水之中去。

　　心头无事一床宽。卡普是一条没有心计的狗，它常常坦然地在阳台上酣睡。我不断地回想起第一次看见它睡得从竹筐里摔出来的情景，一个没心没肺的家伙。卡普那天依旧躺在阳台的阴影里，我在玻璃门边站立了很长时间仍然没有把它惊醒。卡普的四条腿伸得笔直，嘴里叽咕几声犹如梦话。我突然觉得，这哪像是一条狗，这不是一只猪吗？就是在这个时刻，我清晰地意识到卡普的智商问题。

不过，如今我已经不再为这种愚蠢的问题伤神。一个晴朗的傍晚，我在自己的忧虑背后听到了上帝的笑声。我终于醒悟，这种问题的提出仅仅证明了我的虚荣。我们习惯于按照人的模式衡量狗，聪明与否的尺度是智力、思想而不是嗅觉。狗是上帝送给人类的一个忠诚伴侣，它摇着尾巴围绕在膝盖前后，陪伴我们共渡纷扰的世事，彼此排遣孤单和寂寞。可是，我们习惯了居高临下，试图逼迫狗模仿人类坐在餐桌旁边吃饭，热衷于竞选总统和谈生意赚钱，偶尔写一写诗歌，并且精通电脑程序——我们忘了，一条狗的智商是为自己的生活配备的，它没有必要冒充初级版的人类。

尊重卡普的智商即是尊重上帝赋予另一个生命的职责。我没有资格自作聪明地评论，上帝为什么分配给众多生命不同的天赋。庄子已经意识到，万物齐一。我想，我更适合做的事情是，完整地解读卡普。

这样，我渐渐地看到了另一个卡普。

陆　卡普从阳台夺门而出，在客厅里一阵疯跑。它弓起身子箭一般地跃出，四足腾空如同一匹草原上的奔马；背后看上去，耸动伸缩的背脊如同一道起伏的黄色波浪滚滚而去。通常，卡普总是要憋足一口气往返奔跑六七趟，躯体积蓄的能量才会稍稍释放。家中的走道很短。接近走道尽头的时候，它的奔跑不得不急速刹车。最后的一两米，卡普往往后倾躯体、撑直四足溜冰似的滑过去——我仅仅在美国动画片《猫和老鼠》之中看到这种镜头。当然，这种特技常常失手，它多次因为速度过快而啪地一头撞在了门板之上。尽管每一回卡普都将家里的桌椅撞得乒乓乱响，但是，我决定不再制止它发疯。我相信这是它独享的某种绽放生命的仪式。

家里太小的客厅拘禁了卡普的步伐，它的梦想一定是漫山遍野地奔跑。嘈杂拥堵的城市怎么可能接纳这种梦想？于是，我幻想当上一个小学校长。星期日学校放假，我可以和卡普一起在操场的跑道上驰骋。

无论如何，阳台是一个过于憋屈的天地，卡普无时不在渴望出门。晚饭之后，看到我取出狗链子，它一定要激动得大声喘息，甚至按捺不住咬着链子不放。乘坐电梯从楼上下来，它焦躁不安地坐在门口等待。电梯门哗地打开，它就迫不及待地扑出去。我担心它的出门动作过大惊吓他人，这时总要勒紧链子，放慢速度。卡普被勒得站立起来，仍然不肯改变前冲的姿态，因而总是靠两只后脚撑着身躯一步步跳出电梯，看起来形同一只笨拙的澳洲袋鼠。到了大楼外面，卡普疾速冲到一丛竹子下面，跷起脚来对着竹根哗地激射一泡憋了许久的尿，然后扬眉吐气，顾盼自雄。

开始了社区的巡视之旅，我与卡普都是一副东歪西倒的姿态。它伸长了脖子，试图把我拖入路边和小树丛或者草地，我不得不拔河似的把它拖回。有时它会笔直地伫立在马路中央，警觉地掀动耳朵，如临大敌。我知道无非是一只老鼠或者一只青蛙闪过路灯下，但是，我没有理由取笑它小题大做。这不就是它心目中企图颠覆社区的恐怖分子吗？当然，我也不想劝诫它，不要恃强凌弱，威风凛凛地追赶树丛中一只瘸腿的老猫。如果它摆出一副慈善家的嘴脸，一定是破坏了狗世界的江湖行规。卡普曾经与一只土狗打过一架。尽管对方的个头比它小一半，但是，卡普竟然被咬破了鼻子。当然，这也是不打紧的事。哪一家的男子汉出道之前没有遭受几下暗算？路上遇到陌生的狗，卡普仍然猖猖地吠着，想要挣脱链子往前扑。有了这种架势我就满意了，至少它不是一战丧胆的孬头。

卡普还没有恋爱的经历。不知道理应促成还是绕开各种姻缘？附近一户人家站在窗口看到了卡普的堂堂相貌，曾经托人为他家的母狗说媒。我们没有积极响应。卡普鸿蒙未开。可是，开启欲望之门，带来的是痛苦还是欢乐？人生识字忧患始，一条狗又何尝不是？许多时候，知道的愈多，苦恼愈甚。

我们的耐心开始增加，卡普的另一些细节进入了视野，例如讨吃时故作端庄地调整坐姿，尾巴三百六十度飞快打转；生气时下巴一翘头一甩，一边跑动一边斜视着我们，鼻孔哧哧喷着气；受罚时则梗着脖子一动不动地认罪服法，神情几乎是大义凛然的。我们同时还发现，卡普极不愿意被人摸脑袋。主人的抚摸会使多数的狗很快安静下来，然而，卡普总是在我们的巴掌之下触电似的跳起来，并且疾速转过身来严阵以待。太太猜想，它之前一定遭受过某种特殊的创伤，只不过它无法陈述痛苦的记忆罢了。另一个奇异之处是卡普对待洗澡的欢乐态度。几乎所有的狗都对洗澡深怀恐惧，一个友人一拿起专用的那条浴巾，他家的狗就飞快躲到柜子底下。这种人类的清洁方式尚未在狗的基因之中登记注册。然而，卡普多半是雀跃地进了浴室。蓬头里的热水喷到身上的那一瞬，它突然安静地坐了下来，任凭热水浇遍全身，甚至伸出了脖子，温顺地把头靠在太太的胳膊上，任人搓揉。这时，我突然想到了无双的那句问话：卡普是不是变成小天使了？

有一天我突然发现太太一个新特点：说起卡普时会下意识模仿它动作，无论是坐姿，还是翘下巴甩头，甚至那种逆来顺受的表情，都与卡普的神似。我会心一笑，卡普真的成为家庭一员了。

柒　追随人类的众多动物之中，狗的名声稍逊于马。二者的共同性格是忠贞不贰，至死不渝，但是，名马的传奇往往与历史典故或者赫赫战功联系在一起，例如项羽的乌骓，关云长的赤兔，刘备的的卢。马的身后是苍莽的草原，险峻的边陲，风驰电掣，大开大阖，楼船夜雪瓜洲渡，铁马秋风大散关；相对地说，狗是家常的，如同一个家臣奔走于住宅周围，主人与狗的情义交织在无数家长里短的细节之中。

一个友人转来了美国养狗证上的九句话，每一句话都是以狗的口吻叙述。通常，这种小温情的语言对我已经失效。但是，有了一条卡普前后跑动，这几句话突然悄悄地打动了我。

九句话之中的第三句话是："你有你的生活，你的朋友，你的工作和娱乐，而我，只有你。"对于卡普说来，这是一个简单的事实，可是，我先前始终未曾意识到。我们每一天早晨风风火火地出门，谈天说地，嬉笑怒骂，阅人无数，百般滋味；卡普竟日枯坐在阳台的玻璃门背后，等待我们回返的那一刻。无论我们是春风得意、酒足饭饱还是身心俱疲、烦恼丧气，卡普总是等在那儿，决不失约。这种交往当然不对等，可是它心甘情愿。下班之后返回家里，卡普在阳台的玻璃门背后焦灼地蹦跳、吼叫，要求得到及时的安慰，甚至委屈得声音都变了。我常常觉得不耐烦，记不起来它的焦灼积累了一整天等待的重量。我们以主人自居，慷慨地提供食物和居所，可是，这并不能弥补对于它的感情亏欠。

不少时候，感情债务的偿还要比钱财难得多。一个明智的做法是尽量削减感情投资的往来。太太多次表示，内心要与卡普保持一些距离。我当然听出了她心里的纠结。一条狗只有短短的十余年。当它不得不离去的时候，我们的内心会因为收不住脚步而狠狠地摔伤。然而，这种担忧的存在表明，我们的感情投入已经太多了。

这时，九句话之中的最后一句提醒我们，不能仅仅沉溺于伤感，或者说，伤感不能成为后退的理由："当我已经很老的时候，当我的健康已经逝去，已无法正常地生活，请不要想方设法让我继续活下去，因为我已经不行了，我知道你也不想离开我，但请接受这个事实，并在最后的时刻与我在一起，求求你一定不要说'我不忍心看它死去'而走开，因为在我生命的最后一刻，如果能在你怀中离开这个世界，听着你的声音，我就什么都不怕。"

卡普到来之后，我已经没法继续推托还没有准备好。我开始接受太太使用的"缘分"一词，当然，需要重新解释："缘分"不仅意味了一个注定的偶遇，不仅是开心地相聚、逗乐或者一同到草地上嬉戏；也不仅是购买食物、遛狗、洗澡以及收拾狗屎，而且，"缘分"还包括直视一条狗的生与死，承受由之而来的各种精神损耗。一条狗总是毫无保留地将自己抛给了主人，所以，"缘分"的认可包含了承接的勇敢——这种勇敢意味的是，用一双胳膊托住另一个生命的重量。

书籍的天地

——自序《南帆书话》

壹 进入书房，我即刻想到了那两个为时已久的愿望。书房里的书籍始终杂乱地堆放在那里，东一叠，西一摞，参差交错。我时常想象，如果有几架壮观的书橱沿着墙壁排开，这些书籍就能够收藏得井然有序。书橱可以是木制的，也可以用瓷砖和着水泥砌在墙上；一个读书人甚至全部用玻璃建造书橱，玻璃与玻璃的接榫处使用不锈钢的架子固定起来。构思书橱的形状并不是一件困难的事情。书籍的外观——书籍的厚度、尺寸——如此地雷同，这种长方形的物体对于书橱的设计仅有最为简单的要求。

除了书橱，另一件愿意做的事情是，为这些书籍写一些文字：介绍，感想，纪念，评价，争辩，举荐，如此等等。这样，我突然触摸到了书籍的又一种形式。我惊讶地发现，这些书籍内部的文字组织远不像它们的外观那样朴素。相反，这时的书籍面目迥异，个性倔强；再也没有一种统一的尺码能够规范它们了。一本书可能奇崛突兀，另一本书可能一泻如注；一本书可能桀骜不驯，拒人千里之外；另一本书可能热血偾张，仿佛正要一跃而起；一本书可能门户森严，关隘重重，但是那些文字的深处又有某些神秘的辉点持久地闪烁，诱人悬想不已；另一本书可能善解人意，娓娓而谈，让人恍如回到了外婆的膝下……我的惊讶促使我持续地和这些书籍对话，我写下的这批文章毋宁说是这些书籍所产生的回响。不知不觉之间，集腋成裘，这些文章也到了汇聚成书的时候了。

那几架壮观的书橱至今还在我的想象之中。也许恰恰因为简单，以至于我迟迟提不起真正的兴趣；相反，这些对话所包含的某种紧张乃至某种对抗却使我享受到了对弈的快乐。这部著作能够比那几架壮观的书橱更早问世，这是我意料之外的事情。

贰 我时常站到图书馆的一排排书架面前冥想不已。

我的想象之中，书架上面的一本本书籍不仅和读者发生关系；同时，这些书籍之间还隐藏着一种难以发现的秘密呼应。例如，这部马克思的著作之中摘引了多少黑格尔的语录，而黑格尔的著作又融会了多少古希腊哲人的智慧？哪怕仅仅从字面上疏通这几首唐诗，我们不是也要去翻一翻汉诗，翻一翻《诗经》，翻一翻先秦诸子的著作吗？想要知道爱因斯坦的意义，不知道牛顿的学说怎么行？想要知道牛顿的历史位置，不知道"地心说"怎么行？这样，书架上的许多书籍串通起来，它们的根须穿过了不同的时代和不同的作者，在文化知识的地表下面互相衔接起来。我将自己想象成一只蚯蚓，从这本书拱入那一本书，寻找这些书籍之间种种奇妙的通道，直至发现了一个足以让自己思想栖居的空间。无论如何，我十分乐于做一只这样的蚯蚓。

夜幕降下来的时候，图书馆里的书架还是那么平静吗？不，这时的书架猛烈地震颤起来了。一个个昔日的英雄、美人从书籍的封面背后踱出来，他们继续着过往的战争和爱情。青龙偃月刀、加农炮、套着裙箍的长裙和题上了情诗的手帕交替出现，栩栩如生。我目瞪口呆地看着这一切，仿佛在一瞬之间同时看到了全部的历史。确实，图书馆的一个重大功能即是，让不同年代的历史聚拢到同一个屋顶下面。

书籍真实地制造了一个梦幻般的世界。

书籍梦幻般地制造了一个真实的世界。

叁 阿根廷的博尔赫斯是一个神秘的作家，他对于书籍同样具有神秘的体验。他专门著文考察过书籍崇拜的历史，这种崇拜致使"书籍不再是达到目的的手段，而是成了目的本身"；博尔赫斯别致地解释过中国的秦始皇焚书——在他看来，这种焚书是为了废止过往的历史，重新开创时间，这是与"始皇"之称相互配合的举动。意味深长的是，他的小说《沙之书》明显地流露了对于书籍的恐惧。

《沙之书》的主人公买到了一本奇特的书。这本书像沙子一样无始无终，人们无法翻到它的第一页和最后一页；它的每一页都不重复，也不会第二遍出现。人们甚至无法把它付之一炬，因为"一本无限的书烧起来也无休无止，使整个地球乌烟瘴气"。

这是一个含义丰富的象征——书籍包含了一切。博尔赫斯的恐惧暗示了一个问题：书籍会不会成为统治人类的另一种可怖的专制？书籍包含了一切，同时也就吞噬了一切。人们还能不能创造书籍之外的生活？

确实，我们常常天真地觉得，我们在书籍面前拥有绝对的主动。无论书籍之中正在上演什么——无论是精彩纷呈的辩论、剑拔弩张的格斗还是勾心斗角的阴谋、生死不渝的恋爱，只要我们用力合上书本，所有的故事都会哗的一声退回原处，锁在封面和封底之间而无法溢出。这些故事又怎么可能对我们的生活构成威胁呢？

可是，如果不是盲目地乐观，我们还会想到另一些问题：我们周围还有没有书籍之中未曾描述过的亲子关系、性爱模式、战争动机、享乐欲望、权力向往——一句话，我们还有没有未曾让书籍覆盖的人性？如果完全毁弃书籍的教诲，我们还有没有能力安全地生存和繁衍？

这不仅仅是博尔赫斯的问题。

肆 一个书籍的时代导致了书籍崇拜的衰落。那个时候，书籍无比神圣。如果书籍只能铭刻在竹简上面，那么，这种艰巨的写作形式本身即已包含了拒绝废话。那个时候的人们认为，只有说出了真理的经典才有资格享有书籍的荣誉。当然，反过来也一样：书籍里面的话语也就是真理的表述——这显然是书籍崇拜的一个重要源头。

除了作者的真知灼见，书籍生产同时还必须拥有足够的写作条件。这样，权力和财富无形地垄断了写作、知识和真理。

现代印刷术无疑带来了书籍生产的巨大解放，文化民主是这种解放的必然后果之一。书籍生产不再神秘，参与书籍生产的人数前所未有地增加了。如同人口爆炸一样，现在同样是一个书籍爆炸的年代。可是，在人们心目中，书籍与真理之间的联系是否依然那样牢固？

是不是可以想象，作家的增殖速度将由印刷厂的数量来决定？这样，一些作家的写作不再源于真理的发现，而是为了填补那些嗷嗷待哺的印刷机器。于是，许多书籍卸掉了神圣的传统，它们甚至不再稀罕古老的崇拜。

这样，"开卷有益"这句话已经令人生疑；某些书籍的阅读只给人们留下一个结论：告诉你认识的所有人，再也不要读这本书了。

这个书籍的时代，书籍的功能正在改变。愈来愈多时候，"真理"这个词正在为一个更为时髦的词所置换——"信息"。书籍不过就是信息。

伍 我从来不像收藏家那样精心地保养书籍，我总是放手地使用书籍。俨然之中，我觉得我是书的主人，而不想充当书的奴仆。

我时常在书籍之中留下各种记号、眉批；我时常在许多书页上画出了表明重点的横杠，这些横杠歪歪斜斜，不成敬意；我懒得使用书签，阅读中断的时候总是毫不珍惜地将书页折起来；我读过的书本很快就脏了，整本书合起来的时候显得比原来厚。我没有觉得这是对于书籍的损害；相反，我感到这些变旧了的书籍才能真正和我的生活融为一体，成为我个人的组成部分。

因为这样，我不太愿意将我仔细读过的书籍借给他人——这就像不愿意随便在陌生人面前敞开自己一样。

阅读的确是十分个人化的一种活动。我甚至不太愿意回答他人的提问：最近读些什么书？如果我正在阅读的书目没有得到提问者的响应，我会暗暗地高兴。一个人有理由为自己独特的阅读趣味而自豪。

由于礼尚往来，也由于读书人之间的习俗，我同样得将自己刚刚出版的著作赠送他人。这时，我的心中经常掠过一些不安。我不愿意这样的赠送成为一种无形的阅读干涉——这会不会强制他人阅读我的著作？

陆　我站立在时间之轴的某一点上。历史上已经存有许许多多的书籍，未来还将出现许许多多的书籍。我在这两批书籍之间左顾右盼，就像寓言之中那一只面对着两堆稻草而不知所措的驴子。

有时候，我把远古想象得十分辉煌。那一部伟大的典范之作就在那个时候诞生。世界因为这本书而获得了基本的秩序。现今的所有书籍不过是这部典范之作的阐发、解释、复制、回响。尽管许多作家并没有读过这部典范之作，但他们都曲折辗转地从中得到启示，接受训诫。否则，我就难以解释，为什么现在的作家能够信心十足地写出那么多的著作——他们的依据在哪里？

有时候，我又把未来想象得十分壮丽。当下的世界尚未就绪；人们难以满足的是，那一本终极性的典范之作仍然缺席。许多人已经将眼光投向了不远的未来，积极地断言这部典范之作将在何时何地冉冉地浮现。所以，现今的每一个作家都在孜孜不倦地写作，他们梦想着这一部典范之作经由自己手中创造出来。这构成了一个时代最为宏大的写作动机。

我不知道哪一种想象更为合理一些。我站在时间之轴的某一点上，我的阅读面对哪一个方向——过去，抑或未来？

柒 一个经常读书的人生了重病，住院治疗。病愈出院之后，他对旁人说：饱读诗书，百无一用。一本书无论如何也挡不住疼痛和发烧。我总算明白了，面对坚硬的现实，书籍是一种自欺欺人的东西。

另一个并不经常读书的人生了重病，住院治疗。病愈出院之后，他对旁人说：幸亏有了那几本书，否则，我真不知道该怎样熬过病床上的时光。我总算明白了，面对坚硬的现实，书籍是一种抚慰人心的东西。

我不想判断哪一种经验更为正确，我只是记起了德里达的一则轶事。

德里达是法国最为著名的现代哲学家之一，解构主义的鼻祖。德里达的一系列著作强调符号之间的差异关系，否认符号本身具有确定的意义。因此，许多解构主义式的解读常常抹消了一个文本的固有含义；解构主义看来，文本的固有含义时时都在自我消解，文本不过是符号本身的自由嬉戏。解构主义的兴起成为西方哲学史上的一个重大事变，人们声称解构主义动摇乃至颠覆了西方哲学的形而上学基础。于是，德里达也从一个备受争议的人物逐渐成为一代宗师。1992年3月，德里达和另外一些著名哲学家应邀赴牛津大学讲演。讲演结束之后，一位报纸评论员在评论之余顺便通知读者，除了德里达，所有的讲演者均已将讲演所得的报酬捐献给主办机构。这一则失实的报告让德里达大为光火。他措辞激烈地致函报纸，声称这是对他人格的侮辱。尽管这位评论员连忙惊慌地道歉，德里达意犹未尽。然而，这一场笔墨官司却引起另一些旁观者的窃笑。这些人看来，德里达为什么不洒脱地以他自己所倡导的游戏精神解构那一则失实的报告；同时，如果他人同样以德里达式的解构解读他给报纸的声明，那又会有什么样的戏剧性效果？

这一则轶事显示了哲学在日常的事务之中所遭受的挫折。可是，哲学存在的一个基本设定是不是就在于，人类不仅仅生存于日常的事务之中？

返回日常事务与挣脱日常事务，书籍的意义是迥然相异的——即使德里达这样的人也不例外。

捌 经典的尴尬。

事实证明，许多经典并非一问世就能得到出版商和读者的青睐。经典的先锋性质常常迫使它不得不经历一段痛苦的沉默。出版商的拒绝或者读者的冷淡无疑是这种沉默的首要原因。

当然，没有理由断定，出版商必然会背弃经典之作。如同名牌商品一样，经典同样是商人的宠儿。一旦确认为经典，即使像《尤利西斯》这样的晦涩之作也可能成为竞相出版的对象。可是，一部经典的确认不可能一蹴而就；一些社会学家的统计资料表明，至少要横穿二十年的阅读检验而未曾沉没，这样的书籍才有可能被尊为经典。这是一个严酷的"时间差"。

多数出版商没有必要为经典的问世承担不可推卸的责任。考虑到资金的周转速度和难以预测的风险，他们不想贸然为可能的未来经典投资。另一方面，严酷的"时间差"又秘密地剥夺了经典作者的利益。的确，历经漫长的销售，一部经典赢得的利润可能超过许多畅销书籍。然而，这些利润已经和经典作者绝缘。今天的人们仍然津津有味地阅读《红楼梦》，可是"举家食粥"的曹雪芹又能得到什么？凡·高的名画正在以天文数字的价格出售，而这种价格又怎么能拯救凡·高于穷困潦倒之中？这个意义上，经典产生的利润和经典的创造者中断了联系。经典书籍与经济利益之间的良性循环并未使应该受益的人受益。如果只有未来的出版商充当坐享其成的最后赢家，那么，当今还有多少人会为经典的产生竭尽全力呢？

玖　七十年代末，法国哲学家利奥塔在他那本著名的《后现代状况》之中写下了一段话："到目前为止，学术知识已经转换成电脑语言，教师的传统角色将被电脑储存库替代，教师的授业内容也将转让于'传统记忆库'（如图书馆等）和电脑记忆库的器械，学生可以坐在终端机前随时调用。"的确，时间的推移已经让我们看得越来越清楚——电脑已经全面介入我们所置身的这个世界，成为一种超级的控制系统。电脑为这个世界制造了许多令人惊讶奇迹，它甚至改变了知识这个概念的根本含义，改变了传统知识机构之中种种既定的配置。

这理所当然地改变了书籍的位置。

在电脑出示的检索系统面前，昔日的类书又算什么？在一张光盘的储存量面前，图书馆的形态是否还能依然如故？在终端屏幕的立体图像面前，文字还有那样的魅力吗？在电脑网络面前，许多出版物还有存在的必要吗？

一个兴趣"不明飞行物"的小团体曾经创办了一份属于自己的刊物。这个小团体通过这份刊物交流种种感想。然而，这个小团体的成员分别拥有了个人电脑之后，一件意味深长的事情出现了。某一天下午，这个小团体的一个成员电话通知其他人：他们可以打开自己家里的电脑，通过网络阅读他刚刚写就的一篇论文——从此，这个小团体的刊物寿终正寝。这件事情象征了什么呢？

仓促地预言书籍时代已经进入尾声，这可能操之过急；然而，预言电脑将在诸多方面掠夺书籍的传统领域，这绝非危言耸听。或许目前还很难判断电脑可能产生的全部后果，但是，人们已经看到了一场革命的种种征兆。在这场革命的惊涛骇浪之中，书籍可能赢得什么样的地位？这是所有迷恋书籍的人所共同关注的问题。

寄给自己的明信片

　　突然得到通知，两天后赴巴西和阿根廷。南半球那一块倒三角的陆地终于一下子临近了。

　　这一趟行程耽误了许多事情，例如西藏之行，例如访波兰。七月份以来，每个星期开始的时候，我总是被告诫不要外出，等待出发；然后在每个周末听到例行的安慰：希望就在下一周。迟迟未能成行的原因有许多：开始时听说巴西大使馆忙于看世界杯足球赛，无暇签署文件；后来又听说某个关键的官员休假。一切都过去之后，传来的消息是，邀请函上有个小问题。待到这个问题解决，阿根廷的邀请已经过期。重新补上阿根廷的手续，巴西的邀请又只剩了几天。我对整个计划感到绝望的时候，不知道哪一句"芝麻开门"的咒语突然灵验了起来。于是，一个筹划得如此漫长的旅行如同仓皇出逃般地开始了。

　　北京飞往法兰克福乘坐的是中国国际航空公司的飞机。五个同行的伙伴被分散到机舱的各处。十个小时左右的航程，我身边坐着一个丰满的德国姑娘。她用飞机上的蓝毛毯将脑袋和身体一起裹起来，下巴支在前座的椅背上，一言不发地看大屏幕电视播放的喜剧片。除了打瞌睡，我就着座位上的小灯阅读一份有趣的旧报纸。我们彼此都没有搭讪的愿望。

抵达法兰克福，我们在机场的免税店里兜了几个小时。比较了照相机、手机之类小电器与国内市场的差价之后，我们又爬上了巴西航空公司的一架大飞机。透过舷窗可以在夜色中看到，长长的机翼末端向上折起来。一个伙伴说这是法国的"空中客车"，后来又改口说是美国的"麦道"。这架飞机很空，每人可以占好几个座位。飞机退出机位滑向跑道之前突然停了下来，一停就是四个小时。我在座位上很快睡着了，根本不关心广播里的葡萄牙语说了些什么。一个坐在前舱的伙伴后来告诉我，迟迟不能起飞的原因是机械故障。一批人在机翼下面折腾了半天无法排除，又换了一批人才算解决问题。我心里开始犯嘀咕。不久前巴西的两架飞机在机场上空相撞——据说是调度的错误。电视屏幕上播放过两架飞机的残骸。

法兰克福飞往巴西的圣保罗大约十二个小时。机舱的舷窗拉上之后，我似睡非睡地待在一个黑暗的机器中，机器浮游在黑暗的万米高空。后排座位上有个巴西老头平均三分钟狠狠地擤一次鼻涕，然后嘟嘟噜噜地和他的夫人说些什么。我的支离破碎的梦境充满了裂帛一般的擤鼻涕声音。另一个胖子横躺在三张座椅上，肚子和大腿都用保险带勒住。大约是梦魇，他突然停止了打鼾嗬嗬地大叫起来。四周的几盏小灯都亮了起来，他又呼呼地睡着了。迷糊了一阵，我突然发现后舱一扇没有关严的窗口射入一缕红光。打开舷窗的隔板，我看到了南半球的破晓。飞机左下方的云层裂开了青色的一个小口子，小口子里炉火般的红光愈来愈强劲。

回到座位上，不知不觉地又睡着了。迷糊地觉得耳朵一阵阵胀痛，睁开眼睛发现飞机正在下降。十来分钟之后，飞机平稳地滑行在圣保罗机场的跑道上，机舱里响起一阵掌声——我从来不知道还有这个仪式。懵懵懂懂地跟随众人解开保险带打开行李架，忽然听到机舱里一个人用汉语询问同伴，刚刚那个金头发的小伙子像不像巴西的一个国足？这时我才真正清醒过来：巴西到了。

2006年10月27日

在圣保罗机场办完了出关手续，托运的行李已经堆在传送带旁边。我们立即转机飞往北部城市玛瑙斯。当然，是冲着那一条全世界最大的河——亚马逊河。

距离玛瑙斯还有一个小时的航程，地面上已经郁郁葱葱的一片。据说这即是热带雨林。亚马逊河周围发达的水系网状分布。从空中往下看，地面众多蜿蜒的河流如同一群盘旋的蛇。飞机越过浊黄的亚马逊河面，向上折起的机翼仿佛掠着热带雨林的树梢降落在跑道上。

玛瑙斯是一个松松垮垮的城市，地广人稀。不少房子就是用石棉瓦简单地搭盖起来，水泥墙上粗粗拉拉地涂一层嫩黄或者鲜蓝的油漆，偶尔会看到一条长长的裂缝。这里的气温远比预计的高。我不得不换上唯一的一件短袖T恤。酒店的房间里竟然有中央电视台四套和九套节目。熟悉的事件和播音腔调让人恍惚起来——我是不是乘坐了几十个小时的飞机来到了另一块土地上？

塞了一肚子巴西烤肉后，我们看过了化石般纹丝不动的鳄鱼、甲壳上长着厚厚青苔的乌龟和一片镶在镜框里号称世界上最大的一片叶子。酒店大堂有一家卖宝石的小店面。高大丰满的巴西女店员正在热络地做生意。她用计算器显示宝石的价格，唯一能说的汉语即是怪腔怪调的"便宜"、"便宜"。晚上被邀请到当地一家很有历史的剧院看歌剧。一批打扮成印第安人的演员急促地在舞台上奔跑跳跃，我却仰在靠背椅上可耻地睡着了。

玛瑙斯稀稀落落地摊在亚马逊河边。亚马逊河发源于秘鲁山区，浩浩荡荡地数千里奔波，千回百转，丝毫没有衰竭的迹象。当地人的带领下，我们站在游艇的甲板上看到了一次水的搏斗：一条黑河斜刺里插入亚马逊河，咖啡色的波涛与亚马逊河浊黄的河流相持不下，泾渭分明。两条河流如同两条蟒蛇纠缠翻滚了十多公里，亚马逊河终于将黑河吞入腹中。

返回的途中，我们顺道看了看岸边的热带雨林。热带雨林大树参天，树枝和藤蔓互相缠绕。阳光只能透过枝叶的缝隙斑斑驳驳地漏下来。拣一根木棍敲打树干，梆梆的响声传得很远。当地人说，只要踏入树林十余米，人们就会在千姿百态的树木之间迷失方向，找不到归途。只有几幢粗陋的吊脚楼建在树林的边缘。几个棕色皮肤的汉子蹲在地上满手油污地修理摩托艇。亚马逊河发大水的季节，热带雨林的下半部都淹在水里。河里的鱼成群结队地游进来，吞食树上丢下的果子。

印第安人的传说一直编织在这条大河的故事之中。途经河边的一座小岛，当地人称之为食人岛。他们说，至今仍有一批手执长矛、涂花了脸的印第安人嗬嗬地叫着，兔子一般地奔蹿在热带雨林深处。那一年四个追捕逃犯的警察不知深浅地上了岛。两个警察被那里的印第安人活活吃掉了，另外两个屁滚尿流地逃回来。谁也没把这些传说当真。这条神话般大河天生就是传奇的源头。

回酒店的路上，一个同行的伙伴特地到小摊上买了一支印第安人的吹箭：一个管子用五颜六色的鸡毛装饰起来。用嘴一吹，管子里噗地射出一支短箭，砰地钉在两三米开外的靶子上。

2006年10月28日

待在玛瑙斯的最后一个上午，到农贸市场逛了逛。摊子上大米、水果、书以及草帽、拖把等日用品和面具、木刻等工艺品并不便宜。按照收入和价格的比例，这里的生活费比中国高出不少。一个当地人推荐包在塑料袋里的Ganana粉。这种粉可以冲出清爽可口的饮料，而且还可以增强性功能。一个家伙满脸狡猾地从摊子底下拿出一个穿黑袍的小木头人，装模作样地挥手叫妇女回避。他按了按木头人脑后的一个按钮，一个硕大的阳具蓦地从黑袍下挺出来。阳具用油漆刷得光滑锃亮，头部被漆成大红色。围成一圈的观众先是吃了一惊，尔后哄然笑成一片。

农贸市场的隔壁是一个大鱼市。那里可以看到亚马逊河的各种鱼类。有的一两米长，有的巴掌大小。鱼贩子有一搭没一搭地做生意。一个年轻人将塑料桶倒过来夹在两腿之间，嘭嘭地拍打出舞曲的节奏，几个围在四周的年轻人情不自禁地摇晃躯体。鱼市的角落里搁一张台球桌，几个人懒洋洋地一会儿一杆。当地人不愿意生活得太紧张。常常可以看到一堆棕色皮肤的汉子聚在路边，见了陌生人就高兴地晃晃大拇指。亚马逊河将这一大片土地泡得松软肥沃，随便插一根木棍就可以发芽。既然二餐不成问题，他们就有理由过得懒懒散散。打起领带神色谦卑地侍奉董事长，这种活没有太多人想干。这里的主食是木薯粉，许多人吃成了大胖子，塞进小轿车就出不来。墙角一个穿连衣裙的大胖女人居高临下地拥抱一个坐在椅子上的干瘦男人，场面令人感动。路边开张了许多简陋的咖啡摊子，零零落落的塑料椅上总有人坐着，啜着香气扑鼻的咖啡。我的目光无意地落到一个头发稀少的小老头身上。他坐在一张小桌旁专心致志地吃一片烤鱼，衬衫上污迹斑斑，裤门的拉链没拉上，可以看得见里面的蓝色内裤。老头仔细地撕下一丝一丝的鱼肉放进嘴里，似乎世界上的任何事情都打扰不了他。身后的码头尘土飞扬，坑坑洼洼；亚马逊河上迄今还没有建成一座桥。然而，这又有什么关系？只要这条大河存在，老头就能够神色安然地吃他的烤鱼。

下午乘飞机二进圣保罗。机场检票慢得出奇。一个英俊的伙伴上前恭维检票小姐的美貌，试图调动她的积极性。检票小姐笑得很开心，可是手头更慢了。飞临圣保罗时天已经黑透。摊在地面的灯光四处伸展，空中看起来犹如一只闪闪发亮的八爪鱼。奇怪的是，飞机降落时却一头扎进了云团，机翼和机身在巨大的气流之中强烈地颤抖。挣脱云层的那一瞬，我突然看到圣保罗的灯光就在机翼底下，如同母鸡翅膀下一群攒动的小鸡。飞机距离地面如此之近，我暗暗有些心惊。

这几日正遇上巴西总统大选。在圣保罗机场取行李的时候，投票的统计有了眉目。出身贫穷家庭的上届总统卢拉可能连任——他正在电视上与支持者握手。我一面等着传送带上的箱子，一面看着挂在墙上的电视，心里突然转过一个念头：但愿大选顺利。如果引起什么大的骚动，我们很可能会守着箱子滞留在某一个机场的角落——这时，我清晰地意识到自己是个异乡人。

我们仅仅在圣保罗逗留一个晚上，次日早晨乘飞机赴里约热内卢。接站的当地人劝我们不要离开酒店上街。这个一千多万人口的城市不安全。大家在车上谈起了不久前的一次骚乱：毒枭和警察在城里激烈地枪战，双方都有不少死伤。车窗外灯光柔和。

昏暗的街道静谧安宁，看不出什么。当然，我们不想冒险。看了一阵巴西的电视节目就早早地睡了。下半夜照例无可挽救地醒了过来，独自躺在陌生的黑暗之中想心事。

第二天上午离开时，我在酒店大堂里取了一叠免费的明信片。打算将自己每日的见闻记录在这些明信片上——寄给自己。

2006年10月29日

里约热内卢的基督山当然有名。但是，谈论里约怎么可能不提到海滨的沙滩呢？我们的汽车拐上海滨大道，一个大浪轰地卷上了发白的沙滩。这是大西洋了。沙滩上的沙子晒得发烫。我把脚伸到海水里浸了浸，凉彻肌肤。许多家五星级酒店沿着海滨大道铺开。据说还有一些名头很大的小咖啡馆和酒吧，那里有自由性爱、毒品、嬉皮士、摇滚乐和哲学讨论。

同性恋者用彩旗在沙滩上围出自己的区域。剩下的地方，谁都可以躺下来晒太阳。一身古铜色的男人当然只穿一条泳裤躺在沙滩上，或者坐在躺椅上；女人穿的是比基尼：两块小花布稍稍掩住乳房，一条窄窄的花泳裤仅仅包裹一小部分的屁股。许多女人趴在沙滩上，一眼望去是一片起伏的屁股—— 一个伙伴悄悄地拍到了这么一张相片。靠近海滨的街道，穿着比基尼的女人们三五成群地走过，丝毫不觉得羞涩。她们朗声大笑，屁股上的肌肉一兟一颤，偶尔还要回过头抛一个媚眼。我们和当地人讨论起巴西的美学观念。她指着墙上一幅桑巴舞小姐的宣传画说，巴西人崇尚日光浴晒出来的棕色皮肤。女人的理想身材是丰乳翘臀——屁股要向后撅起，英俊的男人得有胸毛。我们几个面面相觑，看起来都没有什么希望。

里约的每一个游人如织的处所都有提着微型冲锋枪的警察巡逻。当地人警告我们，天黑之后不要到沙滩散步。那时警察撤了，不法分子开始出没。不久前一批意大利游客被抢劫，一个企图反抗的游客惨遭枪杀，横尸沙滩。晚上我在酒店的露台上往下看，沙滩上阒无人迹，只有大西洋的涌浪寂寞地来来回回。

汽车经过里约的十字路口遇到红灯。两个晒得如同泥鳅一般的小孩突然跳到汽车跟前，一个站在另一个的肩头玩起了杂耍——两只手轮番抛着三个球。片刻之后，他们收了小球挨个敲着车窗讨零钱。当地人提醒，遇到这些小孩得把照相机攥紧——他们可能一把抢过来就往贫民区跑。那是警察也不敢轻易踏入的地盘。

里约的市区簇拥着几座小山头。一些山头坐落着别墅和高层住宅，这不奇怪。奇怪的是另一些山头：杂乱的破房子一间叠一间地向上垒起来，密密麻麻地挤满整个山坡，远远望去如同一个大蜂窝。这些房子有的刷了石灰，有的仅仅是砖头和着泥巴，还有的干脆就是几片木板搭起来的。这是穷人聚居的地方。四通八达的小径如同迷宫，路面的石块凹凸不平。一群穿背心的汉子表情阴沉地蹲在某一个路口。哇呜哇呜的警车到了这里就主动停了下来，警察探了探头表示没发现什么，然后就一溜烟地开车走了。不久前警察深入搜查一个贫民区，动用了坦克和直升机进行掩护。对于外人说来，这里不啻于一片危险的丛林。站在里约街头，转向右面遇到的是酒店、别墅和棕榈树下的沙滩；掉过脸来，左面的山头上就是一大片乱坟般的房子层层叠叠，肆无忌惮地坦陈在市政府大楼的对面。贫富悬殊。欧洲的马克思曾经为无产阶级不懈地呼吁，南美洲的切·格瓦拉捐出了血肉之躯。可是，里约并未变得好一些。

腰包里没有那么多钱，巴西人惯于分期付款。商场里面，许多商品标的是分期付款的价格。无论是服装、计算机还是电视机或者家具，分期付款是将生活一个个零件拆开了买回来。离开里约的时候，我们听到的最后一个消息是，购买一双鞋子可以分期四次付款结清。

2006年10月30日

里约到伊瓜苏的飞机照例晚点。整个航程始终颠簸不断。临近伊瓜苏的时候下起雨来，舷窗上的雨水被扯成一根根细丝。飞机在雨中剧烈地颤抖着降落，后轮重重地砸在跑道上，忽地弹起两米多高。所有的人都惊出一身冷汗。幸亏勒着保险带。飞机孤零零地停在机场中央，我们只好拎着行李冒雨冲入候机楼。

伊瓜苏是巴西、阿根廷、巴拉圭三国交界处的一座小城。我们待在车上看了看小河另一边的巴拉圭：一排低矮错落的小房子夹着一幢高楼。连接两个国家的水泥桥栏杆被漆成了不同的颜色——国家就是符号。伊瓜苏仅有两三条街道，各种热带植物的肥大叶子被小雨淋得湿漉漉的。陪同的当地人不让我们下车。他说伊瓜苏抢劫不断，游人是劫匪首选的捕猎对象。几日前一个高级官员和他的随从被洗劫一空。两辆疾驰而来的汽车前后夹住他们的车辆，几支枪指着脑门，口袋里所有的东西都乖乖地掏出来。巴西没有死刑，枪支可以轻易地搞到手，许多游手好闲的家伙囊中羞涩的时候就客串一回劫匪。车辆缓缓行驶，我们一面观看街上的店面，一边紧张地观察街头闲荡者的脸色，如同进入敌占区似的一阵阵发毛。伊瓜苏的咖啡很有名，几个伙伴想买一些。陪同的当地人拗不过，带我们潜入一家超市。汽车轰轰地发动着等在门口，我们匆匆忙忙地搜索货架，慌慌张张地交钱，然后拎着塑料袋一头扎进车厢一溜烟地开走了。一个不想买咖啡的伙伴站在超市门口抽烟。一个大肚皮的巴西汉子对他咧嘴一笑，吓得他两腿发软。事后回忆起来，如此惊恐更像是我们打劫了超市。

当晚住在一个高尔夫球场边的几幢小别墅里。这里远离市区，劫匪没有心情跑这么远。第二天早晨醒来的时候听到附近有人弹奏钢琴，反反复复，犹犹豫豫，总是同一首曲子，总是在同一个地方断掉。站在阳台上四处张望，周围只有一片矮矮的林子。声音从哪里来？

上午我们去看伊瓜苏瀑布。一个巨大的瀑布群，气象万千。每个人都掏出照相机，照相照相照相。我当然知道，日后冲洗出来的相片如同一幅假的画面。相片之中不可能有雷鸣般的巨响，不可能有空气中密密的水滴。可是，除了照相，我们还有什么挽留这种景象的办法呢？

离开瀑布的时候又下起雨来。我们在雨中过了海关进入阿根廷。前往布宜诺斯艾利斯的飞机迟迟不来。我枯坐在机场的一扇大玻璃窗前研究外面的棕榈树、草地和几辆出租车。一只大嘴鸟倏地飞过，随后又有几只敛翅停在树枝上。不知道要等多久。周围的乘客仍然表情安详，机场的角落里一个教授和几个学生嘻嘻哈哈地跳起舞来。这儿的姑娘多半穿低腰牛仔裤。肚脐眼和滚圆的肚皮下面短短的一截拉链，仿佛在诱人伸手往下一拉。一个年纪大的伙伴很不屑地说，这里的女人笨得连裤子都穿不清楚。几个小时之后，最终盼来的是一架小飞机。一个伙伴掏出座位上的说明书看了看叹口气：又是"麦道"。这种老机型多年前就退出了中国的天空，"麦道"公司已被兼并。我不想说什么，听天由命。飞机吃力地升空爬出了云层，最后一抹夕阳透过舷窗射在前排乘客的金黄头发上。颠簸瞬间突然中止，周围只有一片均匀的引擎声。长天如洗，我的忐忑不安一下子消失了。

2006年10月31日至11月1日

罗马式建筑、街头雕塑、公园的大草坪、掩映在绿树背后的别墅以及大玻璃隔出的花房，布宜诺斯艾利斯的确具有欧洲风格。据说，那几条青石路面铺的石料就是从欧洲运回来的。清晨的阳光穿过楼房的间隙将马路分割成一个个方块。人行道拎着提包的人们行色匆匆地上班——巴西见不到这种景象。一个十字路口上方悬挂了一个巨幅广告：一个赤裸的女人坐在一个赤裸的男人大腿上。我们几个人研究了许久，共同的结论是——估计是卖内裤的广告。内裤是这个广告画面之中的唯一商品。许多公共汽车站的旁边都竖着另一幅广告：一只优美的巴掌托着一个优美的乳房。一个伙伴正要赞叹阿根廷的性开放气氛，仔细一看——推销乳腺癌药品。

我总觉得布宜诺斯艾利斯有一点拒人千里的冷淡——人们的眼神冷冷的，笑容冷冷的，甚至会议室里的商务谈判也是冷冷的。白种人的骄傲。我看上了一家小商店墙上的一个风格奇异的面具。比比划划地谈了半天，那个穿牛仔裤的女店员居然连零头都不肯减免，气得我转身就走。

他们大约只有在谈到马拉多纳的时候才会露出真正的笑容。这个健壮的卷发汉子盘着球穿过整个足球场，背后跟着全民族海啸般的呐喊。这个家伙肯定比总统更有名。听说马拉多纳因为吸毒已经把财产倒腾得差不多了。但是，他仍然是偶像。一个立交桥的桥墩上画着好几幅马拉多纳的肖像。途经几幢楼房之间的一块小草坪，许多人都说，马拉多纳还是个野小子的时候就在这里踢球。

阿根廷人乐于夸耀的另一个项目是探戈舞。盛妆登场，高高支起的手臂，有力地甩头，大步迈进，急促地转身——让我有些意外的是，这种风格夸张的舞蹈是由码头工人创造的。当年码头的那一条小街和刷得五颜六色的铁皮屋至今犹存。那些闲下来的码头工人一群一群地聚在路边跳舞取乐。现在这个码头已经废弃。旁边是个死的港湾。港湾里挤满了几十条报废的舰艇，如同一个大坟场里重叠堆积的尸骸。许多老迈的舰艇如同衰老的大象喘着粗气挪进来，一头扎在河滩上，慢慢地睡着了。天长日久，它们日复一日地锈了，朽了。站在码头拍一张相片，心里突然闪出一丝歉疚——仿佛不小心闯入了这个城市的后院。

我们必须由布宜诺斯艾利斯乘飞机三进圣保罗，然后转机飞法兰克福。在机场办手续的时候，担心的事情终于来了。阿根廷航空公司自作主张地把我们卖给了巴西航空公司，班机的时间从下午两点半改为四点半。他们的理由是，因为取消了先前的一个航班，我们预订的航班超载。巴西航空公司濒临倒闭，大部分国内航线已经取消。如果四点半的航班晚点两个小时以上，我们将赶不上飞往法兰克福的班机。我们守着一堆行李在机场大吵大闹，从人权、国际惯例、消费者权益到骂娘的粗口，一个伙伴掏出电话威胁说要叫大使馆出面解决问题。机场的女领班金发碧眼，颊窄鼻高，不断打着坚决的手势，一口西班牙语铿锵有力——总之，毫无通融的余地。我们一屁股坐在行李传送带上，垂头丧气地商议了一阵，只得屈从。剩下的几个小时坐立不安。我们趴在机场的大玻璃窗上，望眼欲穿地盼来了巴西航空公司的"麦道"，看着自己的行李一件件地从传送带上运入机舱；清理机舱的工人刚刚离开，我们就迫不及待地冲上飞机占住自己的座位。机翼的长长影子投在草坪上，马达轰鸣，加速，翘首起飞，向着北半球。我再次看了看手表，长长地吁了一口气——现在不必想象被抛在某一个国际机场流离颠沛的景象了。

终于返回北京。一个伙伴托运的行李中途遗落在法兰克福，两天后才运回。另一个伙伴的旅行袋被强行撬开，损坏了拉链后又用塑料带子草草地扎起来——搁在旅行袋里的照相机消失了。这一趟行程的十几个航班，从来没有人检查旅客取走的托运行李是否吻合行李签的号码。对于我们说来，行李签的唯一用途是——投诉和报案。丢失东西当然倒霉。然而，这一路耳朵里灌满了恐吓和威胁，最终的损失仅仅是一部照相机，这又是令人庆幸的事了。有人问起巴西和阿根廷的桑巴舞、足球赛事盛况如何，我只能笑一笑，不知该说什么。

2006年11月2日至11月5日

草书的表情

壹 时常听到抱怨，草书难懂如同天书。一个笑话说，某大师酒后乘兴狂草一幅。数日之后，一个弟子小心翼翼地询问条幅之中的一个字。大师熟视良久，突然发起了脾气：为什么当时不问？现在我也认不出了！

我的想法是，何必执意认出每一个字？墨迹浓淡枯腴，运笔顿挫缓急，或者凝重如山，或者细若游丝，抚摸得到搏动于撇捺点画之间起伏的内心波澜，这就是懂得草书了。那些戏迷不在乎舞台上的故事情节，他们是为演员的柔软身段和激越唱腔而摇头晃脑。草书也是如此。跌宕错落，奔走踊跃，蓬勃之势潮水般地涌过纸面，至于写下的是李白的"黄河之水天上来"还是周敦颐的《爱莲说》，不是多么重要的事情。

恋人或者对手面谈的时候，脸上的表情常常充当了另一种语言。听到种种夸张的表白或者威胁性言辞，肯定还要看一眼对方的表情。忽略表情可能产生严重的误读。无声的书法也是有表情的。"厚德载物"也罢，"天道酬勤"也罢，"宁静致远"也罢，"清风遭怀"也罢，相同的词句可以写出迥不相同的书法表情。

草书甩开了一笔不苟的横竖撇捺，颐使气指，是篆、隶、楷诸体之中表情最为丰富的一种。颜真卿的《祭侄文稿》一把推开了正襟危坐的楷书，纵笔驰骋，不拘浓淡，率意涂抹窜改，一腔的悲愤跃然纸上。

龙飞凤舞是得意。银勾铁画是倔强。循规蹈矩有些方巾气。花团锦簇流露的是轻佻的脂粉气。王羲之当年与众多贤人聚会兰亭，流觞曲水，惠风和畅之间生死无常的哲学感叹没有切肤之痛。据说他的《兰亭集序》是微醺之际的书写，字形俊朗，风神飘逸。然而，日后的《哀祸帖》终于丧失了那一份优游自得："频有哀祸，悲摧切割，不能自胜，奈何奈何，省慰增感。"《哀祸帖》刚硬硌人，不暇修饰，第一行的几个字形同仰天哀号。

很长的时间里，我仅看过怀素的《自叙帖》。呼风唤雨，飞沙走石，阖上的字帖仿佛仍然有长长的呼啸回旋。因此，日后读到了怀素的小草"千字文"，不禁大为吃惊。这是他六十三岁的作品。相对于《自叙帖》，小草"千字文"安详恬淡，漫不经心。书法史对于这一件作品赞不绝口。所谓苍劲静穆，所谓法度精严，甚至称之为"千金帖"——一字千金之谓也。然而，我在字里行间看到的是一个随和淡然的老者。岁月终于抚平了心中的激昂，年迈体衰，心意骤冷，神志与躯体似乎都有些萎缩，当然，书法史更乐意将这种格调形容为"人书俱老"。

坊间一度流传过一则趣事。据说当年的不良路人时常在某书法家——一说是于右任，一说是启功，有人甚至说是郑板桥——寓所之外的墙角撒尿，秽臭熏人。书法家盛怒，挥笔疾书"不可随处小便"六个大字，张贴于墙上。可是，这张告示很快被人揭下拿走。不久之后，店里出现一帧裱好的条幅："小处不可随便"。我对这一则趣事一直有所怀疑。阻止路人胡乱小便的盛怒与教诲为人之道的一本正经肯定不是同一种表情。即使文字表述可以巧妙地偷天换日，作为书法必定气韵尽失。

古人手中的一管毛笔写奏折，写家书，写科举考试的试卷，一手好字如同一副好相貌赏心悦目。尽管如此，草书多半还是书法家的事。据说怀素的醉后草书往往提笔直接写在了长廊的粉壁上，"忽然绝叫三五声，满壁纵横千万字"。如此狂僧，只能充当行为艺术的主角。那些儒冠儒服的书生写的是娟秀的楷书，草书的嚣张风格很可能冒犯上司或者考官；公文之中出现讹误更是吃罪不起。想在朝廷或者衙门拿一份俸禄，书法必须和做人一般规矩刻板。

然而，现今的公文一律是标准的印刷体，年轻一代的书写已经变成了敲打键盘。书法走到尽头了吗？也许恰好相反。毛笔不再负担日常的各种书写，纯粹的书法意外地成为可能。狂放的草书卸下了识字的义务，开始重新抖擞精神。"久在樊笼里，复得返自然"。这时，草书可以是虎啸龙吟，可以是摧枯拉朽，一副灿烂的表情终于无拘无束地浮出纸面。

贰 偶然听说，人无癖好不可交。我正在盘算还有多少余裕接纳新的癖好，书法如同一个多年不见的老友不由分说地闯了进来。

上一回与书法相遇，大约是四十多年前。那时我还是一个混沌未开的青涩少年。我至今仍未明白，当年为什么仅仅流行柳公权的楷书。所有的人都在临写《玄秘塔碑》。仿佛有"颜筋柳骨"之说，但是，颜体并未赢得同等待遇。我的书法兴趣其实来自一本偶尔得到的隶书字帖。记得是唐人的隶书选字本，字形厚重，不似汉人隶书那么潇洒率意。临摹了一段时间，又借到一本残缺不全的草字汇，双钩的油印本。我设法弄到了一叠透明纸，细心地将整本字帖描了下来。这就是草书的启蒙了。一管毛笔开始在旧报纸上快速移动的时候，那个少年显然认为，草书比隶书有趣。当时并未将书法与遥远的"艺术"联系起来。我的私心是，一手好字日后可以到乡下写春联，换取几文报酬。家境不佳，必须早早筹划未来生计。当然，当时并未料到，数年之后的乡村生活与纸张、笔墨毫无联系。

我的生活再度拥有一张书桌时候，春联与书法已经成为过时的传统手艺。窗外的日子充满了工业的节奏，书桌的统治者无疑是电脑。我在键盘上飞快地敲打五笔字型，毛笔如同一个古老的传说湮没在斑驳的往事。很长的时间里，我与书法的唯一往来就是读一读字帖。书店里遇到一些名帖，总是忍不住要买下来。无非是二王，苏黄米蔡。陆机的《平复帖》以及杨凝式、张瑞图的墨迹就算较为偏僻的了。读帖是无言的对话。缓重的一点一画是隐忍，汹涌的笔势是慷慨陈词，古拙的横平竖直是心如古井，长长的枯墨是一缕不绝的歌谣盘山而过……当然，悠然心会，神交而已。发现了意外的精妙情不自禁，也不过伸出手指在空气中将某个字临写一遍。

再度握住毛笔，仿佛是突如其来的一念之间。那一天私下里讥笑一位热衷于题词的名流：披金戴银，搔首弄姿，如此俗气的书法怎么能不断地抛头露面？这时，太太随口应了一句：你怎么不想写一写字？我突然心里一动。哪里的一扇门呀的一声打开了。

腾出一张桌子，展纸研墨，熟悉的感觉穿过了四十多年的尘埃骤然弥漫开来。草书，墨迹淋漓，运笔如风，意想不到的快乐。年龄渐长，腰酸背痛再也不能率性地走南闯北的时候，草书是另一种驰骋。吸一口气，提一管狼毫毛笔满纸飞奔，这里有天马行空的任意。

"纸上江湖，笔墨风月"，这张条幅是为自己写的。从车水马龙之中脱身而出，一间空旷的屋子，一张大桌，一刀宣纸，一副笔墨，这就是自得其乐的时刻。

一幅得意，邀请太太分享。在我的威严目光逼视之下，太太只能虚伪地恭维几句，固定的辞令如同来自一台智能录音机。数日之后，自觉不佳，揉成一团往纸篓里一丢，心中快乐不减。

几幅字镶入镜框悬挂在墙上，不加裱褙。纸张微皱犹如乱头粗服，自有自然天真之态。有朝一日觉得了寡趣生厌，可以另行再写一幅换上。享受草书如同享受时装，心中快乐不减。

不时挑选两帧发布在微信上，若干文友捧场点赞。偶尔有方家路过，指指点点或者侧目而视。褒贬由人，心中快乐不减。

忽然想为自己的客厅书写一幅，然而屡屡不能得手。除了满地的纸团，整个下午一事无成。受挫之感潮水般地涌过，心中仍然快乐不减。

我没有写诗的才能，无法将一腔的心事托付于铿锵的句子。诗是少年的狂放，中年的故事多半是欲说还休。现在好了，草书不期而至。孙过庭的《书谱》曰："偶然欲书"。心血来潮的那一刻握住一管笔，点若飞石，横若枯木，盘旋若龙蛇，奔放若快马入阵，草书就是一个存放心情的空间。胸中有不尽之意，那么，铺一张大纸，挥毫泼墨，一片纵横起伏犹如无声的呐喊与长啸。

叁 书法史上兴起过碑帖之争。碑和帖可以形容为书法的两种表情。帖书写于纸张之上，宛转勾连，左右盘旋，仪态万方如同盛装美人；碑刻勒于石板或者山崖，耿直厚重，棱角分明，神情坚毅如同冷面大汉。清代之后，一些书法家厌恶帖的柔媚妍丽，宛约浮靡，矛头甚至直指二王。他们倡导临摹碑文，宁可朴拙木讷，有古意，有金石味，拒绝那种八面玲珑地讨好人的白面郎君。

现在似乎没有太多的人谈论碑帖之争了。坊间时髦的是现代书法。这个概念不是太明白，仿佛有日本书法的影响存在。许多人的字正在变成各种线条的写意，大小粗细极其错落，或者类同水墨的装饰画。如今还想和这些书法家谈论二王书法的神韵，大约就会像那些仅仅懂得异性恋而没有听说过同性恋的乡巴佬。我当然明白，这些书法家绝不是因为功力浅薄而胡涂乱抹，许多人临的《兰亭集序》几可乱真。纠缠他们心思的是一个大的问题：二王或者苏黄米蔡之外，笔墨是否还能写出别一种可能？

我肯定属于那种没有见识的乡巴佬，还是老派的口味，惭愧。王羲之的字怎么看还是好的，行书和草书无不从容大度，既潇洒又严谨。友人从网络上传给我一份王羲之的"手札集萃"，包括《长风帖》《初月帖》《得示帖》《二谢帖》等等，用二胡配乐。闲暇的时候随意读若干页，心旷神怡。

怀素的《自叙帖》反而不可多看。这个大唐年间的和尚不怎么守戒律，食肉嗜酒。酒酣兴起，下笔势不可遏。《自叙帖》写得盛气凌人，没有充沛的精力应付不过来。所谓笔笔中锋，均匀瘦劲，同时又入木三分。几乎找不到哪些单薄乏力的笔画。传说他的字是在芭蕉叶上练出来的。皂角水沈过的芭蕉叶可以吸墨，怀素每天要写数百张。他的寓所附近种满了一丛一丛的芭蕉树。《自叙帖》之中驰骤盘旋的线条充满了弹性与韧性，如同山林间的老藤。

苏东坡不大写草书，常常看到的是行书。苏东坡的字偏于肥厚丰腴，略为右倾，一笔一画之间常有天真烂漫之趣。如同他那些浑然天成的诗文，苏东坡的字仿佛无所用心，同时又意趣横生。就这么写下来，居然如此之好。王铎我也喜欢，王铎的字雄浑、遒劲乃至明目张胆的霸悍。王铎的行书筋骨毕露，草书梗概多气，他的字帖读得出内心按捺不住的起伏。或许因为明末清初贰臣的身份，他的无限感慨只能收缩到笔墨纸砚之间？

不过，许多文人推崇的书法风格是澹淡安详，摒弃俗世的烟火气，甚至孤峭冷僻，例如八大山人，例如弘一法师。志在兼济，行在独善，儒家的入世精神背后，文人总是有归隐江湖、散淡一生的情结。闲云野鹤之所以成为某种美学象征，文人与权力体系无法弥合的距离是一个特殊的原因。一些文人在怀才不遇之中蹉跎一生，一些文人被剔出朝廷沦落风尘，这时，他们多半在道家、释家主张的人生姿态之中得到安慰。远离尘嚣，淡泊明志，纸面上每一个字的神情似乎都在复述这两句话。

闲暇时写几笔草书，似乎很难接受白话文。遇到"汽车"、"电脑"、"主义"这些词，草书写不下去，甚至不断出现的"的"也是一个障碍。写的是唐诗宋词的句子，笔墨立即就流畅起来。"风"、"月"、"雨"、"雪"、"云"、"水"、"江"、"海"都是常常写到的字，古人的日子充满了水意，不枯燥。还常常写到"花"字。风高竹有声，夜深花不寐，这时我明白过来了，草书就是在纸面上回忆古老的诗意生活。"闭门煮茶，秉烛读花"，写下这一幅对子，写的是一种久违的期盼。

肆 一个作家愤愤不平，他的书法被称为"文人字"。他觉得了屈辱，"文人字"如同降格以求。一帮玩票的家伙，不入流。这时的"文人字"似乎是一个委婉的说法——这些人的书法有点意思，但是不登大雅之堂。

可是，"文人字"是不是还有另一种涵义？文人擅长构思，有想象力，"文人字"情趣盎然，不如通常的书法家那么刻板地循规蹈矩。一些大文人胸襟开阔，他们的格调、气象不可避免地流露于书法之中。鲁迅的字浑朴自然，不骄不矜，隐含了一点小小的慵懒或者颓放，与他杂文之中戏谑反讽的口吻相映成趣。不过，鲁迅的文名如此显赫，以至于遮盖了书法的声望。鲁迅肯定不想做一个专门的书法大师，估计他不介意"文人字"之称。

构思和想象的独出心裁往往打破常规另行设计。现在的不少"文人字"显出很强的设计感，甚至带有装饰意味。可以设计三五个字写一块牌匾，一幅中堂，然而，数十个字写成完整的一段往往不那么自然，机心毕露。一首诗之中一联精彩，全诗有了重心，张弛错落，主从有序；真的字字珠玑，要费很大的气力才能按在一起。过多的佳句堆砌，犹如一群拥挤的鱼儿搅翻了一塘池水。一幅书法更是如此。设计的字多半有个性，倔头倔脑的，聚集在一起就会相互冲撞。郑板桥的字是有设计感的，号称楷、隶、行、草熔于一炉，同时兑入画竹、画兰的笔意。把这种字收拢为一个整体，奇崛峭拔如"乱石铺街"，没有他的才情办不到。另一个大书法家黄道周的字也构思得很特别。他的书法之中，许多字右肩高耸，有桀骜不驯的神气。如果没有另一些温和平淡的书写居间调停，那么多右肩高耸的家伙说不定会打起来。黄道周与王铎是同时代的人，闽南的乡亲，他性情刚烈，屡屡犯颜直谏，一次又一次地被皇帝贬官；明亡之际，抗清死节——这一点与王铎南辕北辙。

文人计较"文人字"，看来是常见的事。可以说文章不好，也可以非议人格，就是不能看轻他的书法。哪怕无关润格，也不肯落了下风。老婆或许是别人的好，字一定是自己的好。不就是写几个字的事情吗？的确，那些文人就是不惜为这件事打口水仗，说风凉话互相刻薄，必要时甚至挥动老拳。当然，也有例外的人物，例如苏东坡与黄庭坚。宋人的《独醒杂志》记载一则轶事：某日苏黄二人晤谈。苏东坡对黄庭坚说：你近时的字虽然清劲，但笔势有时太瘦，如同树梢挂蛇呀；黄庭坚答曰：我不敢妄议您的字，但偶尔觉得偏于肥扁，如同石压蛤蟆。二人相对大笑，都愿意认可对方的讥评。苏黄亦师亦友，他们的宽怀大度，才高八斗是一个重要的原因。都是名重一时的文豪，几句无足轻重的贬词改变不了他们的地位。而且，我还藏有一个猜想：两位大师如此谦逊，或许另有一个原因——书道深奥，自以为是只能证明没有多少见识。

书法不是武功较量，找不到某一个具体的对手，赢了某某人就可以号称武林至尊。书法史将"天下第一行书"的美誉授予王羲之的《兰亭集序》。如今所见到的多种《兰亭集序》墨迹，是虞世南、褚遂良等众多后代书法家的摹本。流行最广的传说是，《兰亭集序》传到王羲之第七代孙智永和尚手中，被唐太宗李世民设计夺走，继而殉葬于他的陵墓之中。我宁可相信，真迹的渺不可见保证了《兰亭集序》永恒的"第一"。神是不能现身的。如果《兰亭集序》不是存活于人们心目中，而是陈列于某一个博物馆的橱窗背后，怎么可能没有人挑肥拣瘦？王羲之无愧书圣，然而，他未必永远是攀上巅峰的最后一级台阶。

许多书法大师都有一种感觉：落在纸上的笔墨与真正的书法理想仅有一步之遥，但是，真正书法的理想模糊难辨，如同一个揪不住的幽灵。或许，真的"功夫在诗外"？这些大师不时逛到书法之外，祈求江山之助。王羲之爱鹅，颜真卿揣摩屋漏痕，怀素观察夏天的云朵，米芾拜奇石……他们肯定觉得，书道不限于笔墨，而是寓于天地之间。

　　然而，古人还有另一种观念：书法仅仅是微不足道的"余事"，不可玩物丧志，投入过多的精神以至于耽误了人生的正事。所谓人生的正事，只能是修齐治平，文韬武略——充当一个"书痴"，志向太小了。不就是如何写字吗？茫茫无边，立地成佛，见得到真性情的就是好字。我翻阅过一本西泠印社印的陆游《自书诗卷》。手书诗八首，一看就知道是陆游暮年的墨迹——书写时他已经是八十高龄的老翁。纵横随心，浓淡随笔，云在青天水在瓶，一副超然无羁的神气。这大约也算得上"文人字"。然而，人、诗、书三者合一，这就是天籁了。

七七级

壹　报纸宣称，近些年冒出了许多文学神童，小小年纪就写得一手好诗，甚至直接写多卷本长篇小说。但是，我还没有听说哪一个文学神童打算写回忆录。回忆至少是年过半百的老家伙才能玩得动的游戏。这些哥们儿曾经彻夜不眠地谈事业，谈女人，谈如何周游世界的五湖四海；现在，他们腆起肚子，膝软牙松，裤兜里藏一瓶救心丹，空闲的时候就凑在一起聊养生。一把年纪的人已经写不出动人的情书，要写的话只能是回忆录。

"很久很久以前"，这是许多故事经典性的第一句。他们的故事得从哪里开始呢？许多人毫不犹豫地直奔三十年前——1977年。1977年是一大批人共有的幸运年份。这些人老少不一，天各一方，星星点点地散落于广袤的田野或者破旧的厂房。1977年的时候，尘封已久的大学校门吱呀一声打开了，他们就在这个时刻一起苏醒了过来。社会上的许多人还来不及回过神来，他们已经成为第一批历史的受惠者。这就是众所周知的"七七级"。刚刚跨过大学门槛的时候，这一批人穿着皱巴巴的中山装，或者梳着长长的辫子，几件行李草草地塞在木板箱子里，偶尔也会因为打破了热水瓶或者丢失了一两本杂志烦恼拌嘴。但是，不俗的书生意气是这一批人共有的特殊神情。据说1977年大学录取率不到百分之五，被挑上的多少都算个人物。我所就读的厦门大学，这一届学生不仅读书用功，而且擅长在辩论中使用政治大概念，演话剧、诗歌朗诵、大合唱或者各种球类运动都能露一手。三十年弹指之间，"七七级"之中的一部分人已经身居要津，目光远大。公众舆论之中，1977年考入大学的二十七万人逐渐成为一个神秘的方阵，"七七级"如同他们之间特殊的联络暗号。"七七级的吗？""七七级的。"于是心领神会地点点头。江山代有人才出，1977年迄今已经有三千多万的考生闯关夺隘涌入大学。尽管可以听到大大小小的天才们许多有趣的故事，但是，他们的光荣只能属于个人——后来的考生再也享受不到"七七级"这种特殊的集体荣誉。

尽管我是这个团队的一员，可是对于写作这一篇回忆仍然犹豫再三。我不太愿意利用这个集体荣誉怂恿自恋主义情绪。"七七级"之中的确藏龙卧虎：一些人进入大学之前已经熟读马克思的《路易·波拿巴的雾月十八》，围在乡村的火塘旁边议论民族国家的命运；一些人隐在北京的平房里或者在白洋淀的芦苇荡写出一批风格神秘的诗句；还有一些人始终孜孜不倦地钻研数学或者外语，仿佛早就在那儿等待破冰的一刻。至于各地的小头目、小秀才、小名流，"七七级"之中比比皆是。一个家伙感叹地说，他在当地好歹也算一个跺跺脚地皮就会抖的人物，怎么搁到了"七七级"就无声无息了？"天生我材必有用"，读书的种子，精英气质，未来的栋梁，这些事后的褒扬渐渐汇聚成了"七七级"的固定评语。"七七级"如同一个掠过夜空的彗星，它的明亮尾巴一直拖到了三十年之后的今天。

可是，这似乎不太像我。虽然我已经出版了若干部著作，提出了几个略为得意的文学观点，不可否认的是，1977年的时候，我经历简单，资质平平。那个时候，我表情冷漠地游荡于乡村与城市之间，心灰意冷对付"知识青年"的困窘生活。我的确暗地里下过决心，要像一只皮球那般顽强，无论被按到多深的水里都要竭力上浮。然而，这仅仅是一种倔强的生活信念，丝毫不存在对于社会乃至历史的真知灼见。我已经不止一次地坦白，我的期待只不过是做一个不错的乡村木匠，在砰砰的斧凿声和清香的木板刨花之中娶妻生子，安家立业。1977年的时候，中学功课的残存碎片帮助我冲破了那几张考卷设置的栅栏，这或许是幸运的偶然。我们这些混入"七七级"队伍的庸常之辈已经占了不少便宜，就不要再借用"七七级"的名义为自己做什么文章了。不写也罢。

　　改变我这些想法的是一个来自外省的民工。因为修缮房子，我需要买一些建筑材料。我在社区门口的一堆沙子和几摞砖头旁边看见了这个晒得黝黑的家伙。他纠集另外几个民工，干一些欺行霸市的勾当。他的沙子和砖头卖得特别贵。如果社区居民到别处购买建筑材料，他就会想方设法刁难运输的车子，甚至把他们打跑。我用江湖气十足的口吻和他搭讪了一阵，暗示说我有一个当警察的弟弟。这多少吓住了他。压下了价格之后我点一支烟和他聊起来，他告诉我前几年不过差了两三分没能考上大学，只好离开家乡满世界混生活。因为脑袋好使，周围几个老乡成了他的喽啰。我当时心里咯噔了一下——如果考不上大学，或许我也是这副模样？我历来不太善于将自己的形象估计得高大一些。因为意外的运气而成为百万富翁，因为某种神秘禀赋而过上特殊的日子，这种幻想在我的脑子里逗留的时间越来越短。没错，不进大学我也能活得头头是道，只不过我的全部才能恐怕得挥洒在尘土飞扬的街头。

我就是在此刻明白过来：我的确用不上"七七级"的崇高声望——我只配享用附加于这个历史事件的一个小小主题：大学彻底改变了我的个人命运。一张录取通知书神奇地将生活截成两段。湿滑的田埂，水田里钉在大腿上的蚂蟥，三伏天挥汗如雨地割稻子，压得人直不起腰的担子，楼梯边上的大坛茔，房子后面那一口冰凉彻骨的水井，跟着手电筒光圈曲折蜿蜒的银环蛇，夜风里零零落落的几声犬吠……这些灰头土脸、汗水腌透的日子被远远地阻拦在大学围墙之外，如同另一个时代拍摄的黑白老电影。1977年开始，我的日子仿佛用透明塑料薄膜仔细裹好藏进了保鲜柜，鲜嫩光滑。如今看来，入学与否的确是人生途中的分岔口。当年一起下乡的知识青年之中，大约三分之一的人先后考上各类学校，毕业之后安居乐业。剩余的知识青年在随后的日子里陆续返回城市，前几年多半又陆续下岗待业。

贰 我依然记得，2002年的时候曾经应约写过一篇小文《分量》，纪念大学毕业二十周年。《分量》之中保存了一些记忆、心情和若干的细节，干脆全文照录——

　　1977年的夏季，我是一个手执镰刀、衣裳褴褛的农民伫立在田头。我的手心结了很厚的老茧，内心日甚一日地迟钝。恢复大学考试的传闻断断续续地飘来，我并没有意识到什么。"大学"这个字眼距离我的生活已经十分遥远，我从未觉得那一圈围墙里面还会和我有什么联系。我的理想是争取做一个不坏的木匠。

可是，消息日渐一日地明朗，周围都在蠢蠢欲动，考试终于成了一件事。当然，也就是一件可以试一试的事情而已，我不允许自己寄予过多的乐观想象。那时已经没有志气将爱因斯坦之类的科学家作为后半生的偶像，学术如同天方夜谭，大学录取的真实意义是口粮问题一劳永逸的解决。我不敢轻易地相信命运的慷慨大方。我的父母亲曾经作为下放干部滞留乡村多年，我深知要将户口搬回城市会遇到多少额外的麻烦。这是中断了十年之后的大学考试，预测的录取率不会超过十分之一。这个数字倒是没有吓住我，这个数字比我可能返回城市当一个工人的概率高得多了。

温习功课的时间不长，也没有太大的压力。我自恃比别人多读了一两首唐诗宋词，中学曾经得到语文老师的表扬，于是决定报考中国语言文学系。有趣的是，功课温习奇怪地召回了我的数学兴趣。我徜徉在一批数学练习题之间，乐不思蜀，以至于不想理会我从未读过的历史与地理。幸亏妹妹及时提醒了我。她报考的是理工大学，但她认为我的数学水平早就不亚于她了。日后得知，我的数学几乎得了满分；数学方面的超额收入恰好补偿了历史与地理的亏欠。这也算失之东隅，收之桑榆了。

奇怪的是，现今我再也记不起我是在哪一个考场进行大学考试——估计是我插队所在附近的一所小学或者中学。记住的竟然是考试前后的一些零星片断：时常忧虑准考证丢失，惧怕政治审查受阻而面对表格愁眉苦脸，体检时就着水龙头喝一肚子凉水降低血压，因为嗅不出三个小瓶子里汽油、酱油和水的差别而大惊失色，如此等等。在我的心目中，这一切要比那几张考卷凶险得多。

忙乱过去之后，我就不愿再想这件事了。天气逐渐凉了下来，一年将尽，似乎没有人知道这次考试的结局是什么。一个百无聊赖的下午，我在另一个知识青年家中闲扯。他忽然提到，为什么这么久了竟然没有大学发榜的消息——莫非又有了什么变卦？这话惹出的焦虑让我有些坐不住，我起身回家——到家的时候恰好收到了大学录取通知书。薄薄的一张纸片：厦门大学中文系。悬在半空中的情绪突然松懈了，一时百感难言。这一刻开始，我才真实地掂量出这场考试的分量。

叁 一排"七七级"的新生聚集在厦门大学门口，等待各系辅导员分别把自己的人领走。一个辅导员高声问道："有数学系的吗？""有！"两个男生应声而出，周围嗡地一片低声议论。一本著名的文学刊物刚刚发表一篇长文《哥德巴赫猜想》，主人公陈景润即是从厦门大学数学系毕业。"有中文系的吗？"另一个辅导员高声发问。"有！"另外几个新生站了出来，周围又嗡地响起一阵低语——谁都知道，《哥德巴赫猜想》的华丽文辞出自一位著名作家徐迟之手。

1977年的夏季，我浑身湿淋淋地站在水田里听到了大学恢复考试的传闻。当时的环境之中，考上一所大学远比考上什么专业重要得多。我报考中文系，并不是因为讨厌数学系、物理系或者经济系。一片新大陆突如其来地浮现，惊喜之后就是手忙脚乱。气喘吁吁地游向彼岸的时候，我根本来不及甄别、分辨自己的内心兴趣。仰仗中学课堂和父亲闲聊时传授的文学常识决定后半辈子的专业，这不啻于一场冒险的赌博。幸运的是，我押对了。

据我所知，许多大学里面的中文系"七七级"风头甚健。这里聚集了一批各地的才子，缠绵的情诗或者情节离奇的小说雪片般地抛出来。二十世纪七十年代末至八十年代初，历史造就了一个短暂的文学时代。激动人心的启蒙号角，交织在苦难之中的爱情，指点江山和纵论历史的气氛，这一切构成了文学的巨大温床。只要一首小诗就可以赢得校园之内众目睽睽的仰望，诗人的风度、说话手势、阅读的书目以及起居习惯立即享有了特殊的威望。多数人把中文系的课程想象为躺在床上跷起脚读小说，枯燥的文字训诂和繁杂的文学史资料没有多少人问津。不少人听说过拜伦的名言：一朝醒来发现自己已经成名，可是只有诗和小说才能如此惊世骇俗。那个时候，经济学、社会学、法学这些学科还在埋头积累，只有中文系的才子们趾高气扬，风流倜傥。不久前遇到一个经济系毕业的教授。他至今仍然愤愤不平：当年中文系的才子们掠走了他们周围的多少芳心，以至于他们暗地里开始策划一场雪耻的斗殴。

当时我决心专攻小说。即使到了今天，写小说仍然是我内心的一段斑斓的残梦。我相信所有的"七七级"大学生都曾听说过复旦大学的卢新华。据说他的小说《伤痕》先是张贴在教室走廊的墙上，随后被报纸转载。文学史记载了这个短篇小说赢得的巨大声望，但是，文学史没有记载这个短篇小说如何在"七七级"制造了一个小说写作的大潮。一个在东北就读大学的友人转述过一个壮观的景象：他们在一个巨大的阶梯教室晚自修，只有那些稚气未脱的小毛孩呆头呆脑地背诵教授们的笔记。教室的后两排一溜明灭的烟头，所有的人都在低头奋笔疾书——写小说。那个时候没有人想到这一天：社会对于经济学家、社会学家或者律师的崇敬远远超过了作家。

世事的变化是从哪一天开始的呢？总之，数学不吃香了。一个数学系主任负气地说，如果校方允许，数学系宁可加入文学院与中文系、历史系、哲学系为伍。混迹于诸多财大气粗的理工科，囊中羞涩的数学系时常成了受气包。其实，文学也不行了。众多名噪一时的刊物频频告急，出版社的仓库里积压的多半是文学读物。我们的偶像卢新华正在大洋彼岸美国的一家赌馆里发扑克牌。昔日叽叽喳喳地环绕在诗人周围的美女如同候鸟一般地迁徙，纷纷栖息到房地产业、汽车业或者演艺圈。的确，相对于几十亿资金的流向、各路大亨手中的巨额利润以及惊险的股票行情，诗人的浅吟低唱或者流行小说编造的恩怨情仇又算什么呢？可笑的是，我很迟才从华而不实的文学梦之中惊醒过来。九十年代中期的某一天，我在京城的一个饭局上遇到了一位经济学出身的"七七级"。酒过三巡，他开始吹嘘每年过手的钱财有多少个亿，认识多少要人，决定过多少重大项目。看着他那么大的口气和那么大的肚腩，我意识到了文学的渺小。许多当年的文学狂热分子早已撤离。撰写房地产广告词或者起草一份公文的余暇，他们时常后悔青春期的幼稚激情。我与一些昔日的文学同道一起喝茶闲聊，谈房价、谈温室效应、谈交通堵塞、谈张三与李四的绯闻——就是不谈文学。这年头还在那儿搬弄"古典主义"、"现代主义"或者"意识流"这些术语，看起来就像在炫耀自己读了几本书。一些中文系毕业的故人或许会在寒暄之际客气地问一问文学动态，明智的方法是找一两句俏皮话搪塞。如果一本正经地开讲座，对方的茫然眼神一定会让演讲者羞愧地住口。

可是，我仍然说我幸运地押对了。写出一个精彩的句子足够快活一个上午；阅读一部杰作就是一次迷醉。如果一个人的职业就是放纵地享受这种快乐，这不叫幸运又叫什么？虽然文学已经从"经国之大业"的目录上撤销，可是文学始终盘踞在心里。我相信文学是一个人的内心修为。世俗的风沙纷纷扬扬，愈来愈多的人转向实惠主义，手执计算器不停地盘点收支状况。职务，工资，奖金，上司的眼色，菜市场上猪肉的价格，水电费刚刚收过怎么又来了——一张脸皱得像一颗苦瓜，皮肤粗糙，心事重重，要么用尖刻的言辞八方讨伐，要么用讨好的笑容四面逢迎。对于他们说来，文学早就死去。他们忘记了，文学是市侩的天敌。只要内心埋藏了文学的种子，激昂慷慨之气或者浪漫情怀就会在某一刻突然觉醒。这时的凡夫俗子敢于横眉冷对，敢于拍案而起，他们懂得了侠肝义胆和缠绵悱恻，也懂得了如何对那些俗不可耐的喊喊喳喳轻蔑地嗤之以鼻。文学的地盘可能一天天地缩小，但是文学决不会从这个世界上消失。1977年的时候我慌慌张张地撞入厦门大学，随手从书架摸下几本文学经典磕磕巴巴地读起来。三十年之后文学殿堂人去楼空，我却比任何时候都更加明白——这儿是我一辈子的栖息之地。

肆 我觉得想道理远比讲道理有趣。于是，离开大学之后我远远地躲开了教师的岗位而在一个专门研究机构工作至今。大约算知识分子吧。人们对于知识分子有哪些想象？戴厚厚的眼镜？咬着笔杆子盯着天空等待灵感？面容苍白，身材单薄，四体不勤，五谷不分？

我一直认为"七七级"出身的知识分子不会那么单纯。收到录取通知的前一天，他们或者肩上还搁着粪桶，或者跟在牛屁股背后扶着犁耙，或者正拉着板车走街串巷。他们之中的许多人外语口音不够纯正，没有拿到钢琴考级证书，四书五经、"子曰诗云"背不出三两句，三步四步的交际舞跳得很蹩脚，甚至从未听说过牛津大学或者麻省理工学院的大名。他们的特殊积累是世事人情，是乡愁，是读不到任何文字的巨大恐慌，是半夜三更的饥肠辘辘，甚至是混杂了绝望的蛮横和粗野。现在，这些知识分子打起了领带，穿着皮鞋橐橐地登上国际学术会议的讲台，或者在某一个万人瞩目的场合慷慨激昂地演讲。但是，我相信这些积累仍然潜伏在身体的某一处，可能在某一个时刻突然复活。只要坐上一趟每个小站都要停靠的慢车，置身于一大堆民工的方言、扁担、麻袋、汗臭和脚臭以及打牌的吆喝和争夺座位的拌嘴之间，以往的全部感觉一下子就回来了。这些生活始终压缩在他们的阅读和写作之中。

"七七级"这一批人于八十年代初期从大学返回社会。他们的性格多大地成就了当时的文化气氛？这是一个有趣的谜团。八十年代的时候，诗人如同口念咒语的巫师令人敬畏；一大堆人心甘情愿地被种种艰深的哲学著作憋得胸部发痛；另一些人二两白酒下肚就开始辩论神秘主义，各种稀奇古怪的故事常常把自己吓得脸色发青。那些只会引经据典的书斋式人物没有市场，文化沙龙的主角多半是上知天文、下谙地理的名流，他们或机智或叛逆的妙论与满脸的大络腮胡给人留下了同样深刻的记忆。那时的女孩儿对于出身豪门的白马王子视若无睹，另一些牛仔裤包着瘦弱小屁股的白面书生也上不了台面，她们心目中的偶像是海明威或者高仓健式的男子汉，如果脸上有一条长长的刀疤就更好。至于房契、存折、结婚证书或者学位证书无非一些庸俗的法律文件，重要的是曲折的人生履历——至少也得曾经下乡插队，打过几场架或者偷过农民的鸡鸭。八十年代有的是放肆的激情，没有一点狂狷的个性简直可耻。那时的做生意开拓市场也仿佛是神圣的启蒙运动，商人们锱铢必较的精明很久以后才得到真正的重视。"七七级"这一批人不会忘记历史的赐予，他们投入各种文化运动也就是想继续为历史做些什么。

进入九十年代，"七七级"这一批人多半已经人到中年。中年人也就是疯过了，狂过了，现在身体有些发福，要歇口气整理一下人生了。中年人开始务实，瞻前顾后，小市民性格、暮气或者狡诈算计同时悄悄地附上身来。九十年代的社会也稳重了许多。稳重的社会就是懂得了算账，不再把柴米油盐视为不登大雅的累赘俗务。这当然就是经济学大显身手的时候了。中文系擅长的浪漫气势渐渐式微，经济学的算盘噼里啪啦地响彻每一个角落。

稳重的社会惊人之论逐渐减少，人们开始强调"言必有据"。"言必有据"在大众传媒上制造了一个开场的短语："专家认为"。专家不就是知识分子吗？于是，教授、博士隆重出场。大学里面早已经将各种学衔串成一根前后相随的长长链条，并且在不同的系列之间设定了兑换率——例如取得博士学位之后的多长时间可以当教授。各种学衔并非免费领取的午餐，每一种学衔必须得到规定业绩的支持。从发表论文的学术刊物等级、一个课题的研究历史到概念术语的来龙去脉、引文注释的数量和格式，每一个步骤都有章可循。这时，那些仅仅仰仗灵机一动就信口开河的才子们终于傻了眼。现今的教授、博士严谨、缜密、一丝不苟。他们经历了答辩委员会的严格审查，填过了无数的表格，脸上的表情已经训练得四平八稳。求证：这个问题几个解？甲、乙、丙、丁，A、B、C、D，他们的解答有条不紊，身后一摞子参考书形象地说明什么叫学术。我对于这一套指标体系毕恭毕敬，遇到某些"七七级"课堂上没有见识过的内容就老老实实地补课。尽管这是跻身专家队伍的必要修行，某些时候我还是会暗地里犯嘀咕：一大片中规中矩的面孔之间，那些横空出世、石破天惊之论是不是愈来愈罕见了？

当然，严谨或者中规中矩的教授、博士并非僵硬的机器人。某些时候，他们也会在表格或者引文注释的掩护下斗气，要小心眼，占了便宜之后言辞之间就会流露出一些小得意。一次国际性的学术会议上，一个教授逮住了另一个教授的一处史料讹误。纠正无疑是必要的，可是他脸上盛气凌人的表情让我不太舒服。生也有涯，知也无涯，每个人都可能犯错误。利用对方的粗疏狠狠地踩痛他的脚板，这种胜利有些无聊。至于他们内部的"人脉"关系，常常以学术的名义形成某种互利互惠的联盟。我有幸聆听一位学术大佬指点迷津。从国际汉学界到京城的著名学府，某人是某人的嫡传，某个大师与另一个大师结过何种恩怨，某个大学与某个大学之间如何互相挖墙脚，打口水战。一大堆内幕消息人物众多，情节生动，听起来与武侠小说之中的帮派关系或者官场上的明争暗斗如出一辙。还有一些教授、博士无所谓哪一个门派的提携而甘于单打独斗。他们口才好，人气旺，大众传媒一下子把他们变成了家喻户晓的爆炸性人物。与大众传媒的合作不仅可以像明星一般赢得追捧，而且可能像明星一般大把大把地挣钱。这些教授、博士无疑是给学术乃至文化添砖加瓦，只不过他们的方式与我当年的幼稚想象相去甚远。1977年的考试把我引入一个崭新的大学空间。我受宠若惊地站在图书馆和教学大楼之间东张西望，天真地认为这儿只有学术而谢绝权术或者别的什么术。当时我丝毫意识不到，这些地方有时也要讲辈分，拜码头，赔小心，打躬作揖，机缘凑巧也能淘得出万两黄金。

听到有些"七七级"已经退休，心中悚然一惊。凝神算了算，的确是三十年的时光。我的三十年，白了双鬓，添了皱纹，换得了一句"五十而知天命"。"知天命"也就是清楚自己能做些什么，不能做些什么。功名可以轻轻一笑，荣辱也可以轻轻一笑。身外之物一松手就可以丢弃。念念不忘"七七级"，不是炫耀某种资历，而是因为那一种集体性格。见识过一些风雨，不那么温顺，喜欢用亲身经验衡量书本的知识，这一批人始终不是只懂得引经据典的迂夫子。1977年我从水田里一头闯入大学，暗自庆幸自己可以闭门读书，两耳不闻窗外事；三十年之后终于明白，书本之外的知识才是"七七级"这一批人真正的额外财富。

超重的记忆

壹 《关于我父母的一切》一书写于2003年。我曾经在序言之中说明，这本书是一个早产儿。它打乱了我的写作计划，自作主张地挤到前面来。当时，种种记忆、感慨和叹息烤灼得我坐立不安，如同反反复复的噩梦。所以，写作毋宁是摆脱不尽的缠绕。一吐为快，喘出一口气，然后才能干些别的事情。完稿之后转过脸来，日子的确轻松多了。

　　如同某种刻意的回避，这么多年我不再翻阅这本书。我熟悉这本书的封面，暗红的底色上套印父母的黑白照片；我很少打开封面，背后的文字保存了写作时的伤感与内心疼痛，我不愿意再陷进去。我几乎不向外人提起这本书，不是再三催讨决计不送。这本书出版之后获得一个文学奖。我在颁奖会的致辞之中坦率地表示，对于这本书没有太多的自信。　一个儿子置身斗室思念父母，竭力猜想历史为什么捉弄他们，这一切对于公众具有多少意义？这本书确实敞开了内心，从各种感叹、忆念、想象到迷惑和悔恨。这恐怕也是我不愿示人的一个潜在原因。我习惯于冷却文字，隐藏强烈的表情，做一个反讽式的分析家而不是夸张的抒情诗人。为什么不增添一些缠绵情话或者兴高采烈的笑声？为什么不敢当众舞蹈或者公开流泪？我的内向性格大部分要追溯至生活的训练。无拘无束地暴露自己，收获的多半是伤害——如果说，这仅仅是我屡试不爽的小经验，那么，对于父亲说来，这恐怕是刻骨铭心的重大挫折了。一次坦诚的交代与一生的蹉跎，这即是父亲贡献给这本书的情节。父亲一辈子的心得就是小心翼翼的提防技术，他尽职尽责地将这一笔精神财产传给我。所以，戒意植入了神经，即使写作的时候可能忘情地倾囊而出。一些人半小时之后就可以向陌生的面孔倾诉自己的失恋或者五年之内的晋升计划，这种爽朗的性格令人羡慕。无数宠爱簇拥在他们周围，阴谋和圈套闻所未闻。但是，我做不到，甚至充当听众也会有些不自在。大多数时候，伤感与内心疼痛是说给自己听的，写作犹如独白。所以，中国人民大学出版社邀请重新出版《关于我父母的一切》，我的第一个感觉是犹豫——有必要吗？

重读这本书的时候，有些段落还是让我心酸难抑，眼角湿润。我抬眼看了看窗外刺眼的午后阳光，放弃了修订或者补充的念头。一个完整的写作心境留在了当年，重新介入有些唐突。我突然意识到一个巧合：我写作这本书的年龄，正是父亲结束下放生涯返回这个城市的年龄。

我曾经有一个心愿：到母亲的灵位前烧一本书，算是一个告慰。我还想请母亲宽心，她这一辈子已经竭尽全力，各种磨难不如说是历史悲剧分配的一个个细节，我们这些凡夫俗子逃脱不了。不过，这件事迟迟没有做——仿佛又觉得有些多余。母亲一辈子仅仅操心几个亲人，阴差阳错，厄运连连，她甚至连喘气的间隙也没有；现在，她终于甩下了那些揪心不已的事情，何必还要拿什么历史不历史打扰她的安宁呢？

贰　《关于我父母的一切》出版至今的这一段时间里，书中提到的祖父那一幢老宅子拆除了。

拆除之前，那一幢老宅子已经朽烂不堪。门框破损，柱子开裂，潮湿的地板一寸一寸地腐烂，大厅的瓦顶塌了一大片，几缕刺眼的亮光从瓦片之间的窟窿照射下来。老宅子的大限来临之前，大部分窗棂、柱础、门板已经被陆续卸下来卖掉。那一天铲车进场，轻轻挥了挥铁臂，老宅子就轰的一声坍塌为一地的瓦砾。

我的童年记忆之中，每年正月的某一天都要跟随父母到祖父的老宅子来。老宅子隐在一条幽暗的巷子深处。巷子的石板路面湿漉漉的，好像从来没有干过；巷子的两旁多半是二层楼的木板房，不时就有一条竹竿横过巷子上空，竹竿上晾晒着花花绿绿的衣物。据说这条巷子曾经是这个城市最为繁闹的商业区。祖父老宅子是一个三进大院落，天井由大石条铺成，两个八角形的大鱼缸，一盘石磨，一口水井，井水冰凉刺骨。天井的边上是一个小花厅，两层的木板房。花厅里还有一个小院落，院子中央的石板撬起了两块，堆上泥土种一架的葡萄。正月的天气多半阴冷难耐，这种四面透风的老宅子几乎待不住。父母和叔叔、姑姑到祖父祖母的房间里谈天，我会伺机溜上花厅的二楼，二楼走廊的木栅栏边上晒得到太阳。现在回想起来，每年正月的这一天就是家族的聚会的日子了。

很长的时间里，我从未意识到"家族"这个词与我的生活有什么联系。一只背囊，浪迹天涯，我向往的日子是个人挺进世界的纵深；扶老携幼的家族只能是一个负累。待到我踏入中年，定了定神想到了家族的时候，那一幢老宅子已经轰地成为一地的瓦砾。

《关于我父母的一切》出版至今的这一段时间里，我的一个叔叔过世。他患了脑瘤，手术之后失明，继而丧失意识，浑浑噩噩地拖了几年之后离开。我的另一个叔叔患了食道癌，已经到了晚期。病痛，衰弱，上一代渐渐老迈、黯淡；家族里的大多数晚辈分散在各自的角落里对付粗粝的日子，几乎不怎么往来。一地瓦砾的生活，这是我想到的一句话。这种生活坚硬，乏味，枯涩，种种多余的温柔、豪爽、亲善、清高都已经拧干。一元钱就是一元钱，一块砖就是一块砖，锱铢必较，越界必究；哪怕是一双袜子，几文小钱，该变脸就变脸，决不碍着什么情面。我们没有万贯家财，也不必因为念了一两本书就在那里发酸。要不是敢于骂街撒泼，周围的人早就踩到脸上来了。

　　我没有任何异议——我也曾经在这种生活之中打过滚。然而，一个从未谋面的先人就是在这个时刻浮出我的意识：我的太祖父。他从这个城市的郊区闯入，一来二去竟然挣下了一份不小的家业。他是中兴这个家族的大人物。作为长孙，父亲是他的掌上明珠。父亲小时候时常被太祖父带上黄包车一同到轮船公司上班。不仅光宗耀祖，估计太祖父还指望这一份家业庇荫子孙后代。他是一个有责任感的先人，当年他为自己修建的大坟墓已经预留了父亲母亲的席位。不知他有没有想到，偌大的一份家业散落得如此之快？我猜他在地下肯定清晰地听到，那一幢老宅子轰地坍塌为一地瓦砾。这是不是他挣下的家业里最后一笔财产？从此，他的子孙再也不会聚在自己的屋檐下，交换街谈巷议，家长里短，然后一起吃一盘热气腾腾的年糕。

　　君子之泽，五世而斩——古人的确有一些不凡的慧眼。

叁 太祖父肯定没想明白，为什么父亲毅然丢弃了祖传的家业，投身于前途未卜的革命？

我也没想明白。父亲大约不喜欢少爷的身份，他宁可自诩为知识分子。衣食无虞的知识分子为什么如此向往革命？这本书把疑问提出来了。当然，父亲的后续故事令人伤感：一声当头棒喝，父亲胸腔里滚烫的激情疾速冰结，凝固为一块沉甸甸的石头。怀疑，收押审查，一个清白的结论——但是，若隐若现的怀疑从此挥之不去。三十年的时间，父亲不时处于失控的下坠气流之中，唯一能做的就是心惊胆战。三十年后终于着陆，大汗淋漓的父亲只顾得上额手称庆，他完全想不起年轻时曾经拥有的指点江山气势，甚至也想不起有过满心的委屈。当然，父亲不会考虑追究什么。他的故事如此模糊，甚至找不到哪一个固定的反角。父亲之所以无处藏身，恰恰因为不是哪一个人出于私人恩怨故意为难他。所以，我只能把父亲的遭遇称为必须分担的"历史之谜"。

文学能不能尝试接触这个谜团？我曾经在另一个场合说过："世界范围内，只有为数不多的作家获准进入革命历史内部，解读种种成败得失。所以，无论是激动人心的成功还是令人扼腕的代价，人们都没有理由辜负如此奇异的文化矿藏。"

前一些日子，听说一些年轻知识分子对于二十世纪五十年代的生活表示憧憬不已。这些年轻知识分子营养充足，智商很高，许多人有机会在美国或者欧洲的学院里深造。二十世纪五十年代他们还未出生，以至于错过了那一段阳光灿烂的日子。他们用宽厚的微笑告诫周围：胸怀历史，放眼全球，没有必要夸大个人的挫折，多想一想当年的国民经济生产总值和国防力量如何飞速增长吧。这些年轻知识分子读了很多书，广泛地从各种资料之中收集数据，而不是笨拙地拉出自己的父亲母亲作为例证。引用各种数据掩埋血泪，这的确是理论的擅长。

我曾经私下向他人表示，我的学识和思想已经无法企及这些年轻知识分子的飞翔高度。不料对方轻轻一笑。在他看来，这些不过是图书馆和国际学术会议生产出来的各种理论产品。纸面上的建筑，学院里的政治。教授们编织的革命故事由一大批艰深的概念担当主人公，长长的英文注释交代了故事的背景。学院体制负责发行这些故事，找到读者，并且慷慨支付稿酬。激进也罢，狂狷也罢，一本正经也罢，发一点小脾气也罢，教授们喜欢在学院体制内部摆出各种竞争姿态。攒出一篇叫得响的论文，马上买一张机票直奔某一个国际学术会议，然后大摇大摆地造访西方的著名学府。所有的人都清楚，这些知识高地颁发的任何证书都是一大笔文化资本。相形之下，父亲远不如他们聪明。当年的父亲刚刚读了几本革命刊物，立刻激动得忘乎所以，义无反顾地抛开了学院投奔革命。"向前向前向前，我们的队伍向太阳……"父亲骄傲地唱着《八路军军歌》，脚蹬一双短靴，意气风发地从上海走回这个城市。当然，父亲这种微末的角色不可能炫耀什么。革命年代涌现了如此之多慷慨悲歌之士，他们才是真正的一代风流。所以，估计父亲怎么也料想不到，现在居然轮到一批安享学院体制的教授们表情激昂地嫌弃他小气——这种剧情的跳跃的确有些怪异。

有个人建议再读一读昆德拉，虽然这个家伙的时髦劲已经过去。反讽是昆德拉的一个爱好，他的刁钻故事时常让人心里不是味道。可笑的是，我们总是不知不觉地充当了反讽的素材，一不小心就让他逮个正着。曾经听到一种异议：昆德拉似乎不像是那么伟大的作家，况且，诺贝尔文学奖至今还不愿意向他敞开大门。我很乐意认可这种评价，然而，我要表明的是另一个问题：我的心目中，许多口气吓人的教授远比昆德拉渺小。

肆 当我重读《关于我父母的一切》这本书的那个下午，父亲就在不远的另一幢房子里和几位老人一起搓麻将。现在，他是一个撤出历史的闲人了。如果此时他还在高唱"向前向前向前，我们的队伍向太阳"，大约要被街上的人送到精神病医院去。历史不再需要他做些什么了，这时，搓麻将有助于打发多余的时光。"八条"，"二饼"——"和了"！这就是闲常的日子。现在，那些庄严的政治辞令很难骚扰父亲的心情了。

当然，父亲始终自认为是一个有追求的人。他闲暇时还要写几句小诗，甚至写了好几万字的小说。父亲不在乎是否刊登或者出版。这种写作一半是重温年轻时的文学之梦，一半是向历史发表告别演说。他写到了自己年轻时的旧事，一些诗句之间不免夹杂若干激愤之辞：

......

心已摧

鬓先斑

有口无言

自家的伤口自家舔

别趴下

管他青眼白眼

......

如此等等。

但是，不管怎么说，那些陈年旧账还是日复一日地退出父亲的视野。年轻气盛的时候，即使不能主宰天下，至少也要主宰自己。天生我材必有用。我辈岂是蓬蒿人。如火如荼的革命席卷动荡的大地，无声无息地躲在深宅大院里拨弄算盘珠子岂不是辜负了一生？现在的父亲终于明白，他不过是落入历史洪流的一粒草芥，什么也主宰不了。当然，父亲同时明白，自怨自艾无补于事。孔子说六十而耳顺，七十而从心所欲不逾矩，父亲已经八十有余，现在该是从容豁达的年岁了。顺天从命，夫复何言？这几句诗倒像是他对于自己的劝慰：

君不识

劝君不必意恓恓，
庸常人莫怨天低。
天道持平君不识，
三十河东三十西。

夫子无言

行年八十尚何期，
夫子无言后古稀。
有我无我浑闲事，
利钝得失两由之。

父亲撤出了历史，进入了他自己的人生。我突然想到，"历史"与"人生"是不同的两个范畴。我一度过于热衷"历史"一词——"历史"屡屡被当成思想起跳之前的助跑。历史是政治宣言，是世界大战，是国家独立和民族解放；历史的不尽长卷之中，无数蝼蚁小民不由分说地编织于众多的重大事件，同呼吸共命运。生年不满百，常怀千岁忧，历史的大目标似乎把个人所有的琐碎体验全部收缴。然而，"人生"只能以个人存在为计量单位。击败情敌的得意，丧失亲人的悲伤，高血压引起头晕，新买的鞋子太大不合脚——诸如此类的百般滋味只得交付个人自行料理。总之，历史是共有的，人生是自己的。撤出了历史之后的父亲很少仰望那些宏伟的蓝图了。耄耋之年，父亲深有感触的人生遗憾毋宁是母亲的早逝：

告亡妻

袅袅香烟素素斋，

莹莹瑞果告亡妻。

若非卿卿步履急，

手挽手来乐雪霁。

伍　重新出版《关于我父母的一切》，我又翻出了昔日的老照片。一些老照片破损得厉害，只得请专业人员利用计算机修复。现在的计算机修复技术令人惊叹，许多老照片最大限度地恢复了原貌。有时，我忍不住产生一个大胆的愿望：计算机能不能还原母亲在世的日子？

这一次又找到了两张母亲的老照片。一张是母亲抱着妹妹，另一张是母亲坐在草地上，我、姐姐、妹妹三个人偎在她身边。想必这两张照片都是由父亲拍摄。第二张照片上，母亲笑得十分开心。那时大约是二十世纪六十年代初期，母亲三十来岁，渐渐成为一个丰腴成熟的少妇。六十年代初期出现过一段短暂的平静生活，这大约是母亲笑容最多的一个时期。

母亲笑容最少的一个时期肯定是七十年代初期。大约五年多的时间，母亲与父亲下放至闽北建宁县的一个偏僻的山区。不久之后，父亲眼底大出血，不得不返回城市养病，母亲一个人住在村子外面的一幢孤零零的木板房里。木板房三层，大小房间二十一间，据说闹鬼。夜黑如墨，山风呼啸，木板房四处乱响。母亲龟缩在一个房间里，拴好房门和窗户，就一盏摇晃的昏黄孤灯给我们写信，絮絮叨叨，巨细无遗。我就是在这个时候真正熟悉了母亲的斜斜字迹。母亲对于写作没有兴趣。我已经在这本书中提到，住在大山里的母亲无非是依赖写信短暂地解除孤独和恐惧。只要哪一天条件许可，她立即会拎一个小包往家里跑。

从我居住的这个城市到闽北的偏僻山区，途中多半是蜿蜒的山路。父亲记得，临近建宁县的一段路程称为"万洲岭"。山路险峻崎岖，缠绕盘旋，一座山峰刚刚闪过，另一座山峰又扑面而来。父亲有心算了一下，半小时之内转了一百零八个弯。第一次乘车过万洲岭，父亲和母亲被晕车折磨得厉害，仿佛要把五脏六腑吐出来。

四十年之后，我才得到机会沿着这一条山路到建宁县。那一天许多路段正在铺设水泥路面，坑坑洼洼，众多的推土机和铲车共同作业，机器的轰鸣与飞扬的尘土混成一片。即使握紧扶手，我还是时常被颠得从座位上蹦起来。就是在某一次剧烈的颠簸之中，我一下子明白了过来：此行仅仅是回应内心的一个久久的羁绊，这里是找不到什么的。父亲和母亲的当年气息早就荡然无存，建宁县城里也没有。

建宁县城倚山傍江，我仅仅逗留了几个小时。我很快放弃了进山查访那一幢木板房的打算。询问之下，一时没有人说得清那个村子的位置。四十年期间，行政建制几度改变。公社、大队已经消失。据说那个村子脱离了原先公社的管辖，与另外几个乡村组成一个新的镇子。执意地查询似乎有些矫情，那一幢木板房又不是什么著名人物的故居。况且，我猜想母亲的灵魂不一定愿意旧地重游。

　　回到家里到网络地图上查了查，那时的地名的确不见了。当年我不断地往那个山村寄信，信封上的地址早已经背诵得精熟："建宁县客坊公社桂阳大队"。现在，这个地址只能保存在我的心里，连同那一幢想象之中的三层木板房。

　　年过半百，保存在心里的故事愈来愈多。我已经不止一次地意识到，超重的记忆令人生厌。但是，记忆还是顽强地挤入生活，从不退却。现在，这一部分记忆终于完整地落到纸面之上。写作是一次解脱，也是一次送行。从此，这一本书如同一叶扁舟漂流江湖。我想，我大约不必再为父亲母亲的往事写些什么了。

2010年8月8日

辛亥年的枪声

壹 许多历史著作记载了辛亥年三月份广州的那一阵密集的枪声。那时的广州是搁在中国南部的一座发烫的活火山，革命家和志士仁人穿梭往来，气氛紧张诡异。旧历三月二十九日下午五时许，总督衙门附近砰砰地响成一片，流弹嘘嘘地四处乱飞。枪声并没有持续多久，但是，大清王朝的历史已经被打出了许多窟窿。

一个敢于惊扰大清王朝的书生当场中弹就擒。林觉民，字意洞，二十四岁，福建闽侯人。如今人们只能见到一张大约一个世纪之前的相片：林觉民眉拙眼重，表情执拗，中山装的领口系得紧紧的。他被一副镣铐锁住，当啷当啷地押进总督衙门的时候，这件中山装肯定已经多处撕裂，缠在手臂上作为记号的白毛巾也不知去向。腰上的枪伤剧痛锥心，林觉民还是心犹不甘地环目四顾。终于跨入了戒备森严的大门，然而，他是一个阶下囚而不是占领者。

时过境迁，不少人都可能表现出了不凡的历史洞见。哪怕仅仅提供三五十年的距离，历史的脉络就会蜿蜒浮现。反之，身陷历史的漩涡，种种重大的局势判断有些像轮盘赌。一种理论，几场骚乱，若干激动人心的口号，还有报纸、杂志和传单，这一切足够说明一个朝代即将土崩瓦解吗？然而，林觉民坚信不疑。他义无反顾地将自己的生命押在这个结论之上——林觉民决定用一副柔弱的肩膀拱翻一个王朝的江山。

不成功，便成仁，他完全明白代价是什么。起义前三天的夜晚，林觉民与同盟会的两个会员投宿香港的滨江楼。夜黑如墨，江畔虫吟时断时续。待到同屋的两个人酣然入眠之后，林觉民独自在灯下给嗣父和妻子写诀别书。《禀父书》曰："不孝儿觉民叩禀：父亲大人，儿死矣，惟累大人吃苦，弟妹缺衣食耳。然大有补于全国同胞也。大罪乞恕之。"搁笔仰天长叹。白发人送黑发人，心碎的是白发人；可是，自古忠孝难以两全，饱读圣贤书的嗣父分辨得出孰轻孰重。林觉民的《与妻书》写在一方手帕上："意映卿卿如晤：吾今以此书与汝永别矣！"这句话落在手帕上的时候，林觉民一定心酸难抑。孤灯摇曳，一声哽咽，两颊有泪如珠："吾作此书时，尚是世中一人；汝看此书时，吾已成阴间一鬼。吾作此书，泪珠和笔墨齐下，不能竟书而欲搁笔，又恐汝不察吾衷，谓吾忍舍汝而死，谓吾不知汝之不欲吾死也，故遂忍悲为汝言之。"《与妻书》一千三百来字，一气呵成，娟秀的小楷一笔不苟。两封信，通宵达旦，呕出了一腔的热血，内心一下子平静下来。生前身后的事俱已交割清楚，二十四岁的生命一夜之间完全成熟。

《禀父书》和《与妻书》是人生的断后文字。必须承认，相对于如此决绝的姿态，总督衙门的战役显得过于短促，甚至有些潦草。林觉民与同盟会员攻入督署，不料那儿已经人去楼空。他们打翻煤油灯点起了一把火，然后纷纷转身扑向军械局。大队人马刚刚涌到东辕门，一队清军横斜里截过来。激烈的巷战立即开始，子弹噗噗地打进土墙，碎屑四溅。突然，一发尖啸的子弹如同一只蝗虫飞过，啪地钉入林觉民的腰部。林觉民当即仆倒在地，随后又扶墙挣扎起来，举枪还击。枪战持续了一阵，林觉民终于力竭不支，慢慢瘫在墙根。清军一拥而上，人头攒动之中有人飞报：抓到了一个穿中山装的美少年。

审讯常常是大规模骚乱的结局。要么统治者审问叛逆者，要么叛逆者审问统治者。现在，主持审讯的仍然是两广总督张鸣岐。林觉民和同盟会的人马抵达的时候，张鸣岐已经越墙而去。一种说法是，张鸣岐手脚利索，望风而逃，他抛下的老父张少堂和妻妾三人瑟缩于内室的一隅，哀声苦求饶命；另一种说法是，张鸣岐事先得到了细作的密报，督署仅是一幢空房子，四面伏兵重重，同盟会中了圈套。不管怎么说，骚乱并没有改变既定的格局。

当然，张鸣岐和林觉民共同明白，大堂上的吆喝、惊堂木、刑具以及声色俱厉的控告都已丧失了意义。身负镣铐的林觉民心怀必死之志。老父牵挂，娇妻倚门，二十四岁的人眼神清澈，步履轻盈，但是，林觉民还是坚定地往黄泉路上走去——那么多的福州乡亲已经在鬼门关那边等他了。半个月之前，林觉民潜回福州，召集一批福州的同盟会会员秘密赴粤。他们在台江码头分搭两艘夹板船抵马尾港，随后换乘轮船出闽江口，沿海岸线南下广州。总督衙门一役，殉命的福州乡亲多达二十余人。林觉民深为敬重的林文已经先走了一步。东辕门遭遇战，林文企图策反李准部下。手执号筒的林文挺身而出，带有福州腔的国语向对方高喊"共除异族，恢复汉疆"，应声而至的是一枚刻薄的子弹。子弹正中脑门，脑浆如注，立刻毙命。冯超骧，"水师兵团围数重，身被十余创，犹左弹右枪，力战而死"；刘元栋，"吼怒猛扑，所向摧破，敌惊为军神，望而却走，鏖战方酣适弹中额遽仆，血流满面，移时而绝。"还有方声洞，也是福州闽侯人，同盟会的福建部长，曾经习医数载，坚决不愿意留守日本东京同盟会："义师起，军医必不可缺，则吾于此亦有微长，且吾愿为国捐躯久矣"，双底门枪战之中击毙清军哨官，随后孤身被围，"数枪环攻而死。"林尹民，陈更新，陈与燊，陈可钧，还有连江县籍的几个拳师，他们或者尸横疆场，或者被捕之后引颈就刃，林觉民又怎么可能独自苟活于天地之间？

想用囚犯的演说打动审讯者，这无异于与虎谋皮。但是，林觉民的灼灼目光与慷慨陈词还是震撼了在座的清军水师提督李准。世界形势，清朝的朽败，孙中山先生的伟大事业，林觉民血脉偾张，嗓门嘶哑，激烈的手势将身上的镣铐震得当啷啷地响。即使是一介武夫，李准也能够明显地感受到林觉民身上逼人的英气。他挥手招来了衙役，解除镣铐，摆上座位，笔墨侍候。林觉民揉了揉僵硬的手腕，坦然地坐下，挥毫疾书，墨迹淋漓飞溅。刚刚写满一张纸，李准立即趋前取走，转身捧给张鸣岐阅读。大清王朝呼啦啦如大厦将倾，蝼蚁般的草民茫然如痴，革命者铤而走险，拳拳之心谁人能解？林觉民一时悲愤难遏，一把扯开了衣襟，挥拳将胸部擂得嘭嘭地响。一口痰涌了上来，林觉民大咳一声含在口中而不肯唾到地上。李准起身端来一个痰盂，亲自侍奉林觉民将痰吐出。

目睹这一切，张鸣岐俯身对旁边的一个幕僚小声说："惜哉！此人面貌如玉，肝肠如铁，心地如雪，真奇男子也。"幕僚哈腰低语："确是国家的精华。大帅是否要成全他？"张鸣岐立即板起脸正襟危坐："这种人留给革命党，岂不是为虎添翼？杀！"

命运的枷锁并没有打开。

林觉民被押回狱中，从此滴水不肯入口。数日之后，一发受命于张鸣岐的子弹迫不及待地蹦出枪膛，准确地击中了他的心脏。刑场传来的消息说，就义之际，林觉民面不改色，俯仰自如。林觉民死后葬于广州的黄花岗荒丘，一共有七十二个起义的死难者埋在这里。风和日熙，黄花纷纷扬扬，漫山遍野；阴雨绵绵，那就是七十二个鬼魂相聚的时节。坟茔之间啾啾鬼鸣，议论的仍然是国事天下事。

五个多月之后，也就是辛亥年九月，公历1911年10月，武昌起义成功。辛亥革命推翻了千年帝制，民国成立。

贰　即使是结识历史人物，也是需要缘分。

我长期居住在福州，几度搬家，每一处新居距离林觉民纪念馆都没有超过一公里。尽管如此，我对于这个人物从未产生兴趣。纪念馆是清代中叶的建筑，朱门，灰瓦，曲线山墙，三进院落。附近的高楼鳞次栉比，纪念馆还能在玻璃幕墙之间坚守多久？我对这一幢建筑物命运的关注远远超过了它的主人。一个有趣的历史问题始终没有进入我的视野：一个仅仅活了二十四年的人有什么资格占有一个偌大的纪念馆？现在，历史已经被一大批骚人墨客调弄成下酒菜。他们或者钟情于帝王及其皇宫里的金枝玉叶，或者努力修补富商大贾的家谱。林觉民这种"拼命三郎"式的革命家显然太没有情趣。可是，在我四十八岁的时候，那个仅仅活了二十四年的人突然闪出了历史著作站到跟前。林觉民这个名字鬼魅般地撞开了我的意识大门，种种情节呼啸着在脑子里横冲直撞，令人神经亢奋，夜不能寐。

生当人杰，死亦鬼雄，我终于从福州的子弟身上也看到了这种掷地有声的性格。

福州是东海之滨的一个中型城市，两江穿城，三山鼎立，长髯飘拂的大榕树冠盖如云。这里气候温润，物产富庶，江边的码头人声如沸，鱼虾的腥味随风荡漾；市区小巷纵横，炊烟弥漫于起伏错落的瓦顶之上。历史记载证明，福州人的祖先多半来自北方的中原。魏晋时期开始，北方的中原烽火连天，一些富庶的名门望族扶老携幼仓皇南逃，其中一部分陆续落脚在这里。可以想象，这些逃跑者的后代性情温和，血液的沸点很高，不到万不得已不会破门而出。据说福州许多女人的日子很惬意。她们戴着满头的卷发器到菜市场指指点点，身后自然有一个拎菜篮的男人跟上付账。另一种更为夸张的说法是，这些男人连涮马桶、倒夜壶也得亲自动手。总之，这些男人的骨头软，胸无大志，撑不起历史的顶梁柱。我在这个城市的一条巷子里长大，打架毁墙揭瓦片无所不为，但是，这种市井无赖的形象无助于证明福州男人的高大。现在，林觉民如同一颗耀眼的流星划过这个城市的漫长历史。仰天长啸，壮怀激烈，福州也有这等顶天立地的好汉。我母亲也姓林，一样的闽侯人，我或许可以大胆地将林觉民视为母亲这个谱系的一个先辈。

燕赵多慷慨悲歌之士。相形之下，福州人似乎有些心虚。为什么他们享受不到这种美誉？肯定存在某种偏见。当年林觉民从福州召集了一批乡亲赴粤，他们多半刚烈豪爽，精通拳棒。这些人的种子仍然撒在福州的肥沃土地上。他们的后裔常常四处奔走，抡起一对拳头打遍天下不平事。不少人通过不正规的渠道踏入日本岛国，或者漂洋过海来到美国。他们隐居在东京和纽约的唐人街，只听得懂乡音而不谙日语和英语。某些时候，他们会突然出现在街头，挥拳将不可一世的日本鬼子或者美国佬打得鼻青眼肿。美国的警车冲入唐人街哇哇乱叫，回答他们的一概是福州话。据说，纽约的警察局贴出了一条广告：招募懂得福州方言的警察。当然，我不愿意人们将我的乡亲想象成一伙莽汉。我的另一些乡亲文采斐然。牺牲在东辕门的林文工诗文，音节悲壮，沉郁顿挫："极目中原事，干戈久未安。豺狼当道路，刀俎尽衣冠。大地秦关险，秋风易水寒。《雪花歌》一曲，听罢泪漫漫。"如果不是用福州方言诵读，人们肯定会将作者想象成一个关西大汉。

我常常考虑，问题是不是就出在福州方言之上？语言学家可以证明，福州方言恰恰是来自中原的古汉语。那些南迁的名门望族带来了中原的口音，福州方言之中可以发现大量的古汉语用法。这些口音揣在南方的崇山峻岭之中，渐渐与北方中原割断了联系而成为方言。然而，自从中原文化被视为正统之后，方言似乎就是蛮夷之地的鸟语。福州方言多降调，而且保存了许多古汉语的入声，听起来叽里咕噜的一片。北京人说起话来抑扬顿挫，连骂娘的节奏都格外舒缓。他们的言辞之中可以加入那么多的"儿"化，福州人常常觉得自己的舌头笨得不行。即使是能言善辩的福州大佬，遇到一口标准的京腔就像剥了衣服似的自惭形秽。我的想象之中，高大的英雄总是屹立在远处，嘴里肯定不会冒出土气呛人的方言。福州出过另一个大人物林则徐。道光年间，林则徐用漏风的国语命令：给我烧了！于是，虎门的鸦片烧成了一片火海；林则徐又用漏风的国语下达命令：抬出大炮！炮台上的大炮昂起头来，军舰上的英军相顾失色。所以，林则徐林文忠公是近代史上赫赫有名的大英雄，举世公认。尽管如此，福州还是有许多段子编派林则徐口音不准的小故事。这时的林则徐不是朝廷的钦差大臣，他只是福州人的乡亲，是我们祖上的一个可爱的老爷子。

　　林觉民是一个风流倜傥的才子。他二十岁的时候东渡日本留学。谙熟日语之外，他还懂得英语和德语。林觉民比鲁迅小六岁，是一个现代知识分子，可以从容地出入国际性舞台。我的心目中，林觉民的形象将英雄与乡亲有机地统一起来了。

　　叁　辛亥年三月份广州的那一阵密集的枪声夹在厚厚的历史著作之中，听起来遥远而模糊。然而，时隔近一个世纪，这一阵枪声奇怪地惊动了我的庸常生活。我开始在历史著作之中前前后后地查找这一阵枪声的意义。

　　黄花岗烈士殉难一周年之后，孙中山先生在一篇祭文之中流露了不尽的悲怆之情："寂寂黄花，离离宿草，出师未捷，埋恨千古。"时隔十年重提这一场起义，孙中山先生的如椽大笔体现了历史伟人的高瞻远瞩。他在《黄花岗烈士事略》序言之中写道："……是役也，碧血横飞，浩气四塞，草木为之含悲，风云因之变色。全国久蛰之人心，乃大兴奋。怨愤所积，如怒涛排壑，不可遏抑，不半载而武昌大革命以成。"

　　多年以来，清宫戏在电视屏幕之上长盛不衰。康熙、雍正、乾隆和慈禧太后带上他们的臣子和后宫登陆每一户人家的客厅，"万岁爷"、"娘娘"、"奴才谢恩"的声音不绝于耳。我常常在电视机前想起了辛亥革命。如果没有辛亥革命带来的历史剧变，这些皇帝老儿肯定还要从电视屏幕的那一块玻璃背后威严地踱出来，喝令我们跪拜叩首。辛亥革命如此伟大，以至于开始介绍福州乡亲林觉民的时候，我肯定要证明他在辛亥革命之中的位置。

　　令人遗憾的是，这个意图始终无法完整地实现。我似乎找不到广州起义与武昌起义之间的历史阶梯，二者之间不存在递进关系。没有证据表明，广州起义曾经重创清廷的统治系统，从而为武昌的革命军创造了有利条件。林觉民们的枪声响过之后，两广总督张鸣岐还是人五人六地坐在审判席上发号施令。

广州起义是孙中山先生在马来半岛的槟榔屿策划的。庚戌年十一月，他秘密召集南洋各地的同盟会骨干开会，决定再度在广州起事，并且指定由黄兴负责。会议之后半个月，孙中山先生即远赴欧洲、美国、加拿大筹款，他在起义失败的次日才从美国芝加哥的报纸上得到消息。总之，广州起义不像一场深谋远虑的战役镶嵌在历史之中，有时人们会觉得，这更像一件即兴式的行动艺术。

武昌起义的导火索必须追溯到清政府的"铁路干线国有"政策。清政府强行接收粤、川、湘、鄂四地的商办铁路公司，各地的保路运动沸反盈天。四川尤为激烈，成都血案。清政府急忙调遣湖北新军入川弹压，湖北的革命党乘虚奋勇一击，长长的锁链终于哗地解体。总之，广州起义与武昌起义属于两个不同的段落。孙中山先生所说的"久蛰之人心，乃大兴奋"云云，陈述的是舆论、声势或者气氛造成的影响——正如孙中山先生在另一封信里说的那样："广州起义虽失败，但影响于全世界及海外华侨实非常之大。"

但是，我时常觉得"影响"这个评语不够过瘾。林觉民应当有更大的历史贡献，他付出的代价是自己的生命。一个二十四岁的生命仅仅制造了某种"影响"，就像点一根爆竹一样？我期望能够论证，林觉民是辛亥革命之中的一个齿轮——哪怕小小的齿轮也是一部机器不可或缺的组成部分。然而，我的虚荣心遭到本地一位业余历史学家的批评。在他看来，将历史想象成一部大齿轮带动小齿轮匀速运转的机器是十分幼稚的。历史是由无数段落草草地堆砌起来，没有人事先知道自己会被填塞在哪一个角落。古往今来，多少胸怀大志的人一事无成。如果不是历史凑巧提供一个高度，即使一个人愿意将自己的生命燃成一把火炬，照亮的可能仅仅是鼻子底下一个极其微小的旮旯。广州起义之前，孙中山还在广东策划了九次失败的起义，屡战屡败，屡败屡战。九次的起义队伍之中可能藏有一些比林觉民更有才华的人，可是，他们早就湮灭无闻。广州起义再度受挫，然而，这是武昌胜利之前的最后一次失败——林觉民因此成为后来的胜利者记忆犹新的先烈。可以猜想，如果还有九十次失败的起义，林觉民恐怕也只能像落入河里的一块瓦片无声无息地沉没。这个意义上，他已经是一个幸运者。这位业余历史学家劝我，不要为"历史贡献"这些迂腐之论徒增烦恼。我们的乡亲林觉民有血有肉，有情有义，他会心高气傲，会口出狂言，会酩酊大醉，也会愁肠百结。心存革命一念，他就慷慨无私地将自己的一百多斤豁了出去。做得到这一点的人就是大英雄。至于有多少历史贡献，这笔账由别人去忙活好了。

肆 我曾经说过，林觉民是一个现代知识分子；现在，我又有些怀疑。林觉民的性格之中保存了不少侠气。豪气干云，一诺千金；仰天悲歌，击鼓笑骂；一剑封喉，血溅五步——这是林觉民的形象。

现代知识分子很少有这种颐指气使的性格。鲁迅对于正人君子的虚伪深恶痛绝。他的内心存有深刻的怀疑。既怀疑他人，也怀疑自己。他很难与哪一个人成为刎颈之交，并肩地挽起手臂临风而立。"两间余一卒，荷戟独彷徨"，这种孤独的确是鲁迅的精神写照。美国回来的胡适当然有些绅士风度。温和，大度，自由主义式的宽容，主张多研究些问题少谈些主义。他与陈独秀共同提倡白话文的时候流露出些许霸气，后来就是一个好好先生，闲暇时吟一些"两个黄蝴蝶，双双飞上天，不知为什么，一个忽飞还"之类的小诗。徐志摩呢？"我不知道风／是在哪一个方向吹——"，这个浪漫多情的诗人骨头轻了一些。当然，还有"我是一条天狗呀！我把月来吞了，我把日来吞了，我把一切星球来吞了，我把全宇宙来吞了"——那是一个沸腾的郭沫若，尽管他的激情有余而刚烈不足。另一些打领带的教授就不必逐一细数了吧。他们或者擅长背古书，或者擅长说英文，懂些理论，有点个性，不肯盲从或者迷信，推敲过"to be or not to be"，偶尔也不可避免地有些小私心、小虚伪、小猥琐或者小怪癖，总之都算现代知识分子。但是，他们身上统统删掉了林觉民的侠气。

所以，我倾向于将林觉民归入游侠式的知识分子形象系列。白袍书生，负一柄剑，沽一壶浊酒，行走于日暮烟尘古道，轻财任侠，急公好义，胸怀大志。他们肯定善于歌赋，荆轲当年信口就吟出了一曲千古绝唱："风萧萧兮易水寒，壮士一去兮不复返。"很难猜测他们的剑术如何，但是这些人无不因此而自夸。李白自称"十五好剑术"，辛弃疾"醉里挑灯看剑"，龚自珍"一箫一剑平生意"，谭嗣同"我自横刀向天笑"，一身中山装的林觉民手执步枪，腰别炸弹地闯入广州总督衙门的时候，人们联想到的多半是江湖上的大侠。

"少年不望万户侯"，这是林觉民十三岁时在考场写下的七个大字。光绪二十五年，林觉民的嗣父命他应考童生。这个桀骜不驯的小子挥笔在试卷上写了七个字之后就扬长而去。他自号"抖飞",又号"天外生",显然是展翅翱翔的意象。他想去哪里？嗣父有些不安，只得安排他投考自己任教的全闽大学堂。然而，全闽大学堂是戊戌维新的产物，思想激进者大有人在。林觉民有辩才，纵议时局，演说革命，私下里传递一些《苏报》《警世钟》《天讨》之类的革命书刊。嗣父管不住他了，指望校方严加束缚。当时的总教习有一双慧眼："是儿不凡，曷少宽假，以养其浩然之气。"一个晚上，中学生林觉民在一条窄窄巷子里演说，题为《挽救垂危之中国》，拍案捶胸，声泪俱下。全闽大学堂的一个学监恰好在场。事后他忧心忡忡地对他人说："亡大清者，必此辈也！"中学生林觉民竟然在家中办了一所小型的女子学校，亲自讲授国文课程，动员姑嫂们放了小脚。尽管周围的亲人渐渐习惯了林觉民离经叛道的言行，但是，他们怎么也想象不到，五年以后的林觉民竟然敢手执步枪、腰别炸弹地闯入总督衙门。

至少在当时，周围的亲人并未意识到林觉民身上的侠气。他在福州结交的许多同盟会员都喜欢行侠尚武。黄花岗烈士之中，林文为自己镌刻的印章是"进为诸葛退渊明"；林尹民擅长少林武术，素有"猛张飞"之称；陈更新能诗词，工草书，好击剑，精马术；刘元栋体格魁梧，善拳术；刘六符目光如电，曾经拜名震八闽的拳侠为师；方声洞有志于陆军，冯超骧成长于军人世家。总之，这一批知识分子不是书斋里的人物。驳康有为，斥梁启超，林觉民与这一批知识分子崇尚行动，不仅用笔，而且用枪。如今，许多历史著作提到陈独秀、胡适或者鲁迅、周作人的启蒙思想，另一些风格迥异的知识分子群落往往被忽略了。

侠肝义胆的一个标志就是随时可以赴死。这种人往往不再儿女情长。真正的大侠只能独往独来；如果后面跟一个女人，一步三回头是要坏事的。缠缠绵绵只能消磨意志，多少英雄陷入温柔乡半途而废。英雄手中的长剑，一方面是格杀敌手，另一方面是挥断自己的情丝。儿女情长是柳永、张生、梁山伯或者贾宝玉们的故事，与行走在刀尖上的革命者离得很远。

然而，没有想到，福州乡亲林觉民同时还是一个情种。他不仅一身侠骨，而且还有一副柔肠。

伍 现今我已经无从考证滨江楼位于香港何处，也没有这个兴趣。我愿意将滨江楼想象为一幢二层的小楼，楼上听得见隐隐的江涛和不时的虫鸣。辛亥年三月的一个夜晚，一个血气方刚的男子倚窗独坐，他在同伴的鼾声里总结自己的情爱历史。

林觉民的大丈夫形象已经得到了历史著作的公认，他的情种形象来自《与妻书》。"意映卿卿如晤"，林觉民的《与妻书》是给他的妻子陈意映做政治思想工作。他要离开自己至爱的女人赴死，他希望陈意映明白他的心意，不要怨他心狠，不要悲伤过度；即使成为一个鬼魂，他也会依依相伴，阴阳相通。天下为公，坦坦荡荡；两情相悦，寸心自知。林觉民的《与妻书》既深情款款又凛然大义，既刚烈昂扬又曲径通幽。一个女作家深有感触地说，读《与妻书》犹如一次精神上的做爱，一波三折，最终达到了革命与爱情的双双高潮。我丝毫不觉得这种比喻有什么亵渎的意味。相反，这说明了革命的情操动人至深。

　　吾至爱汝，即此爱汝一念，使吾勇于就死也。吾自遇汝以来，常愿天下有情人都成眷属；然遍地腥云，满街狼犬，称心快意，几家能彀？司马春衫，吾不能学太上之忘情也。语云：仁者"老吾老以及人之老，幼吾幼以及人之幼"。吾充吾爱汝之心，助天下人爱其所爱，所以敢先汝而死，不顾汝也。汝体吾此心，于啼泣之余，亦以天下人为念，当亦乐牺牲吾身与汝身之福利，为天下人谋永福也。汝其勿悲！

福州的林觉民纪念馆即是林觉民出生的原址。这座大宅院坐西朝东，四面有风火墙，内分南院和北院，北院有一幢二层楼房和一座小花园，大门边即是福州著名的"万升桶石店"。这座大宅院的主人最早可以查到的是林觉民的曾祖父。林觉民居住大宅院之内的西南隅，一厅一房，一条狭长的小天井，天井的角落种一丛腊梅。

许多人习惯于用恒久的时间证明爱情的不朽，海枯石烂，忠贞不渝。但是，真实的爱情要有一个存放的空间。如今，大宅院之中林觉民与陈意映的居室陈设如故。出双入对，同栖同宿，当年这里的一切都曾经烙上两人的体温。林觉民的记忆之中收藏了如此之多陈意映的细节：笑靥，步态，娇语，嗔怒，凝神，含羞……想不到，这里即将成为伤心之地。物是人非，情何以堪？

汝忆否？四五年前某夕，吾尝语曰："与其使吾先死也，毋宁汝先吾而死。"汝初闻言而怒，后经吾婉解，虽不谓吾言为是，而亦无辞相答。吾之意盖谓以汝之弱，必不能禁失吾之悲，吾先死留苦与汝，吾心不忍。故宁请汝先死，吾担悲也。嗟夫，谁知吾卒先汝而死乎？吾真真不能忘汝也。回忆后街之屋，入门穿廊，过前后厅，又三四折有小厅，厅旁一室，为吾与汝双栖之所。初婚三四个月，适冬之望日前后，窗外疏梅筛月影，依稀掩映，吾与汝并肩携手，低低切切，何事不语？何情不诉？及今思之，空余泪痕。又忆六七年前，吾之逃家复归也，汝泣告我："望今后有远行，必先告妾，妾愿随君行。"吾亦既许汝矣。前十余日回家，即欲乘便以此行之事语汝，及与汝相对，又不能启口，且以汝有身也；更恐不胜悲，故惟日日呼酒买醉。嗟夫，当时余心之悲，盖不能以寸管形容之。

大宅院里住着林觉民父辈的七房族人。从曹雪芹的《红楼梦》、巴金的《家》《春》《秋》到曹禺的《雷雨》，人们可以在文学史上读到一批大家族的故事。那个时候，生活在大家族之中的年轻一辈压抑，无助，未老先衰。通常，他们只能像土拨鼠似的在长辈之间钻来钻去，竭力找到一个可以自由呼吸的缝隙。由于没有直抒胸臆的机会，这些年轻人往往多愁善感，神经纤细。如果套上一个不称心的婚姻，他们的下半辈子再也产生不了任何激情。大家族内部的不幸，林觉民都看见了。

林觉民的嗣父林孝颖是林觉民的叔叔。他饱学多才，诗文名重一时。考上秀才时，福州的一位黄姓富翁托媒议亲，招为乘龙快婿。不料林孝颖根本不乐意接受这一门父兄包办的亲事。他第一天就拒绝进入洞房，并且因为心灰意冷而从此寄情于诗酒。大宅院之中，黄氏徒然顶一个妻子的名分煎熬清水般的日子，白天笑脸周旋于妯娌之间，夜里蒙头悲泣，嘤嘤之声盘旋在几进院落的墙角。为了安慰黄氏，排遣她的孤单和寂寞，林孝颖的哥哥将幼小的林觉民过继给黄氏抚养。

随着年龄渐长，上一代人的嘤嘤悲泣始终缭绕在林觉民的耳边。他一辈子感到幸运的是娶到了陈意映。也是父母之命，也是媒妁之言，但是，老天爷却让他遇到了情投意合的陈意映："吾妻性癖、好尚与余绝同，天真烂漫女子也！"

但是，情种林觉民就要离开这座大宅院，远赴疆场，九死一生。嗣父一定感到林觉民神色异常，再三询问。林觉民推说日本的学校放樱花假，他约了几个日本的同学要到江浙一带游玩。生母一定也察觉到了什么，但是问不出原因。死何足惧，真正割舍不下的是陈意映，然而她茫然无知——是不是八个月的身孕转移了她的注意力？林觉民肝肠寸断，欲说还休，唯有日复一日地借酒浇愁。所以，《与妻书》之中的这几段话既是说给陈意映，也是说给自己——不说服自己怎么能走得动？

　　吾诚愿与汝相守以死，第以今日事观之，天灾可以死，盗贼可以死，瓜分之日可以死，奸官污吏虐民可以死，吾辈处今日之中国，国中无时无地不可以死？到那时使吾眼睁睁看汝死，或使汝眼睁睁看我死，吾能之乎？抑汝能之乎？即可不死，而离散不相见，徒使两地眼成穿而骨化石，试问古今来几曾见破镜能重圆？则较死为尤苦也。将奈之何？今日吾与汝幸双健，天下人人不当死而死，与不愿离而离者，不可数计；钟情如我辈者，能忍之乎？此吾所以敢率情就死不顾汝也。吾今死而无余憾，国事成不成，自有同志者在。依新已五岁，转眼成人，汝其善抚之，使其肖我。汝腹中之物，吾疑其女也，女必像汝吾心甚慰。或又是男，则亦教其以父志为志，则我死后尚有二意洞在也。幸甚，幸甚！吾家后日当甚贫，贫无所苦，清净过日子而已。

　　吾今与汝无言矣，吾居九泉之下遥闻汝哭声，当哭相和也。吾平日不信有鬼，今则又望其真有；今人又言心电感应有道，吾亦望其言是实。则吾之死，吾灵尚依依伴汝也，汝不必以无侣悲！

　　吾平生未尝以吾所志语汝，是吾不是处，然语之，又恐汝日日为吾担忧，吾牺牲百死而不辞，而使汝担忧，的的非吾所忍。吾爱汝至。所以为汝谋者惟恐未及。汝幸而偶我，又何不幸而生今日之中国？吾幸而得汝，又何不幸而生今日之中国？卒不忍独善其身。嗟夫！巾短情长，所未尽者尚有万千，汝可以模拟得之。吾今不能见汝矣，汝不能舍吾，其时时于梦中得我乎？一恸！辛亥三月二十六夜四鼓，意洞手书。

　　家中诸母皆通文，有不解处，望请指教，当尽吾意为幸。

　　"巾短情长，所未尽者尚有万千"，无限的牵挂和负疚，可是林觉民不得不动身了。没有一个至爱的女人，林觉民的内心一定轻松许多；可是，没有一个至爱的女人，生活还值得喷出一腔的鲜血吗？"汝幸而偶我，又何不幸而生今日之中国？吾幸而得汝，又何不幸而生今日之中国？"长吁短叹，家国不可两全。就是在这一刻，历史无情地撕裂了这个男子。

陆　盖棺论定。一个人做了该做的一切，然后问心无愧地进入历史。历史公正地铭记一切。可是，这种观点又一次遭到了那一位本地业余历史学家的哂笑。他认为，历史就是遗忘绝大多数人，保存极其个别幸运者的事迹。然而，奇怪的是，这些幸运者根本不能控制自己烙印在历史上的形象，也不清楚自己会在哪一天突然大红大紫，或者在另一天被骂个狗血喷头。

黄花岗烈士之中，福州乡亲有名有姓的计十九名。林文、林觉民、林尹民号称"三林"，林文为首。"独来数孤雁，到处总悠悠"，"露枯野草频嘶马，水满荒塘不见花"，写得出这种诗句的人一定是不凡之辈。可是，除了些许零散的诗篇，林文不再为历史留下什么。福州已经找不到他的故址。他的亲戚后人杳无音讯。林觉民追随孙中山先生，秘密奔走于日本、福建、香港、广州之间，最终手执步枪、腰别炸弹地杀入总督衙门，然而，现在许多人记住他的原因是《与妻书》。

至少在网络上，革命家林觉民已经成为一个没有温度的称号，情种林觉民仍然炙手可热。我利用搜索引擎查到了虚拟空间的一次圆桌讨论，登录网络的众女士曾经深入研究"我生命中的男人"。林觉民榜上有名。当然，许多男人的名字都出现在这个圆桌讨论之中。曾国藩据说适合当父亲，因为他家教甚严；萧峰——金庸小说之中的人物——豪情磊落，适合当大哥；李白做一个浪漫的小弟挺好；周润发风度翩翩，是男朋友的理想人选；至于丈夫当然要找胡雪岩，因为这老儿有的是钱；如果有可能，再要一个比尔·盖茨做儿子，这娃娃脑子好使，孺子可教也，当妈的省心。也有人提出喜欢贾宝玉，原因是公子听话；另一个女士爱上了孙悟空，因为这猴儿能够七十二变，好玩。这些意见多少有些俗。另一个识见不凡的女士发来一个长长的帖子，她提出了三个理想的男子：项羽，林觉民，关汉卿。项羽显然不仅因为他破釜沉舟的豪迈，这个敢作敢当的男人与虞姬的生死之恋永垂千古；林觉民单凭一封《与妻书》就可以征服无数的芳心；关汉卿这家伙落拓不羁，是一粒"蒸不烂煮不熟捶不扁炒不爆响当当的铜豌豆"，顽劣而又风流，叫人如何不想他。这份帖子赢得了不少掌声，尽管另一些女士表示了某种无关紧要的分歧，例如这些男人都过于霸气，如此等等。

必须承认，这些意见视野开阔，一些妙想甚至匪夷所思。即使林觉民再有想象力恐怕也料想不到，多年以后他可以在这种场合与曾国藩、周润发或者比尔·盖茨同台竞技。抱怨播下龙种而收获跳蚤肯定有些自以为是，但是，这至少可以证明，凡人很难预料，神秘莫测的历史会给未来孕育出什么。

大半个世纪之前，人们曾经从鲁迅的《药》读出了深刻的悲哀——革命者上了断头台，一批无知的庸众竟然在兴高采烈地当看客，甚至吮他的血。可是，历史上的大英雄什么时候躲得开寂寞和孤愤？也许，是大英雄自风流，没有必要为这种遭遇而伤感。这时，我又想到那位业余历史学家的观点：人生一世，有幸来到天地之间走一遭，能够认定什么是真理，甚至可以将自己的头颅潇洒一掷，长笑而去，这就是幸运的一生，壮烈的一生。那些蝇营狗苟的凡夫俗子并不是天生猥琐——因为他们找不到值得豁出命的事业。一辈子能够有一回惊天地，泣鬼神，如此快意，夫复何求！做了就做了，至于红尘滚滚之中的后人如何指指点点，褒贬引申，那只能随他去了。留下的历史无非是一些印刷品或者象征符号，笑骂由人，没有必要斤斤计较。

可是，林觉民身后的陈意映呢？林觉民慷慨就义，功德圆满，他是不是将无尽的痛苦抛给了陈意映？

躲不开的一问。

网络上有一篇文章说，林觉民不负天下，但负了一人；他不知道天下人的名字，却恨不得将这人的名字记到来世。陈意映愿意追随林觉民上天入地，林觉民却深挚而残酷地替她选择了独生。铁肩担道义。无论什么时候，林觉民都是一个堂堂男子汉。但是，他挥挥手将陈意映抛在彼岸——他有这个权利吗？

道理说得出千千万万，痛苦依然尖锐如故。即使霓虹灯闪烁的歌舞厅、富有磁性的嗓音或者重金属打击乐也无法覆盖这种人生难题。童安格，这个绰号"学生王子"的歌手居然幽幽地唱起了林觉民，唱起了香港滨江楼的《诀别》：

> 夜冷清　独饮千言万语
> 难舍弃　思国心情
> 灯欲尽　独锁千愁万绪
> 烽火泪　滴尽相思意
> 情缘魂梦相系
> 方寸心　只愿天下情侣
> 不再有泪如你

是吗？"不再有泪如你"？齐豫——齐秦的姐姐——用一个女人的心情回应一首：《觉——遥寄林觉民》。她要问的是，刹那是不是永恒——能不能"把缱绻了一时，当作被爱了一世？"

> ……
> 觉
> 当我回首我的梦
> 我不得不相信
> 刹那即永恒
> 再难的追寻和遗弃
> 有时候不得不弃

爱不再开始

却只能停在开始

把缱绻了一时

当作被爱了一世

你的不得不舍和遗弃

都是守真情的坚持

我留守着数不完的夜和载沉载浮的凌迟

谁给你选择的权利

让你就这样的离去

谁把我无止境的付出都化成纸上的一个名字

如今

当我寂寞那么真

我还是得相信

刹那能永恒

再苦的甜蜜和道理

有时候不得不理

　　还能说什么呢，林觉民？即使知道一切如此沉重，即使满心负疚，依然生离死别，能够握在手里的仅仅是一管笔——《意映卿卿》。许乃胜一曲轻吟如诉：

意映卿卿

再一次呼唤你的名

今夜我的笔沾满你的情

然而

274

我的肩却负担四万万个情

钟情如我

又怎能抵住此情

万万千千

意映卿卿

再一次呼唤你的名

曾经我的眼充满你的泪

然而

我的心已许下四万万个愿

率性如我

又怎能抛下此愿

青云贯天

梦里遥望

低低切切

千百年后的三月

我也无悔

我也无怨

歌罢无言。我知道，即使那个业余历史学家也不会再说什么。这是历史上不会愈合的伤口，但是，这些问题不会出现在历史著作之中。

柒一个作家对我说过，她很喜欢"意映卿卿如晤"这句话。我想了想，的确，这句话具有私语性质。"意映卿卿如晤"，一个小小的、温暖的私人空间就会随着文字浮现。

陈意映，一个女人的名字，一个收信人，一个林觉民的倾诉对象。现在，她要从纸面上活起来了。那么，她能够走多远呢？

这时，我的叙述半径急剧地收缩。陈意映可能离开她的一厅一房，出去给公婆请安；偶尔也会走出大门，"万升桶石店"总是那么热闹；是不是还会到门前的那条街上走一走呢？这是福州著名的南后街。一直到今天，这条街上还完整地承传了古街的格局。裱字画的，裁衣服的，卖寿衣的，编藤木器具的，做鞋的，各种小店一溜排开。正月十五过元宵，这条街上的灯笼糊得最好。带轮子的羊，马，牛，鱼，关公刀，小飞机，品种繁多。当然，大多数时光，陈意映肯定是待在她的一厅一房和狭小的天井里。儿子嗷嗷待哺，她离不开多长时间。陈意映出身书香门第，能诗文，父亲陈元凯是一个举人。所以，林觉民留在家里的几册书籍报刊已经足够她打发空闲的日子。她是不是零零星星地听到了革命、共和、光复这些概念？完全可能。但是，她抬起眼睛只能看到天井上方窄窄长长的天空。这是她的世界。历史在很远的地方运行，由丈夫林觉民以及他的一帮朋友操心。陈意映丝毫没有想到，突然有一天，历史竟然不打任何招呼就将如此沉重的担子搁在她的肩上。

"低低切切，何事不语？"陈意映生活在一个低语的小天地里。日子很扎实，只是因为有一个人绵绵情意，肌肤相亲。一个女人的耳边有了这些低语，她还有什么必要听那些火药味十足的大口号呢？

辛亥年的三月初，林觉民意外地从日本回到福州。他竟日忙于呼朋唤友，或者借酒使气，但是，陈意映从不问什么。林觉民是一个做大事的人，白天属于他自己。她已经习惯了将大日子搁在那个男人肩上，自己只管小天井里面的琐事，还有腹中八个月的胎儿。陈意映恐怕永远也不知道曾经酝酿的一个计划：林觉民本来打算让她运送炸药到广州。林觉民在福州西郊的西禅寺秘密炼制了许多炸药。他将炸药藏在一具棺材里，想找一个可靠的女子装扮成寡妇沿途护送。如果不是因为八个月的身孕举止笨拙，陈意映可能与林觉民一起赴广州，并且双双殒命。我猜想陈意映不会拒绝林觉民的要求。她甚至会认为，能够和林觉民死在一块，恐怕比独自活下来更好。

不知道摧毁她平静生活的凶讯是如何传递的？我估计只能是口讯而不是电报。广州起义的日子里，林觉民的岳父陈元凯正在广州为官。得到林觉民被捕的消息，他急如星火地遣人送信。赶在官府的追杀令抵达福州之前，林家火速迁走，偌大的宅院一下子空了。

避开了满门抄捕，陈意映与一家老小隐居于福州光禄坊一条秃巷的双层小屋。秃巷里仅一两户人家，这一幢双层小屋单门独户。陈意映惊魂甫定，巷子外面传言纷纷。一个夜晚，门缝里塞入一包东西，次日早晨发现是林觉民的两封遗书。"吾作此书时，尚是世中一人；汝看此书时，吾已成阴间一鬼。"天旋地转，泪眼婆娑。最后的一丝侥幸终于崩断。更深夜静，独立寒窗，一个女人的低泣能不能传得到黄花岗？

一个月之后，陈意映早产；五个多月之后，武昌起义；又过了一个月，福州起义，闽浙总督吞金自杀，福建革命政府宣告成立。福州的第一面十八星旗由陈意映与刘元栋夫人、冯超骧夫人起义前夕赶制出来。当然，革命的成功将归于众人共享，丧夫之痛却是由陈意映独吞。两年之后，这个女人还是被绵长不尽的思念噬穿、蛀空，抑郁而亡。

武昌起义成功之后的半年，孙中山先生返回广州时途经福州，特地排出时间会见黄花岗烈士家属，并且赠给陈更新夫人五百银元以示抚恤。至于陈意映是否参加，史料之中已经查不到记载。这个女人的踪迹此时已经淡出历史著作。她只能活在林觉民的《与妻书》之中。

捌 我站在马路对面的一座天桥上，隔着车水马龙遥看那一幢建筑物：朱门，曲线山墙，曲折起伏的灰瓦曾经遮盖那么多的情节。主角早已谢幕离开，舞台和道具依然如故。民国初期，这幢建筑物旁边的巷子辟为马路，如今是福州最为繁闹的地段。这幢建筑物仿佛注定要留下来似的，它顽强地踞守在两条马路交叉的拐角，矮矮地趴在一大片高楼群落之中。人来熙往，这里始终是一个安静得有些蹊跷的角落。周围的精品屋一茬又一茬，这一幢建筑物忠心耿耿地监护历史，一成不变。

林家仓皇撤离之后，一户谢姓的人家旋即购下了这座大宅院。谢家有女，后来出落成一个大作家，即谢冰心。冰心七十九岁时写成一篇忆旧之作《我的故乡》，文中兴致勃勃地记叙了这座大宅院：门口的万升桶石店，大厅堂，前房后院，祖父书架上的《子不语》和林琴南译著，每个长方形的天井都有一口井，各个厅堂柱子上的楹联，例如"知足知不足，有为有弗为"，如此等等。两个近代的著名人物一前一后出入这座大宅院，犹如天作之合。然而，令人奇怪的是，冰心丝毫没有提及林觉民。先前读过《我的故乡》，丝毫想不到冰心说的就是林觉民的故居——仿佛是另一座大宅院似的。冰心对于这里上演的悲剧一无所知吗？对于一个如此渊博的作家，好像不太可能。一个小小的谜团。

林家这一脉后来也出过一个女作家，算起来大约是林觉民的远房侄女。她就是后来嫁到梁启超家的林徽因。林徽因出生在杭州，但是回到过福州。她的文字里也没有提到这一座大宅院，不知为什么。

历史的沧桑，世态炎凉，有些事就不必再费神猜想了。

戊戌年的铡刀

壹 很长一段时间，我不断想象一把锋利的铡刀。用力掀起刀把，锈住的刀轴咯咯地响，刀刃阴冷灼亮如同一道阴鸷的眼神。我一直以为，这把铡刀肯定在戊戌年的九月二十八日安放在北京城宣武门外菜市口的刑场上。现在看来，这种想象似乎存在疑点。

戊戌年的九月二十八日是慈禧太后诛杀戊戌六君子的日子。手执长枪的清兵将刑场密密匝匝地围住，几辆囚车辚辚地推过来了。披头散发的六君子身负枷锁，蹒跚地从囚车上鱼贯而下：谭嗣同，杨锐，刘光第，杨深秀，康有为的弟弟康广仁，最为年轻的是福州乡亲林旭——他当时才二十三岁。

北京城宣武门外的菜市口是一个很有历史的刑场。据说城门的吊桥西侧曾立一石碣，上刻"后悔迟"三字。这个丁字路口杀过文天祥，杀过袁崇焕，现在轮到六君子了。古代的刑场多半设立在闹市，行刑是一个动人心魄的景观。菜市口的监斩席通常设在老药铺鹤年堂。午时三刻，监斩官朱笔一勾，大喝一声："斩讫报来！"跪伏在地的犯人辫子被紧紧拽住，脖子伸得又直又细，刽子手的刀光在正午的阳光下一闪，一颗人头骨碌碌地滚在地上，胸腔里的热血忽地喷出三尺之外。铺子里、茶楼上以及刑场四周的人群纷纷喝彩，一缕幽魂在众声吆喝之中一溜烟地蹿到天上去。有时刽子手功夫不到家，一刀斩在犯人的肩背上，一时死不了，号叫挣扎，人群里旁观的亲属泪如泉涌又噤不敢言。

戊戌年九月二十八日，菜市口人头攒动，诛杀六君子无疑是一个震撼朝野的大事件。公车上书。戊戌变法。康有为振臂疾呼。一百零三天的紧锣密鼓。然而，历史仅仅是小小地拐了一个弯就回到了旧辙。帝党失败，光绪皇帝被囚。这一场事变既有天下大势，匹夫踊跃，也有宫廷政治，骨肉相残。总之，谭嗣同等六君子被杀是慈禧太后为这个历史事件画下的一个血腥的句号。由于震怒和恐惧，慈禧甚至没有心情详细审讯就下令杀人。九月二十八日上午，狱卒将六君子押出监狱推上囚车。囚车从西门出来，熟知刑部规矩的刘光第心知不妙。到了菜市口刑场，他大声质问监斩官刚毅：还没有审讯，怎么能判死刑？监斩官喝令刘光第跪下，刘光第倔强地挺直身子：即使盗贼刑场上喊冤，也应该复审。杀我们这些人算不了什么，这么做置国家体制于何地？监斩官不耐烦地回答：我只是奉命监斩，其他的事管不了！

一个世纪之后，还是有人对于刘光第略有微辞。他们认为，刘光第不断地左顾右盼，犹豫骑墙，缺少拍案而起的气概——一直到最后的时刻才真正豁出命来。这就不如谭嗣同了。谭嗣同始终是一个侠气十足的革命家，没有丝毫迟疑的时刻。形势危急的时候，梁启超劝他一起出走日本，谭嗣同决心以死"酬圣主"。他的名言是："各国变法，无不从流血而成。今中国未闻有因变法而流血者，此所以不昌也。有之，请自嗣同始。"清兵围住寓所，一批武功高超的侠客愿意挥刀相救，谭嗣同拱手谢绝。身陷牢狱，他的激越诗句墨迹飞溅地破壁而出："我自横刀向天笑，去留肝胆两昆仑。"临刑之前，谭嗣同还在菜市口朗声大呼："有心杀贼，无力回天，死得其所，快哉快哉！"的确，谭嗣同铭记在历史上的形象就是一个天神般的大英雄。

是不是因为谭嗣同的形象过于夺目，以至于六君子的其他人常常缩到了历史的暗影里？例如林旭。光绪被囚之前写了两封惊慌失措的密诏给康有为，最后都由林旭转交。他显然明白自己的处境，也想得到闽地多山—— 一间茅屋两丘水田就足以隐身避祸。然而，林旭没有离开北京城，而是坦然地将菜市口作为自己的归宿。据说他在临刑前曾经仰天长啸"君子死，正义尽"，可惜多数历史著作并没有记载。

当然，在福州乡亲的传说之中，林旭的形象就清晰了许多。人们传说林旭在京城被腰斩，一刀两断的尸体就缝合之后千里迢迢地运回。按照福州的风俗，这种尸体回不了家。林旭的棺柩只得寄存在福州东郊金鸡山的地藏寺，众多僧人日夜诵经超度。尽管如此，一些慈禧的拥戴者仍然恨得咬牙切齿。他们涌入寺庙，用烧红的铁钎捅穿棺材，戮尸泄恨。历史上的维新变法层出不穷，思想家的大部头论著或者众多签名的万言书宏论滔滔。但是，只有看到了隐在幕后的策划、告密、惊慌的眼神、围捕时的刀枪、酷刑和哀号，看到秘密的奔走打点、未遂的劫狱计划、亲友的回避与退缩和鞭尸还不足解恨的怒气，人们才能想象得出历史是由什么构成的。

福州乡亲的传说似乎有根有据，但是，一份史料使我对"腰斩"一说产生了怀疑。春秋战国的时候已经有腰斩的记载。当时是将囚犯按在木砧上，挥起斧头砍成上下两段。将木砧和斧头联结为铡刀，大约已经到了汉代。据说李斯是第一个享受腰斩的名人。至于金圣叹是否被腰斩，这是一个有争议的悬案。一些记载认为，金圣叹腰斩《水浒》遭到了报应，自己也拦腰吃了一刀。这个玩世不恭的家伙临刑前还招招手叫过刽子手传授一个秘密：盐菜与黄豆一起吃，嘴里有核桃的滋味。另一些记载说，金圣叹在刑场上得意洋洋地说：砍头是一件至为疼痛的事情，我竟然无意得之，"不亦异乎?"——这么说来，他是被斩首了。清朝有一个主考官舞弊被判腰斩。据说他的上半截躯体痉挛地趴在地上，蘸着自己的血写了十三个"惨"字才死去，雍正因此废了这种死刑。既然如此，林旭似乎不可能死在铡刀之下。

考证菜市口铡刀的存在与否耗费了我不少精力，最终还是不了了之。一个人告诉我，当时的报纸用了"斩决并枭首示众"的字句，我就知难而退了。我经常使用"历史"这个字眼，但是并不喜欢蚯蚓似的在史料堆里钻来钻去。我对于历史的感叹，不是因为一个个具体的事例，而是总体的庞大与神秘。凡人与历史对弈，常常遭到莫名其妙的捉弄。一个人的命运是自己的能力乘以一个巨大的历史未知数，得数也是未知的。如果明白这一点，当初的林旭还会那么兴冲冲地赶到北京去吗?

戊戌年的京城报纸不一定到得了福州，腰斩或许是以讹传讹——当然也可能是别有用心的谣言。肯定有人会在这种残酷的谣言之中得到某种秘密的快慰。相对地说，后面这一则小消息不至于有什么误差：林旭的妻子沈鹊应写下了一副挽联之后服毒自尽。挽联曰：

> 伊何人，我何人，只凭六礼传成，惹得今朝烦恼；
> 生不见，死不见，但愿三生有幸，再结来世姻缘。

贰 林旭有诗名,被视为"同光体"的闽派代表人物之一,存有《晚翠轩诗集》。林旭的不少诗友认为,他有宋诗遗风,有时未免艰涩了一些。奇怪的是,我更多地读到的是开朗和明白畅达,例如"落香不见花,暗里勾我诗。风浪一回首,既往亦勿思";一些抒发胸臆的诗也是如此——"愿使江涛荡冠仇,啾啾故鬼哭荒邱。新仇旧恨相随续,举目真看麋鹿游。"这不是怀疑林旭的文采。我隐约地感到,林旭似乎没有将太多的精力放在字雕句琢之上,他的心思很大。相对地说,沈鹊应的诗词倒是精致。她的《崦楼遗稿》附于《晚翠轩诗集》之后。一首悲悼林旭的《浪淘沙》,既刚烈又哀婉:"报国志难酬,碧血谁收?箧中遗稿自千秋。肠断招魂魂不到,云暗江头。绣佛旧妆楼,我已君休,万千遗恨更何尤!拼得眼中无尽泪,共水长流。"

我猜想,沈鹊应的父亲沈瑜庆就是看上了林旭隐藏在笔墨之间的雄心大志,至于文章词句还不是那么重要。他想为沈家找的女婿恐怕不仅仅是一个普通文人。

的确,林旭与沈鹊应的姻缘如同古代戏文里的传奇。

林旭出身贫寒。祖父中过举人,曾在安徽任县令;父亲不过一个秀才,收入微薄。更为糟糕的是,林旭的父母早早就过世了,他的生活是由叔叔接济。所谓"家贫子读书",用功是贫寒子弟的共同特征。然而,微末的出身并没有局限林旭的开阔视野,这个穷小子胸中大气磅礴。这一切肯定会体现为奔放的少年文章。林旭被送进私塾读书,常常出语惊人,并且被视为"神童"。

恐怕谁也没有料到,林旭的小小名气竟然惊动了沈瑜庆。沈瑜庆是清朝重臣沈葆桢的四子。沈葆桢病殁于两江总督的职位上。朝廷念他功勋卓著,赏沈瑜庆为候补主事。不久之后,由沈葆桢的老友李鸿章推荐,沈瑜庆到南京的江南水师学堂任职。这一年春天沈瑜庆回福州扫墓省亲，顺便到林旭的私塾老师那儿串门，读到林旭的一些诗文，不禁击节称赏。也许是蓄谋多时，也许是灵机一动，总之，沈瑜庆当即决定将大女儿沈鹊应嫁给林旭。沈瑜庆当然没有乃父沈葆桢的雄才大略，但是，他自信鉴定一个毛头小伙子的资质还不至于看走了眼。不知是事后的杜撰还是确有其事——据说当时就有人悄悄地议论，林旭有短命之相。沈瑜庆的确也犹豫了一下，然而，爱才之心终究占据了上风。我特地找到一张林旭的相片研究了一阵：一个浓眉大眼的英俊少年身着棉袍站在墙根。个子是矮了些，但这与短命不短命毫不相干。

《崦楼遗稿》可以证明，沈鹊应是一个才女。她肯定有自己的主张和心思。不过，没有听说她有什么特别的表示。她是这一场婚姻的主角，但不是故事的主角。婚姻大事由父亲决定，女儿只有执行权而没有发言权。

一个县令的孙子娶到了两江总督的孙女，林旭的确高攀了。如此奇异的运气简直有些不真实。只不过会诌几句诗文的寒酸书生进入名门望族的深宅大院做女婿，林旭有些什么感想？兢兢业业大约是起码的标准。他跟随沈瑜庆到了南京，不久之后又前往武昌。林旭很快做出了证明：沈瑜庆并没有看错人。他在沈瑜庆身边两年之后回乡应试，先是考取秀才，随后又高中举人第一名。林旭迅速进入了众多名流的社交圈子，福州的小巷子和私塾院落里子曰诗云的琅琅书声下了退得很远了。可以想象，林旭肯定不是一个猥琐的小男人，高攀之后立即装出仰人鼻息的奴才相，口口声声只有沈家。但是，他一定时常惦记着沈瑜庆知遇之恩。必要的时候，他愿意舍命报答。

超出常人的才智，愿意舍命报答的心劲，林旭比很多人走得快。当时没有任何人料想得到，林旭脚下这条路的尽头竟然是宣武门外的菜市口。菜市口的利刃截断了二十三岁的匆匆步履，至今人们还是长吁短叹天道不公。堂堂正正的历史著作一般不纠缠怪力乱神这些无稽之谈，但是，我还是忍不住躲在历史之外感叹一个人命运莫测。有些时候，太好的运气的确令人不安，特别是少年得志。小时了了，大未必佳，太早将一生的福分挥霍殆尽，接下来是不是就要厄运当头了？

叁　梁启超曾经为戊戌六君子作传，传记之中如此形容林旭："……自童龀颖绝秀出，负意气，天才特达，如竹箭标举，干云而上。冠岁，乡试冠全省，读其文奥雅奇伟，莫不惊之，长老名宿，皆与折节为忘年交。故所友皆一时闻人。其于诗词骈散文皆天授，文如汉、魏人，诗如宋人，波澜老成，瓌奥深秾，流行京师，名动一时……"

戊戌变法失败之后六君子被杀，骨干分子梁启超却亡命日本。有人分析，梁启超心里多少有些抱愧，因此，他的六君子传多有溢美之辞——这大约是一种聊以自慰的补偿。当然，梁启超对于林旭的赞誉算不上夸张，可是，他隐去了某些重要的情节。林旭高中举人的第二年进京会试，竟然名落孙山；次年再考，又一次落第。这的确有些丢人。于是，林旭干脆留在京城，捐了一个内阁候补中书。如果说，林旭考取了什么状元榜眼探花，日后封了一个什么官，他会不会从另一条歧路平步青云，从而避开了菜市口的杀身之祸？

梁启超在戊戌六君子传之中说，他始终把林旭当成了弟弟——林旭小一岁。林旭素来喜好吟诗作赋，他曾经做出了诚恳的规劝："词章乃娱魂调性之具，偶一为之可也。若以为业，则玩物丧志，与声色之累无异。方今世变日亟，以君之才，岂可溺于是。"这似乎是夺人所爱，然而，林旭听进去了。他断然戒诗，转身跟随康有为，"治义理经世之学"。如果说，林旭专攻词章之学，哪怕成为游历边塞、出入青楼的浪荡文人，是不是反而有机会尽享天年？

这些可能性仅仅是臆想和感慨的材料，历史只能吝啬地拣出一种可能给予实现。历史分配给林旭的角色是，投入康有为的阵营，成为维新的活跃分子。当然，林旭欣然接受。戊戌年的六月份，光绪皇帝召见名声在外的康有为，晤谈十分投机；八月末，林旭也得到召见。光绪皇帝肯定相当欣赏这个锋芒毕露的小伙子。没过几天，林旭和杨锐、刘光第、谭嗣同一起被授予四品卿衔，担任军机处章京。至少在当时，林旭的内心一定涌出一阵春风得意的自豪。多少人二十三岁的时候就能得到皇帝的垂顾，神色昂然地穿梭在众多朝廷重臣之间？深夜扪心，林旭或许还记得起遥远的福州——东海之滨的一片孤城，一个寄人篱下的孤儿就一盏孤灯苦读不已。满腹经纶，道德文章，一切不就是为了这一天？林旭当然可能意识到，政治是一个危机四伏的是非之地，刀斧手随时都隐藏在大帐背后待命。尽管如此，他还是有些大意，没有仔细地盘算好撤退的路径，因为他是替皇帝效力——难道皇帝还算不上一个令人放心的保护伞吗？

林旭很快就成为光绪皇帝的心腹。这肯定是因为他的不凡见识。光绪第一次召见林旭的时候，他们之间的交谈几乎无法进行。林旭从小生长在温润的福州盆地。无论是买米、招呼邻居还是在私塾老师那里朗读"人之初"，一律用的是福州方言。福州方言音韵丰富，古意悠悠，一些老先生伸长脖子吟诵唐诗宋词，摇头晃脑令人神往。如果不是跟随沈瑜庆离开福州，林旭很可能根本没有意识到还有另一套所谓的"官话"。从南京到北京几年的工夫，林旭的官话好不到哪里。那一天召见的时候光绪皇帝满口京片子，林旭答得磕磕巴巴，许多话根本无法听懂。光绪皇帝皱了一阵眉头突然灵机一动，吩咐太监摆上笔墨。每当林旭的福州式官话荒腔走板得太厉害，光绪皇帝就命他将奏对之言写在纸上。往后的日子里，笔墨的辅助竟然成为他们君臣对话的基本模式。如果不是得到光绪的特殊器重，如此费神的交谈不可能再有第二次。

林旭频频进宫的另一个重要原因是，他成了光绪与康有为之间的使者。康有为的激进思想引起许多大臣的嫉恨。为了掩人耳目，光绪皇帝不再召见他而命林旭传话。那一天光绪正在与林旭促膝密议，小方桌上照例放置一副笔墨和一叠纸。太监突然报告慈禧太后从颐和园返回宫中，现在已经抵达宫门。突如其来的造访引起了一片惊慌，脸色苍白的光绪急忙起身相迎。林旭手忙脚乱地收拾桌上的纸片，匆匆登轿而去。如同鬼使神差似的，林旭的一张纸片不慎遗落在宫里，竟然被李莲英的亲信拾到，上面写的恰恰是康有为的一系列密谋。于是，"新党死机，遂定于此矣。"某些关键时刻，历史的重量的确只像薄薄的一张纸，轻轻一翻就过去了。

戊戌六君子想必是一个事后的命名。这几个人共同倾向于维新变法，但并非一个坚定的小团体，信仰一致，并且明确地约定时刻共进退。例如，康广仁多半是一个不明就里的屈死鬼——因为康有为出逃而揪住他顶账。据说康广仁平时常常奉劝康有为不要惹祸，充当了替罪羊之后痛悔不已。他在狱中急得以头撞壁，啼哭不止。六君子之中他第一个行刑就戮，因为刀钝而砍了好几下才死，挣扎得衣裤全都撕裂了。杨锐来自张之洞派系，事态紧急的时候有些不知所措。光绪皇帝给康有为的第一道求救密诏在他那里压了几天才转手由林旭递交。总之，种种迹象表明，林旭完全可能在乱哄哄的局势里找到一个机会出走。山高皇帝远，保得下一条命还有许多事情可以做。然而，林旭留下来了。

的确，林旭不如谭嗣同那么壮烈，然而，这仅仅是一个二十三岁年轻人。所有的历史人物都是凝固的前辈，以至于人们不再设身处地地想象他们的真实年龄。回到二十三岁的时候，我们做出了什么吗？胡子楂刚刚开始发硬，揣一张学历证书四处求职，空闲的时刻给女友发几则不咸不淡的短信，然后呆头呆脑地坐在沙发上看周杰伦演唱和超级女声。二十三岁的林旭有胸襟，有抱负，诗文行世，遐迩闻名，然后又转身在政治领域经历了一番惊天动地的大事。短命则短命矣，然而还是比许多凡夫俗子多活出好几辈子。也许，做出了什么并没有那么重要，重要的是二十三岁时已经有了不凡的定力：得意的时候没有轻狂之态，事到临头不会惊惶失措。许多人一直到耄耋之年还无法做到这一点。有人传说，林旭被捕之前曾经到一个传教士那里哭诉。即使这是事实，林旭的名声仍然毫发无损。一根手指头放在菜刀之下，多数人已经开始全身战栗；一颗头颅即将落地，瞬间的迷乱又算什么？几天之后，人们在监狱里看到林旭时，他已经镇静如常。这个浓眉大眼的小个子"秀美如处子"，脸上时时浮出安详的微笑。这时的林旭已经成长为真正的大英雄。人生的全部账目盘点清楚之后，这个二十三岁的年轻人正在铁窗下心若止水地等待最后的结局。

肆我开始意识到，我的叙述似乎过多地聚焦于琐碎的细节，例如菜市口的铡刀，谭嗣同的神态，林旭的诗风，沈家择婿的来龙去脉或者慈禧太后的神出鬼没……这是文学而不是历史。历史叙述的是巨型景观，只有文学才会没有出息地打扫细节。历史的关键词是江山，社稷，改朝换代，社会体制，至于个别人物的人格、相貌、饮食癖好、爱情史、开始长出白头发的年龄、开朗爽快还是优柔寡断——这些都是上不了台面的小玩意儿。一个人的名字组织到历史著作之中，这只能因为他在巨型景观之中的位置而不是围绕在身后的家长里短。

既然如此，我没有必要挖空心思地还原林旭生活在北京的每一个日子，考虑他如何挨过大雪纷飞的冬天，或者会不会思念福州的螃蟹、海蛎和清香扑鼻的鱼丸？掠开种种日常的碎屑之后我突然发现，一个尖锐的问题如同一柄匕首刺穿了我的稿纸——林旭能不能算死得其所？

如同谭嗣同的"酬圣主"，林旭也在狱中写下了"慷慨难酬国士恩"的诗句。国士者，光绪皇帝的暗喻。换一句话说，林旭的短暂一生仍然是殉了光绪皇帝，殉了古老的大清王朝。林旭殉难的姿态如此壮烈，以至于我几乎不忍心这么想：如果林旭多活三四十年，他会不会另有选择？陈独秀仅仅比林旭小四岁，鲁迅仅仅比林旭小六岁，但是，他们已经是另一类型完全不同的现代知识分子了。

从福州的私塾到康有为的义理经世之学，二十三岁的林旭可能无法想象现代知识分子形象。现代知识分子活动的公共领域时常由报刊杂志组成。陈独秀活在《新青年》之中，鲁迅活在《新青年》《东方杂志》《晨报副刊》《小说月报》和《语丝》之中，林旭则活在军机处的公文之中。他在军机处"陈奏甚多"，有时代拟"上谕",内容广泛涉及废八股,改科举,设学堂,习西学,奖励发明创造,提倡创办报刊,鼓励开采矿产的修建铁路。的确,林旭就是大清王朝末代的杰出公务员,呕心沥血,恪尽职守。也许他已经看不上吟风弄月、平平仄仄那些雕虫小技了。林旭去世之后数年,放在一个箧子之中的《晚翠轩诗集》才由一个挚友偶然发现。林旭生前肯定想不到,他所草拟的那些公文只能埋在一大堆清史的档案资料里,现今人们愿意读一读的仍然是他的诗句。

这是在奚落林旭的短视吗?——不,这是慨叹历史的神秘。众多的凡人只配打扫细节。多数人只识得人格、相貌、饮食癖好这些日常景象,他们不明白那个包容一切的历史将要驶向何方。尼采摆出一副先知的姿态宣布"上帝已死",马克思激情澎湃地号召全世界无产者联合起来,还有一些小理论家也竞相发表各种有趣的结论,譬如说第三次浪潮已经来临,或者说当今正进入后现代时期。人们将信将疑地对待各种观点,虚心聆听教授们头头是道同时又歧见百出的分析。然而,多少人——包括这些观点的发明者——敢于将身家性命绑在某一个结论之上,然后如同一支利箭呼地射出去?

我突然明白,历史是一座巨大的迷宫。对于林旭也是如此。他慨然把一条命押在了菜市口,仍然没有赢得历史。如果林旭拥有七十岁的寿命就肯定能找到出口吗?这个反问让我心虚了——因为我想起了另一个福州人,也姓林,才分绝不在林旭之下,而且活到了七十多岁,然而他仍然执迷不悟。

我说的是林纾。

伍 我是在"新文学大系"丛书之中初识林纾，当然是因为他写给蔡元培的那一封捍卫古文的著名公开信。陈独秀、胡适他们倡导白话文，气势如虹，遗老遗少望风披靡，偏偏有这么一个螳臂挡车式的人物跳出来自讨没趣。结果是脑门上挨了一阵暴栗。

当时我并不知道，林纾也是福州乡亲。

从许多张相片上看，林纾的相貌和我的想象十分接近。此人目深鼻高，两颊内陷，留一口长长的胡须。这种相貌往往固执暴躁，倔强起来九头牛也拉不回来。林纾相当自负，没有多少人在他眼里；同时又是有名的狂狷耿介，表扬自己或者辱骂他人都毫不含糊。当然，他有这种资格。林纾自幼嗜书如命，所有的零钱都捐到书店。十五岁就"积破书三橱，读之都尽"。三十来岁结识了藏书家李氏兄弟，伸手借了三四万卷的书，经史子集，小说家言，无不搜括殆尽。他气不过陈独秀、胡适等人的声势，专门写小说《荆生》《妖梦》给予诽谤。小说在上海的《新申报》发表之后，一时舆论大哗。这显然有违君子之道。林纾心中惭愧，投书各家报馆表示歉意——这时他已经是一个六十八岁的老者了。不论林纾坚持什么观点，这肯定是一个率真的性情中人。这种性格多少与林纾的好侠尚武有关。他不仅写了许多武林秘闻的笔记小说，而且曾经拜师习拳。十九世纪末，福州市江滨苍霞洲或许有不少居民看到，林纾时常佩一柄长剑步出苍霞精舍的大门，昂昂然地招摇过市。

苍霞精舍是林纾中年之后的居所，林纾曾作《苍霞精舍后轩记》一文："……余家洲之北，湫隘苦水，乃谋适爽垲，即今所请苍霞精舍者。屋五楹，前轩种竹数十竿，微飔略振，秋气满于窗户……"林纾与母亲、妻子居住在这里，欢声笑语；不久母亲和妻子先后去世，林纾迁往他处。偶尔返回授课，只见"栏楯楼轩，一一如旧，斜阳满窗，帷幔四垂，乌雀下集，庭墀阒无人声。余微步廊庑，犹谓太宜人昼寝于轩中也。轩后严密之处，双扉阖焉。残针一，已锈矣，和线犹注扉上，则亡妻之所遗也。"

现今福州的苍霞洲已经找不到苍霞精舍的痕迹。福州保存的林纾故居是他的出生之处。一幢白墙灰瓦、赭色大门的院落被一大圈七八层高的水泥楼房团团围住，相距不过两三米。据说这所院落曾经是小学，厅堂里堆放了一些杂物，其中有两样稀罕之物：一是绘有波浪日出的彩色屏风；一是"肃静"、"回避"的两面令牌。

多数人认识林纾，肯定是因为他的翻译。从《巴黎茶花女遗事》开始，林纾译了一百七八十种作品，影响了整整一代人。因为林纾翻译的启蒙，梁启超的论断"小说为文学之最上乘"才可能得到广泛的认同。当然，最为奇特的是，林纾是一个不谙外文的翻译家。妻子去世之后，林纾郁郁寡欢。在亲友的劝慰之下，林纾到福州旁边的马尾散心，寻访马尾船政局的老友魏瀚，同时结识了法文教习王寿昌。魏瀚告诉林纾法国小说精彩绝伦，请林纾出手翻译。林纾再三推托，最后提出的条件是"须请我游石鼓山乃可"。魏瀚叫了一条船溯江而上，直抵福州东郊鼓山。王寿昌在船上现场口述《茶花女》故事，林纾挥笔急就。小说出版之后风行一时，世面上有"可怜一卷《茶花女》，断尽支那荡子肠"之说。此后，林纾用这种独特的合作方式开始了他的翻译生涯。林纾的翻译显然有不少独到的过人之处，以至于心高气傲的钱钟书数十年之后仍然愿意撰写论文详细研究。

然而，如果哪一个人当面恭维林纾的翻译，肯定讨不到脸色。林纾自称文章天下第一。六百年以来，除了明朝的归有光，哪一个也不是对手。有人好意地表示，林纾的诗和文可以相提并论，他气呼呼地"痛争一小时"，甚至毫不惋惜地贬斥自己的诗是"狗吠驴鸣"。至于翻译，当然只能是游戏之作，不登大雅之堂。文学史最终看上的是他的翻译，这的确像一个尴尬的玩笑。

戊戌年三月，林纾入京会试，结识了林旭，乡音相通，情趣相投。五月底，北京风声鹤唳，林纾与林旭等几个友人乘船避到了杭州。杭州的五月风和日丽，有人给林纾介绍了一门亲事，续娶杨氏为妻。不知这门亲事是不是救了林纾一命？林旭重返北京之前肯定曾经和林纾煮酒论天下——恭亲王奕䜣病死，变法的形势出现转机，光绪皇帝六月十一日分布"明定国是"。据说林纾曾经劝林旭再留一阵，等待局面的明朗，然而，林旭义无反顾。逗留在杭州温柔乡里的林纾肯定伸长了脖子谛听北京的动静。他或许羡慕过林旭的机遇，激动的想象让周身的血液疾速流动；菜市口的噩耗传来，他在西湖畔深秋的月光里低回悲悼，并且暗暗地庆幸自己没有卷得太深。

林旭死后，林纾又活了二十六年。但是，这个固执的福州人从来没有像陈独秀或者鲁迅那样认识历史。辛亥革命之后，林纾很快开始失望，并且以清朝的遗老孤臣自居。大批刊物纷纷创立，众多的知识分子逐渐往北京和上海集聚；然而，林纾嗤之以鼻：凭什么要承认《新青年》或者《狂人日记》是历史的方向？他独自转过身来，伛偻着老迈之躯，风尘仆仆地前往河北易县，一次又一次地拜谒光绪皇帝的崇陵。林纾愿意将自己想象为一匹瘦骨伶仃的识途老马。在他看来，背离崇陵必将礼崩乐坏，不堪收拾。尽管这个乖张的老夫子孤立无援，但是，来自崇陵的沙哑哭声还是穿过了暮色进入紫禁城，传到了溥仪的耳边。于是，他们之间开始了热络的礼尚往来。溥仪给林纾写了"四季平安"、

"烟云供养"、"有秩斯祜"、"贞不绝俗"的条幅和匾额，林纾则是殷勤地送书、送扇面、送镜屏。他甚至表示，死后要在自己的墓碑上注明是"清处士林纾之墓"。

翻译，为文，作画，教书，林纾的日历一直翻到了1924年的夏天。可是，有时我会突然觉得，时间早就凝固了——林纾并没有从林旭身边走出多远。当然，我说的是林纾的个人时间。历史从来没有停下来。林旭当时是令人恐惧的激进分子，而十六年后的林纾已经是蹒跚在历史外围的落伍者了。不过，林纾并没有后悔。这个执拗的家伙对于所谓的历史不屑一顾。他公然表示，一日不死，一日不忘大清。也许，在他心目中，大清就是历史的尽头。

陆 福州有一句老话：陈林半天下。福州的陈姓和林姓数量上占据了绝对的上风。

开始叙述第三个姓林的福州乡亲之前，我不得不抬出这句话作为掩护。这位福州乡亲叫林长民。林纾的学生，林徽因的父亲。当然，教师和女儿的名声肯定不是我把他从故纸堆里挖出来的原因。

林长民，字宗孟。父亲林孝恂在浙江为官，他出生于杭州。当年林纾即是在他家教授古文。二十世纪初，林长民赴日本早稻田大学攻读政治法律，若干年后回国到福建咨议局任职，随后创办福建私立法政学堂并且任校长。辛亥革命之后，林长民离开福建北上，支持共和政体，被新上任的民国政府总统徐世昌聘为顾问。林长民风度儒雅。西装革履，浓眉深目，几绺长须，能说一口流利的日语和英语。的确，这是一个相当活跃的人物。尽管如此，这仍然不是我一百年之后探访他的原因。

罗列林长民一生担任过的职务，人们一定会感到眼花缭乱。如果那一颗致命的流弹不是把他钉在五十岁的刻度上，林长民可能拥有更多的头衔。现在当然考证不出那一颗流弹出自何人之手。我只能清理出模糊的事件轮廓：那一年林长民受聘于驻京的奉军郭松龄部，任幕僚长，打算在反对张作霖的行动之中相助一臂。他秘密离京抵达锦州与郭松龄会晤，不久即在苏家屯白旗堡遭到伏击。枪声骤起，慌慌张张的轿车如同一只受惊的蟑螂团团乱转。林长民刚刚钻出车门，一发窥伺多时的子弹嘘地斜插过来，立时毙命。片刻之后，郭松龄夫妇束手就擒。出师未捷身先死，沙场马革裹尸还。

可是，如果绕开这么几句众所周知的成语，某些私密的问题或许隐藏了更多的故事。例如，夕阳西下之际，那一幢大瓦房里，谁在为林长民之死落泪伤悲？这时人们不能不了解到，林长民有三房妻子。据说大房妻子精神不正常，林长民从未和她一起生活。林徽因是林长民与第二房妻子生的。第二房妻子是嘉兴一个富商的女儿。这门亲事由家里出面操办，林长民并不如意——他倾心的是第三房妻子。当年，林徽因和母亲住在后院，第三房妻子住在前院。根据林徽因的回忆，父亲的足迹只到前院为止。孤灯寒窗，冷月霜瓦，母女相对无言。前院一阵阵喧笑传来，仿佛是发生在另一个世界的温暖童话。一些人猜测，这种记忆甚至深刻地影响了林徽因与徐志摩的关系。徐志摩在英国认识林徽因的时候已经和张幼仪结婚。如果林徽因介入，张幼仪的下半辈子是不是只能拥有后院的日子？这或许是林徽因刻意回避徐志摩的一个重要原因。

遇到林徽因之前，徐志摩已经和林长民成了忘年交。林长民携带林徽因游历欧洲，徐志摩是伦敦寓所里的常客。两人不仅在客厅里谈天说地，而且还用情侣的口吻相互通信打趣。不知道他们的第一次晤面是在伦敦，还是先前在梁启超家里？徐志摩是梁启超的弟子，林长民是梁启超的老友，他们完全可能在梁府见过面。

林徽因和徐志摩的绯闻已经成为一个著名的公案，至今议论不衰。这甚至成为众多人物关系的定位，例如梁启超是林徽因的公公，他与林长民是儿女亲家。人们纷纷为这一段未遂的爱情故事伤感唏嘘，林长民与梁启超共同创造的历史业绩却遭到了理直气壮的遗忘。的确，现在已经没有多少人知道，福州乡亲林长民抛出的火炬点燃了五四运动的熊熊烈焰。

1919年巴黎和会，日本态度强硬。西方诸国商谈结果竟然是，这个岛国要从德国手里接过山东。4月30日，林长民接到梁启超来自巴黎的电报，得知外交失败。他于5月1日写就《外交警报敬告国人》一文，当晚送到《晨报》报馆，5月2日刊出。"胶州亡矣！山东亡矣！国不国矣！""国亡无日，愿合四万万民众誓死图之。"这篇不足三百字的短文是一个巨大的震动。5月3日晚，北京大学等校的学生代表集会法科大礼堂，决定5月4日举行学生界大示威，通电各省5月7日国耻纪念日游行。次日，火烧赵家楼曹汝霖宅，章宗祥被殴，军警逮捕学生，北京总罢课，举国舆论哗然，这一切迅速汇聚为声势浩大的五四运动。一种历史黯然终结，另一种历史开始了。

我的叙述如此频繁地使用"历史"一词。然而，许多时候，这仅仅是一个庄严而又空洞的大字眼，一旦抵近就会如同烟雾一般消散。其实，我看不见历史在哪里，我只看见一个个福州乡亲神气活现，快意人生。有些时候，机遇找了上来，无意地成全了他们；另一些时候，他们舍命搏杀，历史却默不作声地绕开了。多少人参得透玄机？据说林长民工书法，能诗擅文。然而，他一辈子写的文章都比不上这篇不足三百字的短文。勇不如林旭，才不如林纾，1919年5月1日伏案疾书的时候，林长民自己也料想不到，这篇区区短文竟然成了压垮骆驼的最后一根稻草。这就是机遇了。历史当然比绯闻伟大。由于这篇短文，林长民再也不是徘徊在林徽因与徐志摩故事之中的配角——他终于写出了自己的故事。

柒福州听得到种种有趣的传说，关于林旭，关于林纾、林长民以及其他人。我对于各种捕风捉影的轶闻深感兴趣，同时又半信半疑。许多时候，我会迂腐地希望补上过硬的证据，这时就能从渺小的作家变成可靠的历史学家。戊戌年菜市口的铡刀已经无从考证，金鸡山的地藏寺至今犹存。一个阳光灼亮的午后，我驱车抵达。

　　这个寺庙如今隐在两条小巷的交叉之处。"地藏寺"三字浑朴苍劲，是赵朴初的手迹；杏黄色的山墙内有大榕树横斜逸出。寺内有正殿，内藏一口光绪年间的铜钟；倚山而上又有藏经阁。当年林旭离开福州的时候怎么也想不到，不久之后这一座寺庙竟然成为他最后的栖息之处。问了三五个尼姑，没有人说得出寺庙建于何时。后来找到一块石碑。石碑上记载始建于唐朝，清朝重建。寺庙内正在大兴土木。工人裸着上身敲敲打打，锯开的木板清香四溢。我没有再问林旭的停棺之处，肯定没有答案。我隐隐地觉得，整个寺庙被漆得锃亮一新的那一天，历史可能消失得无影无踪。

看来只能和传说打交道了。我突然大彻大悟：没有必要把传说加工成历史著作。历史著作必须严谨持重，传说可以大胆地添油加醋——这是多么有趣的事情。许多著名的先辈冻结在历史著作之中，庄严肃穆，矜持而古板；只有在传说之中，他们才真正活起来。除了建功立业，他们还会谈恋爱，发脾气，争一些不大不小的名利，偶尔让妒忌心发作一回，如此等等。譬如，传说之中，林纾翻译的《巴黎茶花女遗事》曾经深深地打动北京八大胡同的名妓谢蝶仙。谢蝶仙猜测，林纾的文笔如此缠绵，想必是一个多情的种子。能够嫁给这种男人，不枉来风月场走了一遭。她买通了林纾家的使女，频繁送一些小礼物给林纾以示心意，例如咬了一口的柿饼，或者时鲜鲥鱼。林纾的确也考虑了一番，最终还是婉言谢绝。这时的林纾已是耄耋之年，依红偎翠只能是一个遥远的残梦了，勉强将梦想当成现实多半会自食苦果。这当然伤了谢蝶仙的心。一气之下，她胡乱嫁了个茶商，离开北京远走岭南，不久就郁郁而亡。尽管这个凄艳的故事可以挑出许多破绽，但是，我就是愿意看到另一个有些温情的林纾。没有必要用呆板的考据求证传说。传说不是证明细节，而是证明这些先辈没有退出生活。传说也是历史——这是盘旋在人们心中的另一种历史。

2005年11月11日改于香港南洋酒店

宫巷沈记

壹 沈葆桢是在一个车水马龙的下午突然从历史著作之中走出来的，因为一则小小的轶闻。

　　我是在福州的南后街听到了这一则轶闻。南后街是一条狭窄的老街，绿荫夹道，路面潮湿，卖麦芽糖的吆喝、耍猴的锣声和卤鸭、炒板栗的味道混在一起沿街乱窜。清朝的时候，这是一个繁闹的地带。街边各种风味十足的店铺至今犹存：修藤椅的，补铁锅的，售寿衣的，做花灯的，收购旧书的，裱褙字画的——一个作家告诉我，沈葆桢当年曾经在南后街旁边的宫巷开了一间裱褙字画的小店面，叫作"一笑来"。这个作家甚至记得沈葆桢当年自定的润格，例如写对联兼装潢，价格四百枚；写团扇、折扇小楷，每柄四百枚；行书二百枚，如此等等。"一笑来"是沈葆桢丁忧期间开的，店面即是宫巷11号沈家大院的西花厅。屈指算来，当时的沈葆桢正在江西巡抚任上。一时之间，我大为惊奇：堂堂巡抚有什么必要仿效潦倒的穷酸文人，依靠卖字挣几文小钱补贴家用？

　　记不清什么时候开始听到沈葆桢这个名字，他是福州乡亲一直津津乐道的大人物。大清王朝的历史上，福州出过两个名噪一时的大臣：林则徐，沈葆桢；林则徐是沈葆桢的舅舅，沈葆桢是林则徐的乘龙快婿。这种姻亲关系没有多少明显的政治效应，而是给村夫野老提供了种种真伪莫辨的有趣传说。大人物与芸芸众生的差别在于，历史著作成了他们的花名册。往事如烟，一百多年前各种惊心动魄的故事如今只剩下轻飘飘的几张纸，可是，这几张纸上查得到沈葆桢。根据《清史稿》记载，当年曾国藩十分器重沈葆桢，曾经"屡荐其才"，朝廷委任沈葆桢担任江西巡抚时的诏书谓之"德望冠时，才堪应变"。当然，官衔显赫，君王的嘉许，这仅仅是一些表面文章，历史学家更乐于逐一历数沈葆桢的诸多功绩。福州乡亲常常温习的篇目是，沈葆桢从左宗棠手里接过福州船政局，赴任船政大臣——造船，招聘外籍技术人员，选拔魏瀚、刘步蟾等一批才俊出洋留学；然后以钦差大臣的身份赴台湾，坚守城池，开山抚番，终于迫使虎视眈眈的日本人最终"遵约撤兵"。如此伟业，周围还能点得出几个人？

　　然而，我对于沈葆桢官居几品以及各种吓人的头衔提不起兴趣。大清王朝的王侯将相多如过江之鲫，诸多繁琐的官衔淹没了他们庸常的一生。这种大人物通常就是待在历史著作里。历史学家拥有一套臧否人物的标准语言，例如民族大义，江山社稷，千秋功罪，如此等等。这些叙述多半剔去了历史人物的血肉：他们脸上的疣子和老人斑不见了，他们的哮喘、方言腔调和马褂上的污迹不见了，他们的饮食口味或者性行为的特殊嗜好也不见了。载入史册的大人物根据一定的配方制成供人瞻仰的偶像，然后按顺序摆进一个个神龛。如果企图进一步与这些伟大的亡灵促膝晤谈，一起畅怀高吟或者一起长吁短叹，那么，我们的目光必须从堂皇的历史鉴定转向琐碎的日常生活，必须想象他们内心的犹豫、苦恼、矛盾甚至如何愤愤不平地骂娘；这时可能发现，有些小事情的深长意味并不亚于朝廷的加官晋爵或者疆场上斩关夺隘，例如沈家大院。檐角高耸马头墙，宽敞的大门，雕花窗棂，幽深的四进院落和小天井，石铺的过道与两侧的回廊和美人靠——当年，江西巡抚沈葆桢为什么要举债购下这一幢大宅院？

青史留名是众多大人物的向往。人生如同白驹过隙。百年之后亡灵的牌位摆不进历史著作，如何在天地之间证明自己活过这么一遭？相反，没有多少人关心，那些伟大的亡灵会在哪些时刻突如其来地复活，蹑出历史著作返回烟火人间。一批秘密情书的问世？一段窘迫的童年曝光？一份记录阴谋的档案解密？几张特殊的相片外泄？总之，种种意外的发现常常扰乱了历史学家的标准语言，从而将这些亡灵一把拽出发黄的书页。

沈葆桢就是因为这一则轶闻。

贰　沈家祖籍河南，南宋迁至浙江，清朝雍正年间再度迁至福建的福州。沈葆桢幼时聪慧，十六岁考取秀才，二十岁与老师同榜考中举人，不料随后两度赴京赶考皆落第。二十七岁那一年终于考取进士，与李鸿章同榜。殿试之后入选翰林院任庶吉士。这大约就是仕途的开始了。

学而优则仕，这是当年无数书生的梦想。仕途就是手执权柄。无论是号令天下、威震四方还是挥金如土、杀人如麻，权力的形式千奇百怪。但是，所有的权力共同隐含了巨大快感——主宰他人。强壮的体魄和胳膊上的发达肌肉仅仅是匹夫之勇，一副拳脚又能打开多大的空间？权力是个人能量的正当放大，一个响亮的头衔就可以弹压一大片异己之见。韩信夸口带兵“多多益善", 他的本事无非是利用权力调度许多人的能量。弄权的快感常常令人迷醉, 以至于多少人轻易地把一生作为赌注押了上去。秦始皇南巡, 威仪堂堂。刘邦感叹"大丈夫当如是", 项羽径直说"彼可取而代之"。狡诈也罢, 率真也罢, 那么多大人物总是因为权力而骚动不宁, 夜不能寐。诸多权力种类之中, 国家名义颁发的权力体系架构严密, 势力强大, 而且具有无可争议的合法性。科举考试开启了书生加入国家权力体系栈道, 修成正果的标志是满腹经纶兑换到了顶戴花翎。这就是踌躇满志的时刻了。沈葆桢三十六岁出任江西九江知府。听到了第一声谦恭的"沈大人", 沈葆桢的心里有几分的得意?

然而, 有些奇怪的是, 沈葆桢似乎不太爱惜手中的权柄。孔子说, 四十而不惑。可是, 四十岁的沈葆桢竟然不知天高地厚。不知是公事的分歧还是私人怨恨, 他毫不客气地顶撞了上司, 即当时的江西巡抚耆龄。据说此公阴毒刻薄, 而且出身满洲正黄旗。这次冲突一个月之后见了分晓: 沈葆桢挂冠而去, 理由是母亲年迈, 必须侍奉左右, 数千人的挽留也没有挡住他返回故里的匆匆步履。这或许可以解释为某种文化性格的回光返照: 不为五斗米折腰。到了朝廷再度调任他为"吉南赣宁道"时, 沈葆桢仍然我行我素: "以亲老辞, 未出"。这并非待价而沽, 沈葆桢的确想过另一种生活了。田园将芜胡不归? 我开始猜想, 沈葆桢的内心是不是发生了什么变化。三十岁之前跟随大流博取功名, 四十岁之后就必须为自己生活负责了。如果这个年龄的男人仍然浑浑噩噩, 大约就得浑浑噩噩一辈子。沈葆桢的后退姿态肯定惊动了皇帝, 朝廷干脆任命沈葆桢当江西巡抚。褒扬沈葆桢德才的同时, 任命书上还有几句情辞恳切的商量: "以其家有老亲, 择江西近省授以疆寄, 便其迎养", "如此体恤, 如此委任, 谅不再以养亲渎请。"这些抚慰终于使沈葆桢回心转意，"葆桢奉诏，感泣赴官。"

　　这些故事当然可以解读出沈葆桢刚直磊落的性格。然而，这些故事是不是还可以解读出沈葆桢的柔情？福州男人沈葆桢似乎是一个相当恋家的人。他开始从权力的迷魂阵之中突围而出，归返故里是沈葆桢四十岁之后的一个不懈的突围方向。这没有什么可耻。顶天立地或者文韬武略并不影响一个人恋家。古人常说修身齐家治国平天下，治家与治国仿佛如出一辙。可是，沈葆桢肯定感到了二者的不同。国是皇帝老儿的，家是个人的空间。如果皇帝老儿颁布的国策与自己的理想格格不入，不如归隐家园，共享天伦。要么为天下苍生尽力，要么转身回家尽孝，没有必要因为放不下手中的那一些可怜的权力首鼠两端。家是什么？家是双亲的白发，是娇妻稚子，是一个允许蓬头垢面或者睡懒觉、发脾气的处所；人生在世不称意，回首茫茫家何处——那就是双重的悲哀了。沈葆桢肯定明白，不论漂泊何处，身后必须有一个坚固的家。江西巡抚的职位并没有让他得意忘形。购买宫巷11号沈家大院，无疑是提早为自己的归隐找好一个栖身之所。

　　家是双亲的白发，是娇妻稚子——沈葆桢的母亲是林则徐的妹妹，他的妻子林普晴是林则徐的女儿。官宦名门如何择婿历来是人们茶余饭后的谈资。据说林则徐出身贫寒，但是一位郑姓知县慧眼识人，毅然把女儿许配给他。当时林则徐不过十来岁，前往鳌峰书院的途中遇到雷雨。他在郑家大门口的屋檐之下躲雨，信手取出老师的文章朗声诵读。郑姓知县闻声出门谈文论道，一眼认定林则徐少年老成前途无量。次日郑家立即托人议亲，林母因为门第卑微而婉拒。郑家再度请人撮合，他们的诚心终于打动了林母。坊间一种说法认为，林则徐的择婿异曲同工。沈葆桢当年是林则徐府中的随从。某一个寒冷的大年三十，林则徐要求沈葆桢誊写一份奏折。沈葆桢不断地哈手取暖，终于工工整整地誊好。林则徐突然说，奏折之中的一句必须改过。沈葆桢二话不说，重新誊写。林则徐暗自颔首，当即挽留沈葆桢过年，并且在大年初一当众宣布沈葆桢将娶走二女儿林普晴。

这种戏剧化的情节估计出自某一个民间文人的虚构。沈葆桢与林普晴是表兄妹，青梅竹马，两小无猜。沈葆桢十三岁定亲，当然，他们的婚事最终的确由林则徐定夺。沈家的清贫可能远甚于当年的林家，但是，林则徐相中了沈葆桢的出众品行。林普晴嫁入清贫的沈家，相夫教子，侍奉公婆，针线女红，勤勉度日。为了凑齐沈葆桢赴京赶考的盘缠，林普晴典当了金镯子，从此改戴一副藤镯。没有她的悉心照料，恐怕也没有沈葆桢日后的发迹。林普晴五十二岁辞世，沈葆桢的挽联悲怆唏嘘："念此生何以酬君，幸死而有知，奉泉下翁姑，依然称意；论全福自应先我，顾事犹未了，看床前儿女，怎不伤心。"

一些历史著作将林普晴列入奇女子，肯定是因为她性格之中的侠气。将门虎女，这种侠气很难从小家碧玉身上发现。沈葆桢任江西广信知府的时候，林普晴曾经伴随左右。一日，沈葆桢出城筹粮，太平天国大军突然袭来。城内的兵卒和衙吏纷纷出逃，林普晴率领残部冒死守城。她刺破手指写了一份血书送给玉山守将饶廷选，既委婉陈词，又朗声疾呼。饶廷选为之动容，毅然率部飞驰解围。这即是"血书求援，广信解围"的故事。下得了厨房，上得了城墙，通常的女流之辈显然望尘莫及。我猜想，林普晴端庄贤惠和非凡的气度恐怕是沈葆桢恋家的一个重要原因。如果宫巷11号的女主人面目可憎，性情乖戾，沈葆桢怎么会把回家作为后半辈子如此重要的人生主题？

我同时猜想，沈葆桢恋家的原因肯定不止一个。窗明几净，笔墨纸砚，吟诗品花，倚栏观鱼，"雪天裘被偕朋辈，平地楼台望子孙"，沈家大院寄寓了多少生活情趣？当然，这些猜想很可能遭到鄙夷。铁血男儿，志在四方，雄才大略必须抛开家室的负累，儿女情长哪能有俯视天下的怀抱？所以，古人总是乐于流传种种励志的典故，例如林则徐为沈葆桢改诗。估计是一个如水的秋夜，新月如钩，沈葆桢独酌于庭院。酒酣耳热，傲气顿生："一钩足以明天下，何必清辉满十分。"沈葆桢吟诵再三，顾盼自得，择日将诗句呈送林则徐。林则徐沉吟半晌，提笔将"何必"改为"何况"——"一钩足以明天下，何况清辉满十分。"沈葆桢顿时汗颜。显然，这个故事肯定的是大人物的襟怀志向。天将降大任于斯人，苦其心志，劳其筋骨，而且必须摒弃一己，以天下为己任。"苟利国家生死以，岂因祸福避趋之"，这是林则徐林文忠公的名句。这种观点当然无可非议。可是，天下之大，人各有志，兼善天下是一种志趣，独善其身何尝不是另一种志趣？

叁 达则兼善天下，穷则独善其身，许多文人对于这句话耳熟能详。这犹如两种互相补充的生活理想。他们潇洒地往返于庙堂与山林之间，气宇轩昂，进退自如。沧浪之水清兮，可以濯吾缨，沧浪之水浊兮，可以濯吾足。世事无非如此：此处不留爷，自有留爷处。

当然，这仅仅是一厢情愿的想象。中国历史上的大部分文人对于庙堂充满了敬畏。权力崇拜的普遍气氛之中，"独善其身"多少像是一种无奈的下策。因此，无论是隐居于江湖，还是招摇于闹市——无论是柴门草堂，野渡扁舟，还是青楼笙歌，游宴酬酢，这些文人仍然时刻支起耳朵，凝神谛听朝廷的动静。只要君王一声召唤，他们就会抛下手边的一切，飞奔而去。如果朝廷大门紧闭的时间过长，这些不甘寂寞的人就会情不自禁地搔首弄姿，制造些许响声；或者讨一两封名流的引荐信投石问路。当然，这些游戏肯定有些冒险，不小心就会弄巧成拙。当年孟浩然应邀至王维的寓所清谈，碰巧唐玄宗来访。唐玄宗听说过孟浩然的名声，慈祥地下旨召见。孟浩然乐不可支地从藏身的床铺下爬了出来，顾不上拍打身上的灰尘就兴冲冲地吟咏自己的诗作《岁暮归南山》。不幸的是，一个小小的事故发生了。唐玄宗听到了"不才明主弃，多病故人疏"的句子之后恼火地说："卿不求仕，朕未尝弃卿，奈何诬我？"不言而喻，孟浩然的一切机会从此断送。

当然，那么长的历史上不乏几个狂狷之徒。嵇康拒绝出仕而宁可待在茅屋前的柳树下叮叮当当地打铁，奏《广陵散》；陶渊明挂印弃官而去，情愿日复一日悠然地与青山相对而望；李白多喝了些就放肆地发酒疯，"安能摧眉折腰事权贵"，甚至胆大妄为到了吆喝高力士脱靴子——这些目空一切的家伙的确不太把权力放在眼里。然而，他们毕竟没有几个。绝大多数自视甚高的文人雅士面对权力的时候总是毕恭毕敬，诺诺连声。即使郑板桥或者金圣叹这种貌似耿介的家伙也时常卸下面具，动不动就感激涕零地向北叩首而拜。为什么权力场的吸附力如此之大，以至于这些文人无法自持？必须承认，名利或者虚荣不是答案的全部。至少在当时，"忠"是权力崇拜的另一种表述。朝廷、天子至高无上，"忠君"也就是将自己的全部才能奉献给这些权力的象征。朝廷之外不存在清谈国事的沙龙，多嘴多舌很可能惹出杀身灭族之祸。报纸、杂志所形成的公共空间是很久以后的事情了。康有为、梁启超这一代知识分子诞生之前，众多文人只能把一腔的报国激情写成奏折，恭呈圣上。如果这些文字无法叩开朝廷的大门，长吁短叹的内容只能是怀才不遇了。诗书礼易，地理天文，从小积累的学问烂在肚子里，岂不是空活了一辈子？所以，他们只能崇拜权力——只能把自己的生命托付于君王的青睐。

如此看来，沈葆桢多少得算一个异类了。他显然没有李杜的文采，书法亦无法跻身于二王或者颜、柳，另一方面，他官运亨通最终官拜两江总督——然而，沈葆桢屡萌退意。仕途一帆风顺，无数的同僚垂涎三尺啧啧有声，没有人相信他竟然被一袭官袍箍得喘不过气来。沈葆桢推辞过左宗棠的邀请，然后向朝廷"数以病乞退"。为什么他宁可从显赫的位置上退回宫巷11号的"一笑来"，退回诗文字画的笔墨生涯？或许，在他的心目中，玩弄权术的兴味远不如玩弄词藻？

肆　《清史稿·沈葆桢传》之中，沈葆桢似乎是一个冷面铁腕的形象。从考取进士到封疆大吏，沈葆桢的人生可以分为如下几个段落：在江西各地任行政官员，多次围剿太平军，大获全胜；返回福州担任船政大臣，创办船政学堂和自己造船；率领舰队赴台湾巡视，迫使日本撤兵继而开发台湾；担任两江总督，整肃吏治，惩盗贼，诛洋人，社会风气为之一变。总之，沈葆桢干练，精明，果决，擅长快刀斩乱麻，雷厉风行。无论从哪一方面看，沈葆桢都称得上功勋卓著。他去世之后，朝廷追赠太子太保衔，入祀贤良祠，谥文肃。

然而，我觉得没那么简单。现在，揣测沈葆桢的性格开始成了我的一个巨大乐趣，我在有限的史料里查找种种异常的蛛丝马迹。例如，《清史稿·沈葆桢传》的字里行间，沈葆桢的高大形象背后似乎拖了一条奇怪的影子。虽然沈葆桢仕途坦荡，可是他动不动就要转身离去，"寻乞归养"，"以亲病请假省视"。即使两江总督这么一个肥缺，他也要推三阻四地拖拉了五个月才到任。我估计历史上恐怕找不出多少像他这么热衷于辞别官场的官员。仅仅四十五岁那一年，他先后三度辞官归养；四年的两江总督曾经六上辞疏。这时的沈葆桢有些像一个弱不禁风的书生，喋喋不休地乞求放他回家。这是隐藏在功勋卓著背后一个闪烁不定的谜。难道那么多威风的头衔和大权在握的骄傲还是打消不了沈葆桢对于宫巷11号的思念吗？

当然，这个谜丝毫没有减轻沈葆桢在我心目中的分量。没有理由狭隘地想象英雄哲学，仿佛他们只能诞生于金戈铁马、慷慨悲歌之间。英雄性格的另一种表现是，敢于坦坦荡荡地独行，不在乎落寞、孤单，也不在乎四周的嘘声以及掷到额上的种种奚落和嘲讽。如此之多的饱学之士飞蛾扑火般地向朝廷蜂拥而去，沈葆桢却只身走出权力体系的后门，悄然而去。这肯定是一个特立独行的人。如果只有他敢于用如此执拗的形式向朝廷表示自己的软弱，我们是不是必须把这种软弱视为强硬的英雄气概？

雕花木门，四进院落，厅堂和庭院，沈葆桢的宫巷11号内部并没有多少荣华富贵。沈家大院的正厅高悬一副黑金隶书抱柱联："文章华国，诗礼传家"。酒后挥毫泼墨，围炉吟咏诗文，大约这就是沈葆桢的莫大享受了。据说沈葆桢十分热衷于聚集船政局的下属和亲友进行联句游戏，甚至赴台湾巡视的前夕还在广聚诗友，大开吟局。这种游戏有一个特殊的雅号："诗钟"。游戏通常是择出两个平仄不同的"眼字"，众人在限定的时间写出联句，这些"眼字"必须按照指定的顺序嵌入句子。游戏的计时器并非钟表。院子里设一木架，上悬一根细线，细线的底端挂一枚铜钱，铜钱的下方置一铜盘。细线的中央缚一炷点燃的线香。线香烧断细线，铜钱当的一声落入铜盘——时限已到，这是诗的钟声。某一次游戏以"白"和"南"为"眼字"，定为第七唱。沈葆桢当时苦思不得，以至于整夜辗转不寐。挨到五更时分雄鸡报晓，沈葆桢豁然顿悟："一声天为晨鸡白，万里秋随别雁南"。一个重权在握的船政大臣竟夜沉溺于字雕句琢，那的确是真心的喜爱了。

李鸿章曾经批评"中国士大夫沉浸于章句小楷之积习"，愚蠢地将船坚炮利视为种种"奇技淫巧"。他是洋务运动的首领之一，主张大胆"学习外国利器"。沈葆桢显然是李鸿章的同道。他肯定感受到了历史的巨大震颤。铁路，电报，信局；蒸汽机装配出另一个世界，洋枪洋炮正在重绘世界地图。如此多事之秋，吟风弄月的平平仄仄还有多少分量？如果用满腹的才华侍弄这等雕虫小技，简直是投错了胎。孔子说诗可以兴观群怨，"迩之事父，远之事君"。可是，守住国门和家门的肯定是舰队和炮台。建造兵舰，筹集海防经费，选派资质优秀的年轻人远赴欧洲"究其造船之方"，沈葆桢对于天下大势了然于胸。诗文、书法仅仅是一己之好，沈葆桢决不会自以为是地夸耀为济世匡时之策。他自己为之开出的价格无非二百枚或者四百枚而已。

奇怪的是，沈葆桢情愿因为二百枚或者四百枚而放弃多少人梦寐以求的顶戴花翎。躲进小楼成一统，管他冬夏与春秋。只要朝廷允许，沈葆桢的绿呢大轿就会一次又一次风尘仆仆地返回宫巷11号，如同谢绝尘嚣返回内心。朝廷门外集聚了那么多如饥似渴的候选者，然而，这个重权在握的幸运儿为什么不愿意充当一颗坚固的螺丝钉，紧紧地拧在庞大的权力机器内部？

伍 现今最为常见的沈葆桢肖像是一张1874年的相片，据说由法国人贝托摄于台湾。相片上的沈葆桢官服翎帽，神情冷峻地目视前方。见过这张相片的人多半会觉得，这不是一个随和而温顺的性格。很难想象相片上的沈葆桢会咧嘴一笑。或许，沈葆桢的书法可以视为一个佐证。意在笔先，书为心声。有人用"骨气雄劲"形容沈葆桢的行草，我觉得不算过誉。然而，我感兴趣的是，沈葆桢的笔迹之间可以察觉某些特殊的格调：有些倔，有些拗，有些涩，总之不像是飞流直下、快马入阵那么痛快酣畅。笔迹的精神分析学可能提供各种有趣的结论，我相信沈葆桢的性格报告肯定不是那么简单。

倔，拗，涩，这必然表现于沈葆桢的待人接物。沈葆桢与李鸿章曾经共同师从孙渠田。尽管李鸿章是一个不驯的角色，招惹了一大堆政敌，但是，他执弟子礼甚恭，从来不忘赔笑和打躬作揖；相反，沈葆桢经常冷着一张脸，言辞不逊。既然老先生的学识不足以服人，何必虚伪地维护那些繁文缛节？沈葆桢甚至放肆地在老先生的批语之后另加长批予以反驳，以至于气得他辞馆而归。所以，日后江南的坊间有"李文忠有礼，沈文肃无情"之说。

这种性格似乎不太像福州人。福州是一块不大的盆地，四面都望得见起伏的钢蓝色山脉。一条波光粼粼的大江穿城而过，城区四十多条内河蜿蜒交错。这里空气湿润，微风习习，暖烘烘的阳光之下，繁茂的树木四季不枯。夕阳西下，开元寺的晚钟响起的时候，温一壶老酒，调一碟螃蜞酱，煎一盘咸带鱼，两碗冒尖的地瓜干饭，这就是惬意的小日子了。福州人的宴席之上汤汤水水甚多，传说多喝汤的人讲究情义。大致上这里的居民通情达理，性格温和，似乎有些智者乐水的意味。沈葆桢幼时胆怯柔弱，夜色之中倏忽的飞鸟或者瓦顶上野猫的嚎叫常常把他吓得尖声惊呼，甚至大病一场。一个十六岁的秀才、二十岁的举人如何扶摇直上，成为朝廷如此器重的封疆大吏，这是历史学家的话题；我感兴趣的是，这个胆怯柔弱的少年如何成为一个令人生畏的角色，甚至连曾国藩、左宗棠这些大人物也不得不忌惮几分？

　　曾国藩、左宗棠皆为湖南籍人士。湖南人刚烈霸道、勇悍固执享有盛名。沈葆桢竟然先后与二人争执，寸土不让。这不仅由于耿直，而且明目张胆地冷傲——曾国藩与左宗棠都曾有恩于沈葆桢。沈葆桢曾经居于曾国藩帐下。由于曾国藩的再三力荐，他终于脱颖而出。可是，日后曾国藩率部江宁酣战之际，沈葆桢扣下了江西的饷银，拒绝拨给曾国藩部下。他自恃一身清白，根本不在乎曾国藩上书朝廷告状。得罪就得罪了，大英雄没有必要动辄就回望来路，谁是先师谁是伯乐罗列一大串烦琐的谢恩名单。对于沈葆桢而言，故人的恩情又有多少斤两？左宗棠曾经三顾宫巷11号，认定沈葆桢是船政大臣的不二人选。高山流水，乱世知己；"人生得一知己足矣"——甚至连鲁迅这种尖利的性格也有心肠一热的时候。然而，沈葆桢似乎不太念叨这种人情世故。左宗棠转战西北边塞，很快因为清朝的军事战略布局与李鸿章产生了重大分歧。左宗棠驰书沈葆桢，期望有南北呼应之势；不料沈葆桢竟然转身与李鸿章沆瀣一气。这一段历史公案孰是孰非如今已经不重要，重要的是左宗棠三邀沈葆桢立即令人想到了刘皇叔"三顾茅庐"请诸葛亮。诸葛亮长期隐居山野，无心染指政事。然而，一旦诸葛亮答应出山辅佐刘备，那么，一诺千金，呕心沥血，"鞠躬尽瘁，死而后已"，即使扶不起的阿斗也要扶。相形之下，沈葆桢似乎缺少这种侠义性格，才高八斗或者学富五车也不足以令人景仰。的确，这种比较让福州乡亲的脸上有些发烧。

然而，现在我觉得，可能是我们想错了。沈葆桢的心目中，种种权力场上的交易谈不上多么珍贵。无论是所谓的人脉关系还是时髦的"团队精神"，权力体系的特征即是编织出复杂网络。权力是一种能量的集聚，因而必须是诸多部门的彼此合作，前后呼应——孙子兵法曰：击首则尾应，击尾则首应，击其身则首尾相应。权力场上的单枪匹马是走不远的。大权在手无非是占据了这个网络的核心位置罢了。然而，对于一个时刻企图挣脱权力重轭的人来说，维持权力网络的稳定和平衡显然是一种累人的负担。沈葆桢决不肯谦卑地低下头来，因为飞短流长或者左右掣肘而向别人作揖。许多人觉得沈葆桢为人峻急，独断专行，常常冒犯同僚；我宁可认为沈葆桢已经没有兴趣揣摩权力场上的形势，得失无不坦然。数十年的官场风云，谁都明白有理有节的分寸在哪里。手下养了一批刀笔吏，公文奏折之中哪儿慷慨激昂，哪儿旁敲侧击，这等文字功夫早就历练到家。然而，沈葆桢常常无所顾忌地直陈己见，不在乎各种俗世的恩怨羁绊。出于公心，纵是谬见亦坦荡磊落。这是一个显而易见的例子：尽管李鸿章的好话声犹在耳，沈葆桢已经与乃兄李瀚章争执起来了——因为淮盐的销售。

"无欲则刚"。这个句子出自林则徐的一副著名的对联。我觉得，如果用这个句子形容沈葆桢，庶几近之。

陆 当年的船政局设立于福州的马尾。一条大江千回百转奔涌而至，俯伏于船政局的脚下注入万顷东海。天阔水远，心事浩茫，沈葆桢曾经在船政局的仪门上题写了一联：

以一篑为始基，从古天下无难事；

致九译之新法，于今中国有圣人。

显然，这副对联的作者心很大，以至于福州这个小小的盆地根本盛不下。沈葆桢破门而出，纵横山南水北，最终留芳于史册。入驻船政局担任船政大臣的时候，沈葆桢已是壮年。海天苍苍，两鬓如霜，他一定有过如此的感叹——天下能有几个人像他那样如愿以偿？

六十岁的时候，沈葆桢病殁于两江总督的任上。这没什么可说的。人生自古谁无死？手握重权亦无济于事。即使手里的权力撬得动历史，他们也无法给自己多安排一天。无数的宏图伟业，终究无非一抔黄土。可是，沈葆桢还是心存遗憾：他还是来不及返回福州，返回宫巷11号沈家大院。戎马倥偬，一个又一个头衔从天而降，沈葆桢的一辈子过得紧凑而高昂。可是，称心如意的日子在哪里？春花秋月，颐养天年，含饴弄孙，寿终正寝——哪怕卸任之后有几天也好。

许多出将入相的大人物常常不堪卸任之后的尴尬日子。两股战战，丫环搀扶到园子里散步；招呼三妻四妾推几圈麻将，或者叫一台戏班子到家里吹拉弹唱，这些都排遣不了寂寥和失意。权力场上的一声咳嗽都能传诵百里，现在的雷霆之怒只能吓得住几个家仆。偶尔也有几个昔日的门生在厅堂里慷慨激昂，长吁短叹，以至于忍不住又开始连咳带喘地指点江山。但是，这种聚会后患无穷。如果哪一个好事之徒奏上一本，很可能祸起萧墙，顷刻陷于灭顶之灾。总之，甩出了权力场犹如一只游荡于蛛网之外的光秃秃的老蜘蛛，只有回忆才是唯一的安慰。

可是，身在两江总督任上的沈葆桢却时刻南望宫巷11号，祈盼尽早脱身。诗书蒙尘，笔枯砚凝，窗下秋菊无人赏，何况一对新燕绕梁飞——胡不归？三十功名尘与土，八千里路云和月，白了少年头，多病之躯已经再三发出警告——胡不归？沈葆桢入朝觐见慈禧太后，祈求告老还乡。然而，慈禧不准。"皇太后温谕勉以共济时艰，毋萌退志"。人在朝廷，身不由己。手里的权柄甩不开，抛不得。于是，沈葆桢"自此遂不言病"。

衰朽残年，来日无多。沈葆桢有没有后悔的一刻？身心俱疲。当一个逍遥文人，放浪形骸，这个愿望此生只能是南柯一梦了。江宁阴风袭人，哮喘，腰痛，刚刚入秋沈葆桢就披上了裘衣。这个时刻，手执权柄的生活会不会突然丧失了切肤的真实感？空洞的头衔，奏折上的公文，幕僚们闪烁的眼神，这就是日复一日不变的日程。各种军机大事，无非是纸面上的几行套话和关防印章。相反，只有病痛蛇一般地愈缠愈紧。病痛最能消磨一个人的志气。权倾天下，威风八面，这有什么用？一场高烧或者数日的疟疾就可以噬穿那一副貌似强大的躯体。日暮时分，愁绪如织，沈葆桢是不是在一阵止不住的咳嗽之中突然看破了世情？也许，一切都没有发生——沈葆桢甚至没有精力总结自己的一生了。"共济时艰"是一个重托，沈葆桢必须投入全部的剩余精力。弥留之际，他的遗疏仍然在兢兢业业地谈论如何抵御倭人，如何购买铁甲船。殷殷老臣，拳拳之心，这就是沈葆桢与嵇康们的不同了。

殷殷老臣，拳拳之心，这是尽职，还是尽忠？沈葆桢写给慈禧太后的遗疏之中浩然一叹："志事未竟，中道溘然。"然而，令人奇怪的是，沈葆桢留给家人的遗嘱并不愿意子孙继承未竟之业："我除住屋外无一亩一椽遗产，汝等须各自谋生。究竟笔墨是稳善生涯，勿嫌其淡。"沈氏后人之中，能文善书者远多于朝廷命官，精通书法的名家尤多。历来只有文人嫌弃自己寒酸，罕见达官贵人阻止自己的子嗣从政。我终于忍不住这种猜测：至少在内心，两江总督沈葆桢是否对于他始终供职的朝廷并不那么信任？

当然，另一些时候，我的怀疑又会转向自己——我会不会正在虚构另一个沈葆桢，或者自以为是地强作解人？一个细雨霏霏的日子，我又一次踏入宫巷11号沈家大院。雕梁画栋犹在，然而朱颜斑驳，物是人非。雨水从瓦檐边沿一滴一滴悠然地落到天井，仿佛这么多年从未间断。哪一根柱子或者哪一扇窗户聚敛了沈葆桢的气息？一声长叹绕梁，老屋不语。当年沈葆桢的灵柩回籍之后，葬于福州城西梅亭村火烽山南麓。坟墓呈如意形，一面花岗岩墓碑。许多故事严严实实地埋在墓碑的背后，永久地销声匿迹。我猜想，历史著作也不会提供多少令人信服的答案。病痛的折磨，抑郁难平的豪气，归乡的春梦，妙手偶得佳句的狂喜，援笔疾书的气韵——这一切都不会记入历史。然而，我所要说的恰恰是历史之外的沈葆桢。

四十六岁那一年，沈葆桢因为母亲去世而匆匆从江西任上回籍丁忧。这仿佛是他生活之中一个奇怪的间隙，容许我随心所欲地增添各种情节和场面。不过，每一次虚构或者想象总是这么开始——只能这么开始：夕阳西下，福州南后街绿荫之间叽叽喳喳的归鸟聒噪成一片；这时沈葆桢缓步踱入宫巷那一间狭窄而杂乱的"一笑来"。长长的书案上已经铺好宣纸。他挽起袖子，研墨，提笔凝神。片刻之后一笔落下，宣纸上墨迹四溅，整条宫巷有淡淡的墨香弥散。

图书在版编目（CIP）数据

泥土哪去了／南帆著. - 北京：作家出版社，2015.2

ISBN 978 - 7 - 5063 - 7849 - 9

Ⅰ.①泥…　Ⅱ.①南…　Ⅲ.①散文集 - 中国 - 当代

Ⅳ.①I267

中国版本图书馆 CIP 数据核字（2015）第 039588 号

泥土哪去了

作　　者：南　帆

责任编辑：袁艺方

装帧设计：视觉共振

出版发行：作家出版社

社　　址：北京农展馆南里 10 号　　　邮　　编：100125

电话传真：86 - 10 - 65930756（出版发行部）

　　　　　86 - 10 - 65004079（总编室）

　　　　　86 - 10 - 65015116（邮购部）

E - mail：zuojia@zuojia.net.cn

http：//www.haozuojia.com（作家在线）

印　　刷：三河市紫恒印刷有限公司

成品尺寸：152 × 230

字　　数：230 千

印　　张：20.25

版　　次：2015 年 4 月第 1 版

印　　次：2015 年 4 月第 1 次印刷

ISBN 978 - 7 - 5063 - 7849 - 9

定　　价：36.00 元